書下ろし

密薬

新・悪漢刑事《わるデカ》

安達 瑶

祥伝社文庫

目次

プロローグ

「さぶい」

寒空の下《もと》、老人は震えながら鳴海《なるみ》港の岸壁にやってきた。

港とは名ばかりで、ろくに船がやってこないこの岸壁は釣りの名所なのだ。

温暖な土地柄とはいえ、冬はやはり寒い。数年に一度は雪も降る。

老人はいつもの場所に椅子《いす》を広げ、餌《えさ》をつけて釣《つ》り竿《ざお》を振った。

空気は冷たいが風はなく、海面は穏《おだ》やかだ。

僅《わず》かな年金で細々と暮らす老人にとって、釣りは遊びではない。収穫ゼロだと夕食のおかずがなくなるのだ。

浮きは、ピクリともしない。

「難儀やな。オケラは困るんや。食うもんがなくなるわ」

老人は竿を大きく動かしてみた。

と、すぐにヒキがあった。

来た！　勢い込んでリールを巻きにかかったが、テキはなかなかの大物のようで、凄い手応えだ。

なんだこれは。鯵《あじ》とか鱸《すずき》のタグイではない。まさかこんなところにカツオやマグロのような大型魚が来るわけがないのだが……。

首を傾《かし》げながらも老人は渾身《こんしん》の力で釣り糸を巻き上げた。

重い。いったい何がかかったのか？

『老人と海』の漁師サンチャゴのように、老人は岸壁で格闘した。他に釣り人はいない。誰も助けてはくれない。

しかし、このままではどうにもならない。糸を切ってせっかくの大物をみすみす放棄《ほうき》したくない。

……だが、待てよ。

獲物は重いが、動きがない。針から逃れようとの動きがないし跳ねもしない。

悪い予感がした。港に捨てられた大きな廃棄物にまたぞろ針をかけてしまったのか？

老人は竿を置いて、身を乗り出して海面に目を落とした。

なにか大きな浮遊物が揺らめいている。やはり、ゴミか？

さらに目を凝《こ》らした老人は固まった。

どうやら、大型ゴミを引き当てたどころの不運ではない。

……その浮遊物は、「人の形」をしていた。

長い髪が水中に広がり、白い顔が目を見開いて、海面を凝視《ぎょうし》している。

若い女が、仰向《あおむ》けで、水中の波に揺られていた。

こんな真冬に水泳をするような酔狂《すいきょう》なバカな若者? いやしかし……。

眠っているのではないかとさえ思える女は、ピンクのトレーナーとジーンズを身につけている。小さな爪先《つまさき》から脱げかかっているスニーカーも、濁《にご》りのない海面の下に見える。

老人の釣り針が、女の衣服に引っかかっていた。

「あ、あああ」

老人はその場にへたり込んだ。

第一章　奔放《ほんぽう》な死者

救急車が発進し、左右に分かれた捜査関係者のあいだを走り去った。

入れ違いにやってきたパトカーから降りたった中年の男は、寝起きを叩《たた》き起こされたとしか言いようのない風体《ふうてい》だ。

剃《そ》り残した無精髭《ぶしょうひげ》に脂《あぶら》ぎった髪の毛。ヨレヨレのスーツを着たその男は、遺留品を捜す鑑識に混じって、しばし立ち尽くした。

現場を所在なさげにウロウロしたあと、男は艫綱《ともづな》を固定するボラードに腰を降ろした。

不機嫌《ふきげん》そうにタバコを取り出した瞬間、声がかかる。

「ちょっと。佐脇《さわき》さん。現場検証の途中なんです。やめてくださいよ」

鑑識係に止められた男は不承不承《ふしょうぶしょう》、タバコを仕舞《しま》った。

そこにもう一人、若い男がやってきた。がっしりした体格で、佐脇と呼ばれた刑事とは違って、一見、真面目《まじめ》そうだ。手袋にシャワーキャップ、シューズカバーといういでたちだが、真新しいスーツをバリッと着こなしているので、中年男のヨレヨレ加減と好対照だ。

「佐脇さん」

「おう、和久井《わくい》。もう来ていたか」

中年男は冴《さ》えない顔で応じた。

「ホトケの死因は？」

「直接の死因としては溺死《できし》の可能性が高いですが、遺体の状況から観て、死後さほど時間は経《た》っていないようです。全身に激しい打撲《だぼく》の痕《あと》がありますが、銃器、鋭器による傷や防御創は認められませんでした。突き落とされたのか事故で岸壁から転落したのか、持病があったのか、あるいは別の場所で殺されて海に放り込まれたのか、などの詳細は不明。明日、国見《くにみ》総合病院で司法解剖《かいぼう》をする予定です」

「和久井、お前もデカらしくなってきたじゃねえか」

佐脇は、和久井という若い男のスーツの埃《ほこり》を指で弾《はじ》いた。

「水死体、見ましたか？」

「いや、運んでった救急車と入れ違いでな」

和久井は佐脇の酒臭い息を嗅《か》いでしまって、思わず顔をそむけた。

「あ、すまん。起き抜けで歯、磨《みが》いてねえや」

「……女性でした。それも、若い」

和久井はぶっきらぼうに報告した。

「身元、判《わか》ったのか？」

「はい。所持品の学生証やクレジットカードによると、小山美紗恵《こやまみさえ》二十歳。地元の蛍雪《けいせつ》大学人間科学部総合文化学科二年生。実家は兵庫県姫路《ひめじ》市で、大学近くのアパートに住んでいる、と」

鑑識係は証拠品袋に入った学生証を見せた。貼ってある写真は、セミロングの、なかなか美人な女子大生のものだ。清楚《せいそ》というより少し派手系な感じだ。

「遺体の状態がよかったので、ホトケの顔と顔写真を見比べて判別することが出来ました。冬だから海水温が低かったのが幸《さいわ》いしたと考えられます」

佐脇は判ったと答えて首を傾げた。

「この顔、なんか見覚えがあるな。小山美紗恵って名前、どこかで聞いたような……」

「当たり前でしょう？　佐脇さん、マジで覚えてないんですか？」

驚く和久井に佐脇は平然と答えた。

「最近、とみに頭の記憶容量が少なくなってな。だから、済んだことは全部忘れるようにしてる。『カサブランカ』のボギーみたいにな」

佐脇はタバコを出してボガートのように親指と人差し指で挟んで見せた。

「佐脇さん！　またですか！　現場は禁煙！」

すかさず鑑識に怒られて、佐脇は「判ってるよ！　カッコだけだろ！」とブツブツ言いながらポケットに仕舞った。

「誰ですかそのボギーって？」

せっかく格好をつけてはみたが、若い和久井には通じないようだ。

「だからな、女が言うんだよ。ゆうべは楽しかったわって。そこで『そんな昔のことは忘れたよ』って答えるのがボギーだ。明日も逢えない？　って誘われると『そんな先のことは判らない』とキメるんだ」

「はぁ……ボギーって認知症っすか？」

和久井は切って捨てた。

「認知症の人は約束した日時を覚えてられなくて不義理を重ねるところから、人間関係が乏《とぼ》しくなっていくって言いますからね。ところで自分の記憶が正しければ、そして間違いなくホトケが小山美紗恵さんであれば、三ヵ月前、我々は小山さんに事情聴取したんじゃないかと。ほら、輪姦《りんかん》されたという被害届が出されて」

それを聞いた佐脇は、「ああ、あれか！」と膝《ひざ》を打った。

「あ〜、あれだろ。捜査をするって話になったのに、突然被害者が被害届を取り下げて、うやむやに終了した件じゃなかったか？」

「その件です」

和久井は頷《うなず》いた。

「思い出した。おれは被害者の訴えを聞いてかなり憤慨《ふんがい》して、レイプした男どもをふん捕まえてやろうと思ったのに、お前が止めとけってブレーキかけたんだよな」

「そうは言いませんでしたよ。自分は、一方の供述を信用しすぎない方がいいのでは？と言っただけです」

「そういや被害者が名指しした三人の男子学生はのっけから完全否認で、逆に名誉毀損《きそん》で小山さんを訴えてやる！　と息巻いてたんだ。おれの勘では、限りなくクロだったんだよなあ」

「しかしアリバイが成立して、あの時点ではそれ以上調べられなかったんですよ。被害者がもっと真面目そうな女子学生だったら、ということもありましたし、すぐ被害届を取り下げてしまったことで、何かウラがあるんじゃないかと、おれとしては思いましたよ」

「まあ、どっちにしても悔《く》いが残るな。あの時、キッチリ調べてればな」

佐脇が苦い顔で呟《つぶや》くと、和久井は不満そうに「いやいやそれは」と言い始めた。

「そういう言い方をされると困ります。ですからあの時は……」

「もういい。言い訳はやめろ」

和久井を睨《にら》みつけた佐脇は、そのまま捜査車両の助手席に乗り込んだ。

「おい、署に戻るぞ！」

和久井は慌《あわ》てて運転席に滑り込み、エンジンをかけた。

「まずはホトケの身元をきちんと洗う。ハナシはそれからだ！」

＊

「お前は知らないだろうが、刑法改正で、強姦《ごうかん》と輪姦は親告罪じゃなくなった」

鳴海署の食堂で、佐脇はカレーうどんを食べながら和久井に講義した。

「で、あるからして、被害者が被害届を取り下げようが、事件の存在が明らかになれば警察は捜査をして被疑者を送検する。親告罪ではない以上、被害届の有無には関係なく、刑事手続は進行する。事件の存在がハッキリして被疑者が特定されれば、警察は被疑者を送検できるんだ。その後のことは検察官と裁判所の判断だ。な？」

カレーうどんを食べる箸《はし》を握りしめて熱弁を振るう佐脇に、和久井は自販機で買った缶コーラを飲みながら付き合っている。

「要するにだ。被害届は警察が事件を知って捜査を開始するきっかけに過ぎない。被害者の意思にしても、捜査機関ないし裁判所の判断において考慮される事情の一つに過ぎない」

「あの、そういうことは判ってるんですけど」

和久井は不満そうに言った。

「喋《しゃべ》りながら箸を振り回さないで貰《もら》えますか？　カレーの汁が飛び散ってます」

「細かい事言うな。おれは大事な事を喋ってるんだ！」

そうは言いつつ佐脇は箸を置いた。

「親告罪ではなくなった性犯罪の捜査については、おれも判ってるつもりですけど」

「そうか？　お前は通常の刑事になる段階をすっ飛ばして、言わばゲタを履《は》いて刑事になったから、てっきり知らないんだとばかり思ってた」

「そういうことじゃないんです。自分は、あの時、小山さんの被害届と訴えに、佐脇さんがひどく憤慨していたので、マズいなと思ったんです」

「なんだそれは？」

佐脇は不満そうに訊いた。

「怒った佐脇さんに暴走されちゃうとヤバいと思ったんです。塚田《つかだ》、上原《うえはら》、原田《はらだ》でしたっけ？　仮に三人の被疑者を佐脇さんが締め上げて自白させたとしましょう。けど最近は、そういう自白は任意性がないとして証拠採用されなかったりするじゃないですか。それに、あの手の女についちゃ、自分はよく知ってるんですよ。おれの高校、底辺だったから、ああいう女が一杯いたんです。話半分に聞かなきゃヤバいんですよ、あの手の女が言うことは。実際、ホトケは男女関係が滅茶苦茶《めちゃくちゃ》ハデだったじゃないですか。被害届を出しにきた時、おれもその場にいましたけど、すぐにピンときましたよ。ああこれはワケありだなって。付き合っている塚田たちとの間がこじれて、それで腹いせに警察に駆け込んできた可能性が高そうだから、これは気をつけなくちゃって。現に、すぐに訴えを取り下げて、おれたち梯子《はしご》を外されたじゃないですか」

食堂のテーブルには、三ヵ月前に作った供述調書と捜査資料が広げられている。

「だがな、小山さんは死んだんだぞ。あの時きっちり捜査していれば、こういう事にはならなかったかもしれんだろ」

佐脇は捜査資料のファイルを捲《めく》った。

「強姦事件、いや強制性交事件の加害者と名指しされたのは、ホトケと同じ『イベント研究会』の先輩三人だ。蛍雪大学経法学部総合政策学科四年・塚田洋二郎《ようじろう》と、同じ学科の友人、上原憲司《けんじ》、原田翔《しょう》……」

ファイルに添えられた彼らの写真には、見るからに金持ちのボンボンで遊び人という、ステレオタイプそのまんまの顔が映っている。

「どうでもいいことだが、普通は『法経学部』とか言わないか？　それだと『包茎』に聞こえて男子受験生が集まらないからひっくり返して『経法』にしたのかな？」

「本当に、どうでもいいことですね」

和久井が半ば呆れるようにツッコミを入れた。

「まあ、それはともかく……今更言っても詮無《せんな》いことだが、刑事見習いのお前の言うことを容《い》れたおれが悪いんだが……しかし……」

佐脇は和久井を見据《みす》えたが、新人刑事はその圧力を跳ね返した。

「いや、今回の死亡事故……今のところはこう言うべきだと思いますけど……今回の死亡事故と三ヵ月前の強制性交事件は分けて考えるべきだと思います。そして、強制性交事件についての判断は、やっぱり、あの時点では間違ってなかったと思います」

和久井は捜査資料のページを繰りながら言った。

佐脇はそれには反応せず、カレーうどんを啜《すす》った。

「たとえば、電車内でケータイで喋っていたのを注意されたのを逆怨《さかうら》みした女子大生が、注意した男性を痴漢として告訴して裁判になった件がありましたよね。あれは結局、冤罪《えんざい》という判決が下りて、警察も検察も、被害者だと主張する女性の言い分しか聞いていなかったことが露見したんですし……だから、あの時点では、そういうビッチは警戒すべきだという自分の判断が、間違っていたとは思いません」

そこで佐脇は再び箸を置いた。

「だけど、ビッチの小山さんは港に浮かんでたんだぜ？」

カレーうどんを残した佐脇は、タバコに火をつけて深々と吸い込んだ。

「……師匠らしくないですね？　小山さんが亡くなった責任を、おれに押しつけるんですか？」

「そうじゃねえよ」

一応、佐脇は否定した。

「でも、自分にはそう聞こえます」

「和久井、正直、お前はどう思う？　小山さんが男女の痴情《ちじょう》のもつれで殺されたか、あるいはそういうのに悩んで自殺したか、そっちの線はあると思うか？」

「師匠はそう思うんですか？　だとすると、やっぱり三ヵ月前の輪姦事件をきっちり捜査しておくべきだったということになりますね？　師匠としては、自分が余計なことを言ったと、そう言いたいんですよね？」

「そうじゃない。捜査を止めたのは、おれの判断だから、おれの責任だ。お前の言うことに影響されたのはおれだ」

「しかし……明日の司法解剖の結果次第で、筋道はまったく違う方向に行くかもしれませんよ。殺人だと判れば帳場が立つかもしれないし」

まあな、と佐脇が苛立《いらだ》たしげにタバコを消したところに、制服姿の長身の女性が現れた。

その姿を見た瞬間、和久井は慌てて立ち上がって敬礼をした。

だが佐脇はゆっくりと顔を上げて、その女性にニヤリとした。

「やあ、ミナちゃん署長」

佐脇の前にいる制服女性警官はショートカットでボーイッシュな男装の麗人《れいじん》風の美女だ。

「さ、佐脇さん！　署長に対して……」

うろたえる和久井に、ミナちゃん署長はニッコリ笑った。

前任の木崎署長は死亡した被疑者との濃密な関係を問題にされて更迭。皆川《みながわ》署長が異例のカムバックを遂げたのだ。

「いいのいいの。前からこうだから。佐脇巡査長は」

「いやまあ本官だってそれなりの礼儀は心得とります、皆川警視」

佐脇も立ち上がって背筋を伸ばし、ビシッと敬礼をしてみせた。

「さっき鳴海港であがった水死体の身元確認が取れました」

皆川署長は淡々《たんたん》と告げる。

「鳴海港で見つかったご遺体は、指紋照合と念のため行ったＤＮＡ鑑定の結果、小山美紗恵さんで間違いありませんでした。二十歳。地元の蛍雪大学人間科学部、総合文化学科の二年生ですね。今、姫路のご実家から、ご両親がこちらに向かっているそうです」

署長は小山美紗恵に関する資料を数枚持ってきた。蛍雪大学学生課のファイル、そして彼女のツイッターやフェイスブックのアカウントからプリントアウトしたものだ。

学生課のファイルにある顔写真は、学生証と同じものだ。正面から撮った「証明写真」で化粧も控えめだ。一方、ネットから取ってきた彼女の写真は、食べ歩きや遊びに行った先での自撮りで、笑顔が眩《まぶ》しい。化粧は別人のように派手だが、弾《はじ》ける若さが魅力的だ。だが、どの写真にも男が写り込んでいる。どれも学生風の若い男だが、写真ごとに全部顔ぶれが違う。

それらを見た二人の刑事は顔を見合わせて、う〜んと唸《うな》った。

「先入観を持つのは禁物ですが……どうもね、この写真、『痴情のもつれ』ってテロップを重ねて流したくなりますな」

「小山美紗恵さんは今から三ヵ月前に、強制性交事件の被害届をウチに出してますね。そして二週間後に取り下げていますが、その時点での捜査の進捗《しんちょく》状況はどうだったんですか？　あ、まあ、座って話しましょう」

三人は食堂のテーブルを囲んだ。

「小山さんから事情を聞き、被疑者と名指しされた塚田たち三名の男子学生からも事情聴取しましたが、いずれも完全否認でした。しかも事件当日のアリバイが一応確認され……一方小山さんは被害を受けたあと医者に行っていなくて診断書もなく、体液なども残っていなかったので物証がなく、どうしようかと思っていたところ、突然、小山さんの方から被害届を取り下げたいと申し出があって……」

和久井が緊張しながら署長に経過を説明した。

「取り下げた理由はなんでしたか？」

「たしか……小山さんは、理由は言いませんでした」

和久井に、佐脇が付け足した。

「繰り返しますが、その時点で強制性交についての物証がなく、被疑者が否認してアリバイも成立しているので、それ以上のことを聞き出すには任意同行をかけるしかない、という状況でした。非親告罪とは言え、犯罪の立証が出来ず、犯罪を証明するものが被害者の主張のみだったこともあり、被害届の取り下げを機に捜査を中止して、現在に至りました」

「たとえばその際、事件化されそうな状況に危機感を抱いた被疑者側が、被害者の小山さんを懐柔《かいじゅう》する、或《あるい》いは脅《おど》すなどして、無理やり被害届を取り下げさせた、という疑いは持ちませんでしたか？」

皆川署長は、穏やかに訊《き》いた。

何か言いかけて言葉を飲み込む和久井の代わりに佐脇が答えた。

「疑いがなかったとは言いませんが、被害者当人の意思を尊重したということです。複雑な人間関係が絡《から》んでいて、男女の感情のもつれ的な側面もありそうでしたからね。その時点で物証があれば、当人の意思がどうだろうと、捜査は続けましたけどね」

「監視カメラの映像をしらみつぶしに調べるとか、そういうことはしましたか？」

「いえそれは……あのね、それをやるにはある程度の人員が必要ですよ。こっちはそれ以外のヤマも抱えてるんだから」

我ながら見苦しい言い訳だと佐脇は自分がイヤになった。

「では」

皆川署長の声が変わった。穏やかな口調が、凛《りん》として命令を発する声に変わった。

「この件は被害者死亡のまま、強制性交等罪での立件を目指し、専従で捜査を再開してください」

「了解しました」

佐脇は半分大真面目に敬礼をした。

「しかし、小山さん死亡の件はどうしますか？　別班が動くんですか？」

「私は、三ヶ月前の強制性交事件と今回の死亡事件が無関係だとは思っていません。どこかで絡んでいる可能性があります。小山さんの身辺を洗っていけば、死亡事件を解く鍵もそこに見つかるでしょう」

「やれと言われればやりますが」

佐脇は、気乗りしない風に言った。

「死亡事件で帳場が立ったら、蚊帳《かや》の外におかれる我々の立場がない」

佐脇としては、手柄を全部県警の捜査一課に持っていかれるのがシャクなのだ。

「悪いようにはしません。歴代の鳴海署長は佐脇さんに敵対していたようですが、私は違います。一緒に手を携《たずさ》えて、やっていきましょう！」

皆川署長が手を差し出したので、佐脇も気を吞《の》まれつつ握手に応じた。

では、と署長は席を立ってエレベーターに向かった。

「いい匂いだな。高級リンスの香りがするぜ」

佐脇は署長の後ろ姿を眺《なが》めて、そううそぶいた。

「いいんですか？　佐脇さんは、本当はコロシの方から追ってみたいんじゃないですか？」

和久井は探るような目で訊いた。

「そんな事はない。やり残し感が物凄くあるから、やるぜ！　だいたいおれは、あの強姦野郎の塚田のツラが気に食わねえ。この際、すべてのカスをこそげ取ってやる！」

その時、刑事課長の光田《みつだ》が階段を駆け上ってきた。光田は、苦節十年、ようやく念願の「代理」が外れて正式に刑事課長になったばかりだ。

「なんだ佐脇。またここでサボってたのか」

「馬鹿言うな！　晩メシを食ってたんだ」

そう言い返す佐脇に光田が怒鳴った。

「早く食っちまえ。小山さんのご両親が病院に向かっている。姫路から車を飛ばしてきたそうだ」

国見総合病院の霊安室に、小山美紗恵の両親が駆けつけて、亡骸《なきがら》と対面した。

「……娘に間違いありません」

肩を落とす両親の前で霊安室の硬いベッドに寝かされた遺体は、藻《も》やゴミが取り除かれて綺麗《きれい》な状態になっている。

「綺麗な姿でよかった……溺《おぼ》れたと聞いた時にはもう……」

父親は言葉を濁したが、通常の水死体は腐敗して膨張《ぼうちょう》した姿で見つかることが多い。本人かどうか外見からは判別すら出来ない場合も多いのだ。

「お父さん。そんなことしか言えないの！　美紗恵が死んでしまったのよ！」

「それは判ってる。判っているが、せめて死に顔だけでも綺麗でよかった……」

暖房がまったく効いていない寒い部屋に、父親の悲痛な声が響いた。

「お嬢さんの死因についてですが……」

「ああ、それは結構。さっき別の刑事さんから聞きました。同じ事を何度も聞きたくはない」

父親は手をあげて佐脇の言葉を遮《さえぎ》った。

「娘を連れて帰れますか？　ここは嫌な場所だ」

そう聞いてきた父親に、それは出来ないと告げるのは佐脇も辛い。

「申し訳ありません。明日、司法解剖があります。捜査の必要上、ご協力をお願いします。そして、お話を伺《うかが》う必要もありますので……鳴海に宿を手配してあります。今夜はそちらでお休みください」

佐脇の言葉に、母親はわっと泣き崩れた。

「犯人は、必ず見つけて逮捕しますので」

和久井がそう言ったので、佐脇は驚いて部下を見て、「おい、それはまだ」……殺人と決まったわけでは、と言いかけたが、遺骸に取り縋《すが》って泣いている両親を見ると、和久井の言葉を訂正できなかった。

＊

その夜から、佐脇と和久井は死んだ小山美紗恵の生きた痕跡《こんせき》を洗い始めた。強制性交事件の被疑者に迫るのは、美紗恵の身辺調査を固めてから、というのが佐脇の判断だ。

美紗恵は、学業の傍《かたわ》ら、二条町《にじょうちょう》の飲み屋でバイトをしていた。その店は、佐脇の愛人である千紗《ちさ》が雇われ店長を務めているという経緯《けいい》もあって、小山美紗恵が佐脇に強制性交の被害届を出したのだ。

「えっ？　港で死んでいたのがあの子だったの⁉」

佐脇に話を聞いた千紗は驚いた。

「嘘《うそ》でしょ？　始終連絡が取れなくなる子だったから、ま〜たバックレられたと思っていただけなのに」

佐脇はカウンターに陣取ってレモンサワーを飲んでいる。和久井はウーロン茶だ。

「死んだ人のことは悪く言えないよねえ……」

「いや、それは気にするな。これは捜査なんだから」

店は口開けの時間で、客はこの二人だけだ。

「そう？　だったら正直に言うけど、ハッキリ言って、あたしは美紗恵ちゃんは好きじゃなかった。そりゃ可愛《かわい》いからお客に人気があって、客あしらいも若いくせに上手かったから重宝《ちょうほう》はしたけど……アテにならなかったのよ」

「と、言うのは？」

佐脇は枝豆を莢《さや》から出し、口に放り込んだ。

「無断欠勤や遅刻が多いのよね。それでいて今日はもうお休みか、と思ったら閉店間際に来たりして。逆に店に居ると思ったらいなかったりして。接客態度もねえ、依怙贔屓《えこひいき》って言うか、客によって露骨に態度が違ったしねえ。若い男とか金持ってそうなオッサンにはやたら愛想《あいそ》をふりまくせに、爺《じい》さんや女の客にはツッケンドンっていうの？　オーダーを訊いても通さなかったり間違えたりして、けっこうクレームも多くてね」

千紗はサラダを盛りつけながら喋った。

「はい、シーザーサラダ」

千紗はベーコンとチーズがたっぷり入った大皿のサラダを、佐脇の前にドンと置いた。

「頼んでねえよ」

「いいから食べなさい。お酒と肉とラーメンじゃ、また胆嚢《たんのう》悪くするよ」

「胆嚢はもう取っちまってねえんだよ」

「じゃあ肝臓《かんぞう》とか」

千紗は若い和久井にはホルモン炒《いた》めをドンと置いた。香ばしいタレの香りが周囲に広がり、佐脇の箸が皿に向かったが、千紗がその手首を摑《つか》んだ。

「これは和久井ちゃん用だから。あんたはサラダを食べなさい。ホントだったらベーコンもチーズも入れない方がいいんだけど、そこは情状酌量《じようじようしやくりよう》よ」

千紗は世話女房モードになると色気が消える。

「そう言えば、佐脇ちゃん。あの時はせっかく相談を受けてもらったのに、無駄になっちゃってごめんね。あの子、私の顔もつぶしたことになるんだけど」

千紗は、美紗恵が被害届を取り下げてしまったことに不満そうだ。

「あの子、ほんと、いい加減だったんだから。あたしに相談してきたときは青白い顔で、虚《うつ》ろな目で、今にも自殺しそうな感じだった。やった男の名前もハッキリ言ってたのに」

「おれンところに来たときもそんな感じだったし、犯人の名前もハッキリ言ったんだなあ、と和久井に話を振ると、弟子、兼部下は黙って大きく頷いた。

「あたしが佐脇ちゃんに電話して、あの子が相談に行って……それからしばらくの間、お店に来なくなって。まあ、ああいう目に遭《あ》ったんだからそれはショックだろうし、仕方がないと思ってたんだけど……。あ、あたしもちょっと飲んでいい？」

千紗は自分もサワーを作ってゴクゴクと飲んだ。

「そうしたら、ちょっと経ってから突然また来て、被害届を取り下げました〜とか、しれっと言って、佐脇ちゃんに頼んだあたしにはゴメンの一言もないの。それでまた働かせて欲しいと頼むのかと思ったら、指輪を見せびらかすのよね。芸能人の記者会見みたいに、左手の甲をぱっちりみんなに向けて。『そんな高いものじゃないけど、婚約指輪なの〜』とか言って。婚前旅行にも行くのよって店の子たちに自慢してた。相手はお金持ちの御曹《おんぞう》司《し》ですって」

「おいおい。その御曹司ってのは、まさかレイプした男じゃねえだろうな？」

「そのへん、あの子は全然言わなかったし、こっちも触れるのマズいと思って訊かなかったけど」

それを聞いた和久井は、小さな声で佐脇に呟いた。

「どうせ小山美紗恵が被疑者を脅したんでしょう。それか、被疑者が指輪と結婚話で美紗恵を懐柔したか、ですよ」

「それじゃ彼女は騙《だま》されたんじゃないか。お前の美紗恵ビッチ説は成立しないぞ」

「懐柔を受け入れて喜んで指輪を見せびらかしに来たんなら、どっちに転んでも自分としてはビッチですね」

「お前、童貞か?」

佐脇は真顔で訊いた。

「どどどど童貞ちゃうわ!」

と一瞬、うろたえてみせた和久井は、すぐにニヤリとした。

「……とかおれにキレてほしいんですか佐脇さん?」

「いやな、お前が妙に女に厳しいんでな。あんまり女に理想を求めると、不幸になるだけだぜ?」

佐脇はそう言うと席を立ち、千紗に二千円握《にぎ》らせた。

「ナニカッコつけてるの? 二千円じゃ足りないけど」

「足りねえ分は今夜払う」

格好つけさせて貰えなかった佐脇は、和久井を連れて河岸《かし》を変えた。

二条町はオヤジや遊び人が集まるスジの悪い街で、今どきの学生は足を向けない。彼らがもっぱら酒を飲むのは大学近くに集まっている店だ。

蛍雪大学は、鳴海市と県庁があるT市に跨《また》がる「大二子《おおふたご》地区」にある。大二子山という小高い山を越えると海があり、県立公園が広がる静かな地区の旧国道沿いに、潰《つぶ》れたゴルフ場を全部買い取って造成したキャンパスがある。

環境はいいのだが、街からは少し遠い。旧国道は道が細くて渋滞が頻発《ひんぱつ》するのでバスの便は悪い。

それもあって、蛍雪大学の学生は、キャンパスの周囲に集まって住んでいるか、少し離れた町中から自転車をこいで来る。金持ちのドラ息子は町中のマンションから自分の車で通学しているようだが。

大学の周辺には学生街というほど「街」が形成されていないのは、蛍雪大学の学生数が少ないのと、最近の学生は酒を飲まないし自炊してつましい暮らしをする者が多いので、外食産業があまり繁盛《はんじょう》しないからだ。

とはいえ、学生向けの安くて美味《うま》い店は数軒あって、どこも、そこそこ繁盛している。

佐脇と和久井が最初に入った店は、大きな窓が駐車場に面したアメリカン・ダイナー風の小洒落《こじゃれ》た設《しつら》えで、派手な色のネオンがフロアを彩り、半円形のフロアに弧を描くカウンターがあって、その周囲にボックス席が並んでいる。

二人の刑事は普通の客を装って店に入り、これまた派手な色のカクテルを飲みつつ周囲の雑談に聞き耳を立てた。

ここは学生の中でもイケてる（もしくは自分でイケてると思っている）客が集まる店らしく、それなりにお洒落な若者が席を埋めている。が、佐脇たちが座った席の近くには、見るからにパッとしない女子学生三人組が毒々しい色のフィズなどを飲み、ガーリック・シュリンプやクスクス、サラダなどをつつきながら愚痴《ぐち》をこぼしていた。

「人間科学部て、就職最低やんか。あんた、どないするの？」

「就職考えたら、京都か大阪の大学行くべきやったよね。蛍雪言うても誰も知らんし……」

「せやけどここしか受からんかったし……」

「あんたは実家の手伝いしたらエエけど、うちらはプーになるのんヤバいし」

そのやり取りを聞いていた佐脇は、和久井を顎《あご》で示した。

「おい、お前行ってこい」

「自分が、ですか？」

「そうだよ。おれみたいな男が声かけたら援助交際のお誘いかと思われるだろ。さあ、いけ！」

文字通り背中を押された和久井は、多少緊張の面持《おもも》ちで彼女たちのテーブルに近寄った。

「あ、ごめんね。ちょっと話を聞かせて貰ってもいいかな？」

三人組は顔を見合わせ、その場に微妙な空気が漂《ただよ》った。

「話聞かせて、ってなにそれ」

「いや、ちょっと話が聞こえてきたので……」

三人は露骨に気味悪そうな顔になった。

これは自分が何者か判らないせいだろうと思った和久井は、刑事ドラマで見たように、警察の身分証をちらっと見せた。

「こういう者なんだけど……」

「え？　ウソ、刑事さん？」

「いやマジで刑事さんなの？」

こんな田舎《いなか》だと、刑事もスター扱いになるのか。

「ちなみに、あそこのおじさんも刑事だから」

和久井は後ろに控える佐脇を紹介した。

「あれ、有名なエロ刑事と違う？」

佐脇を見た女子大生はそう口走った。この年頃の女は最強だ。無知と世間知らずは無敵と言える。

「いかにもおれはエロオヤジだが、あんたらに訊きたいことはエロくない」

佐脇はくそ真面目な顔のまま、小山美紗恵の顔写真を見せた。学生証からコピーしたものだ。

「このコ、知ってるか？」

「知ってる……ニュースで見たし」

「てか、有名人やんか？　学校ではみんな美紗恵のことばっかり……」

そもそもイベントに乏しい田舎の大学で、在校生が不審な死を遂《と》げたとなれば、話題がそこに集中するのは当然だろう。

「いや、君らの話を聞いてたら、蛍雪大学の人間科学部の名前が出てきたから」

「うちら、そこの学生ですけど……美紗恵も知ってますけど、同じ学科やったし……人間科学部の、総合文化学科」

人間科学部には養護教師や保健師、栄養士を養成する学科もあって、それなりに就職率は高いのだが、彼女たちが属する総合文化学科は文学部の国文科みたいなもので、頑張れば国語の先生になれるが、それは狭き門らしい。

「まだ間に合うよ。エクセル使えるようになれば一般事務とか、いけへんかなあ？」

「パソコン買わなアカンやん」

「スマホで何でも事足りるしなあ」

この三人は大阪出身だが志望校を落ちて、海を越えて鳴海まで来たようだ。

「それか、やっぱり玉の輿《こし》！　これ最強やろ？」

「死んだ美紗恵、そればっかり言うてたし。婚約指輪見せびらかしてたやん」

「君たちは小山さんと仲、よかったの？」

美紗恵の話になったので、和久井はすかさずツッコんだ。

「仲はよくなかったな……と言うか、グループが違ったし。あの子、めっちゃ派手やんか。見た目も人間関係も。キャバクラでもバイトしてたことあったし。バレたら就職に不利とか言われても平気やったし……水商売は玉の輿の相手を見つけやすいとか言うて」

「オミズのバイトは男と付き合う訓練みたいなもん言うてたし、実際そうやったみたいやし」

「あの子、ヤバいサークルにも入ってたんよ。そういう噂《うわさ》ってすぐ広まるやん。あの子、ハッキリ言うてヤリマンやったって。好きやったんちゃう？　アレが」

「ヤバいサークルって？」

そう訊いた和久井に、ブサイクな三人の一人が口を尖《とが》らせた。

「いろいろ悪い噂のあるサークルやんか。お金持ちの御曹司がやってるサークルで。うちらも勧誘されたけど、ヤリ捨てされるだけなんが目に見えてたから、距離を置いてた。でも美紗恵はどっぷり浸《つ》かって……なんや自分がえらいモテるみたいに勘違いしてたわ」

彼女たちは口々に小山美紗恵の下半身事情について喋りまくった。

「あの手の派手な顔の女って美人に見えるしな。化粧が映《は》えるからな」

「男なんか、させたらナンボでも寄ってくるやん」

「けっこう貢《みつ》がせたらしいし。基本、飲み食いはタダ」

「だから？　それで？　あの子、金遣いも荒かったよね？」

そこで佐脇が「いい金蔓《かねづる》でも見つけたのか？」と割って入った。

「金蔓っていうか……ワリのいいバイトもやってたみたいで」

「ワリのいい？　もしかして……」

「ウリとかとは違うよ。あの子、ヤリマンやったけどウリはしなかった。ミョーな線引きがあったやん。違う？」

同意を求められた女子は「うんうんそうそう」と頷いた。

「じゃあ、そのワリのいいバイトって、なんだったんだろう？」

佐脇がなおも訊くと、三人とも考え込んだ。

「美紗恵は突然姿を消すことがあったんよねえ。連絡が取れなくなったり。携帯に出ないし、LINE《ライン》も返さないし。その分うちらは出席を代返したり小テストの答案をあの子の分も書いてあげたり、学生証預けられて出席確認のパネルにタッチしたりして、大変やってんけど、あの子はお礼や言うて、うちらにカラオケとかカフェとか飲みとか、気分よく奢《おご》ってくれたから、うちらも大目に見ていた。何のバイトやったんかなあ？　秘密クラブみたいな？」

「アタシが聞いたのは、お金持ちの御曹司にプロポーズされて、指輪貰って旅行も行った、いう話。お相手はウチの大学の学生らしいって話やってんけど、蛍雪の学生じゃあたいしたことないね～って、後で笑ったわ。蛍雪は小金持ちの息子はいくらでもおるけど、大金持ちとは違うんよね。レクサスに乗ってるけどベンツは無理？　って感じ」

「やっぱ、蛍雪大学じゃあダメやね～」

三人の女子大生は溜息《ためいき》をついた。

「お前の主張する小山さんビッチ説だが、ある意味、正解かもな」

話を聞かせて貰った礼に三人の女子大生の飲み代を払い、別の店に向かう道中で、佐脇はボヤいた。

「女同士だから点が辛いのを割り引いても、小山美紗恵って相当のタマだぜ。あんなビッチ、海に落ちて死のうが落とされて死のうが、どうでもいいんじゃないの……と本当は言いたいところだが」

タバコに火をつけて、佐脇は付け足した。

「親御さんのあの姿を見るとな、刑事の本分を思い出しちまうな」

「師匠のそういうところ、嫌いじゃないですけどね」

そう言った和久井は首を傾げた。

「あれ？　いつの間にか逆転してますね。最初は佐脇さん、ホトケに同情してたのに」

そう言いながら、二軒目の居酒屋の暖簾《のれん》をくぐった。

昔ながらの、値段で勝負という感じの店で、L字型のカウンターのほかに木のテーブル席があり、壁には焼き鳥やホルモン焼き、刺身といったメニューが貼ってあり、この界隈《かいわい》に住む中高年の男性客に混じって、男子学生がビールやチューハイを飲んでいる。

その中で、杯を重ねて悪酔いしたような若い男が、テーブルに突っ伏していた。

その男は、泥酔《でいすい》しているのか、ナニやらブツブツと言語不明瞭《ふめいりよう》なことを呟いている。

佐脇と和久井はこの男の隣のテーブルに座ってヤキトリにおでん、瓶ビールを注文した。

「やっぱりおれは、こういう店の方が落ち着く」

佐脇は顔を綻《ほころ》ばせたが、和久井は黙って笑みを返すのみだ。

「お前、『如才《じよさい》なさ』を学習したな？」

「自分、腹減ったんで、焼きおにぎり頼んでいいですか？」

「おう。どんどん食え。自腹でな」

地元暴力団・鳴龍会《めいりゅうかい》という資金源を失って以降、佐脇はケチになった。

それでも、二人で飲みながら、酔い潰れた若い男の様子には目を配っていた。何やらブツブツと呟いたかと思えば急に大声を上げて、泥酔者の典型的な振る舞いを見せているが、この手の泥酔者は突然錯乱《さくらん》して暴れ出す場合もある。それを警官として警戒したのだ。

突然、がたん、と椅子を倒して男が立ち上がった。

二人の刑事がさっと振り返ると、男が口を押さえてトイレに駆け込むのが見えた。

「おれな、酒は飲むが、酔っぱらいが大っ嫌いなんだ。特にところ構わずゲロ吐くバカ。イイトシこいたオッサンなら、自分の限度を知れって思うが、まああいう若い奴なら仕方ないか」

しばらくして男がトイレから戻ってきた。吐くものを吐くとスッキリして酔いも醒《さ》めてしまったようだ。

「お兄さん、大丈夫か？」

佐脇が声をかけた。

「あ、すみません」

若い男は礼儀正しく頭を下げた。

「ずいぶん荒れてたみたいだけど？」

「ええまあ……」

彼は言葉を濁したが、少し考えて、言葉を足した。

「……辛いことがあったんです。大事なひとに、いや、それはおれが一方的に思ってただけなんですけど、人に死なれてしまって」

佐脇と和久井は、彼を見た。

どちらかと言えば肉体労働系に思えたが、服装は今どきの若者風のセーターを着て、椅子の背にもジャケットを掛けている。

「学生さん？　蛍雪？」

佐脇が訊くと、若い男は頷いた。

「ええ。人間科学部で」

「立ち入ったことを訊くが、君は、もしかして亡くなった小山さんのお知り合い？」

辛そうな表情で頷く彼に、二人は警察証を見せた。

「小山さんの事で、いろいろ話を訊いてるんだけど……よかったら、差し支えのない範囲で訊かせてもらえるかな？」

相手が刑事だと知って、若い男は「人間科学部総合文化学科二年の向島三郎《むこうじまさぶろう》です」と名乗った。

「小山さんとは必修の語学のクラスが同じでした。刑事さんは、いろんな人から話を聞いたんでしょう？」

「いや、遺体があがったのが今日だから、まだそんなには」

和久井が控えめに言った。

「きっとね、彼女のことを悪く言うヤツの方が多いと思うんです。特に女子からは好かれてなかったし。派手系で、男にモテる女を嫌うんですよね、ブスは」

さっきの三人組を思い出して、佐脇は思わず笑ってしまった。

「男だって同じです……だいたい小山さんと遊んでおいてヤリマンとか言うの、失礼じゃないですか？　自分だってやったくせに……サセ子とか言うの」

「いるよな、そういう野郎は。ソープで、君みたいな娘《こ》がどうしてこんなところで？　と説教するような……ちょっと違うか」

「かなり違います」

佐脇に和久井が突っ込むのにかまわず、向島は思いを吐露《とろ》し続ける。

「とにかくね、男も彼女をセックスの対象としか見てなかったというのが辛すぎて。おれは彼女に何度も言ったんです。あんなサークル辞めろよって。でも彼女は、人間関係を広げるのに必要なんだって」

「あんた、あの娘のなんなのさ？　……とここは訊くところかな」

佐脇はつい言ってしまい、慌てて謝った。

「いや、すまない。混ぜっ返す気はなかったんだ。すまん。本当にすまん」

だが向島と、そして和久井までが佐脇をポカンと見つめている。

「佐脇さん、全然意味が判らないんっすけど？」

若い二人には古いヒット曲の歌詞などまったく通じていない。

「いや、いいんだ。忘れてくれ」

「ええとあの……たしかにおれは、彼女が好きでした。まあ、片思いでしたけど」

向島は絞り出すように言った。

「おれは地元だし彼女は姫路の人だし、彼女は美人で華やかでモテるけど、おれはこの通り、モッサリしてるし……」

そう言っている向島の目から、涙がこぼれ落ちた。

「……忍ぶ恋です」

「ま、向島くん、飲んでよ」

佐脇は彼のグラスにビールを注《つ》いだ。

「何か食うか？　ここのお薦めを教えてくれよ」

「ポテトサラダとあさりバター、お願いします」

彼は泣きながら注文した。

「小山さんは、いいところあるんですよ。いろいろ夢があったし……ちょっと現実離れした夢もあったけど……ニュースキャスターになるとか……だけど蛍雪じゃあ無理ッスよね」

そんな事はないと言えば嘘になる。ローカルから東京キー局に移った磯部《いそべ》ひかるにしても、出身は東京だし東京にある大学を出ているし……。

「小山さんについてはいろいろ噂はありましたよ……軽いとか、その方面の。でもね、それはモテないブスや童貞のヤッカミだと思うんです」

向島は熱い口調で語り出した。

「小山さんは……純なところのある人でした。おれがネットに詳しいってことで相談を受けたことがあって。Wi-Fi《ワイファイ》が突然不調になって彼女が困ってた時です。彼女の部屋に呼ばれて行きました。要するに無線ルーターのケーブルが抜けてただけなんだけど、彼女、凄く喜んでくれて、『つながった！　向島くん、ありがとう』って、おれに抱きついてきたんです。『ほかにお礼もできないから、ハグね』って。その時の彼女のうれしそうな声と、顔と、あたたかい身体の感触が今も忘れられなくて」

そう言って向島は男泣きに泣き、佐脇は、どうしてそこで押し倒さなかったんだ！　とはさすがに言えず、「純情なんだな、君は」とコメントするのがやっとだった。和久井は眉をしかめている。和久井の中で小山美紗恵ビッチ説が強化されたことは間違いない。

「そのあともネット関連で相談を受けるようになって……小山さんにネットでしつこく嫌

がらせをしていたやつを特定して、追い込んだこともあるんですよ」

「弁護士を立ててプロバイダに個人情報を開示させたのか？」

「いや、そういうことじゃないです。詳しくは言えないけど、プロバイダからそいつのIPを抜きました」

そこからネットストーカーの実名と住所を特定、小山美紗恵自身が対決すると、そいつは土下座して泣いて謝ったという。

「小山さんと同じ授業を取ってたやつでしたけど、学校に来れなくなって、結局、退学したみたいです」

「きみは……いわゆるハッカーなのか？」

「いや、そこまでのものじゃないっすけど」

涙を拭いながらも向島は一瞬、幸せそうな表情を見せた。惚れた女の前で面目《めんぼく》をほどこした、その記憶が、この冴えない男の青春のハイライトだったんだな、と佐脇は思った。

向島は話し続けた。

「この大学は田舎にあるから凄く地味な空気が漂ってるけど、彼女は上昇志向だったから浮いてたし、美人だったから目立ったし。だけど、彼女の言うことには閃きに満ちていて話していて凄く刺激になったし、物事を型にハメない自由さもあったし、行動力もあったし、それが物凄く眩しかったんですよ。おれにはね。だけど、目立った分、誤解されることもたくさんあって……田舎だから、派手な男女関係って、どうしてもすぐ噂になるでしょ」

彼は言葉を選んだ。

「だからあのサークルを辞めろって言ってたんだけど……でも、そういうのは個人の感覚の違いって言われればどうしようもないし。セックスを握手程度みたいに思うことも、全否定はできないでしょ？　病気とか妊娠とかの問題はあるとしても」

それでも、と彼は自分で自分を否定した。

「握手程度に小山さんが思っていたとしても、それは思想の自由みたいなものだし、と自分に言い聞かせてはみたんですが、やっぱり辛かったです。だって、そういう考え方をして、一方的に傷つくのは女性じゃないですか」

「まあ……道徳的なことを他人に説教するのは難しいな。それこそソープに行って」

「佐脇さん、それ、もう言いました」

和久井がツッコむ。

「ただね、女の子に尻軽とか公衆便所みたいな汚い噂が飛ぶのは、当人にも良くないと思うんです。そういうのにワルノリしてくるバカ野郎もいるわけで」

せっかく注文したポテトサラダにもあさりバターにも手をつけず、向島はぼそぼそと喋り続けた。

「というか、彼女から相談されたこともあったんです。無理矢理やられちゃったって……。それも大勢に。その時はおれ、きちんと警察に知らせるべきだと強く言いました」

「三ヵ月前の事だね？」

佐脇の確認に、向島は頷いた。

「警察はちゃんと話を聞いてくれて捜査も始まったって彼女は言ってました。でも……それから何日か、彼女が学校を休んで、会えなくて気を揉《も》んでいたら……ふらっと学校にやってきて、指に塡《は》めた指輪を見せびらかして、『あたし婚約したから。それに障《さわ》るんで被害届は取り下げた』って」

「君は彼女の口から、強姦犯の名前を聞いてたの？　婚約者って誰？」

それについて、向島は長い沈黙の後、重い口を開いた。

「……どっちも金持ちのボンボンですよ。金で女がなびくと思ってるような。彼女、自分が遊ばれてるってことも判らないで。それが悔しいです」

向島は吐き捨てるように言った。

「それと彼女、何かよく判らないバイトをしてました。急に一週間とか学校休んだり、連絡がつかなかったり」

彼は、千紗やさっきの三人組と同じようなことを言った。

「守秘義務があると言って、それ以上の事は言わなくて。楽なバイトとか、サークルの先輩からどうしてもと頼まれて断れないとか……で、またあのサークルかと思って、おれは凄く嫌な気持ちになりました」

「小山さんはなにかお金が必要だったのかな？　そのくせ夜のバイトは無断で休んだりして熱心じゃなかったんだよな？」

「だからおれも、お金がいるなら貸すよって言ったけど、別にお金のためにやっているんじゃないって返されて」

「ワリのいいことが好きだったんじゃないんですか？」

和久井が代弁するように言った。

「飲み屋のバイトってけっこう激務でしょう？　それならもっとラクなバイトを探すんじゃないでしょうか？」

「しかし、彼女は特にカネが欲しかったわけじゃないんだろ？　だったら或いは……いや」

佐脇は言いかけて、言葉を飲み込んだ。

「或いは、何なんです？」

「いや、なんでもない。忘れてくれ」

「とにかく、彼女はね、自分で死を選ぶような人ではなかったです」

向島は、あくまで小山美紗恵を庇《かば》った。

「じゃあ、誰かに殺されたってこと？」

和久井が訊いた。

「例えば、彼女をレイプした男が、とか？」

「和久井。そういう訊き方はダメだ」

佐脇は弟子に注意を与え、自分の考えを口にした。

「明日になれば司法解剖の結果が判るだろうから、他殺の可能性についてもハッキリしてくるだろう。今の時点であれこれ想像しても仕方がない。向島くん、また話を聞かせてもらえるかな？」

「ああ、もちろんです。僕に出来ることは、なんでも」

それはありがたい、と佐脇は自分の名刺を渡して席を立ち、テーブルに勘定を置くと、カッコよく去ろうとした。が、ふと振り返って、向島を見た。

「……あんた、あの娘に惚《ほ》れてたね」

そう言われた向島は、ポカンとして佐脇を見返した。

「何なんですか？　最後の、あの変な決めゼリフ？」

「いや、一度言ってみたくてさ、あのフレーズ」

店を出た二人は街から離れた寂しい旧国道に立っている。タクシーが通りかかるのをえんえん待ちながら、佐脇が言い訳するように言った。

「元ネタはどうせお前も知らねえだろうけど……あの向島くんが、なんだか可哀想《かわいそう》でな。今どき珍しい純情くんだと思わねえか？　この世で一番、ホトケのことを真剣に思ってたんじゃないか？」

「そうかもしれませんね」

と和久井も話を合わせたが、「いや、それよりも」と話を変えた。

「佐脇さん、さっき、だったら或いは、と言いかけてやめたのは何だったんです？　ホトケがカネを欲しがった理由ですけど」

和久井はなかなかタクシーが捕まらないので、スマホのアプリでタクシーを呼ぼうとしながら佐脇に訊いた。なんだ、ここはサービス圏外《けんがい》かよ、と舌打ちする弟子に佐脇は答えた。

「おれはね、中絶資金って可能性を考えたんだ。レイプで妊娠して……って線もあるかなと思ったんだが、しかし金に困ってたわけじゃない、と彼女は言ってたっていうし……なあ、そんなこと、彼の前で言えないだろ」

「しかし……向島くんだってそれくらいは考えたんじゃないですか？　むしろ彼女だったら、妊娠を理由に相手に結婚を迫って婚約を勝ち取ったのかも」

「レイプ野郎と婚約者が同じならな。しかし違う相手だったらそうはいかんだろ？　問題は、彼女が誰と婚約したのかって事なんだが」

「レイプの被疑者の三人のうちの誰か、ですかね？」

どうかな、と佐脇はタバコに火をつけたところでやっと、タクシーの空車がやってきた。

「鳴海の二条町にやってくれ！」

行き先を告げた佐脇は、和久井に言った。

「飲み直しだ。弟子なら師匠に付き合え。師弟関係ってのは極めて封建的《ほうけん》なものなんだ。判ってるな！」

「当然、師匠は弟子に奢るんですよね？」

「さあそれはどうかなあ。なんならお前が奢ってくれてもいいぞ。噺家《はなしか》なら弟子のアパートに住み込んで『内弟子ならぬ内師匠』と嘯《うそぶ》いていたケースもあるくらいでな」

和久井は閉口している。

＊

翌朝。

蛍雪大学のキャンパスに現れた佐脇と和久井は、男子学生三人連れのグループにつかつかと歩み寄った。

三人の中の一人がひときわ目立っている。周りがみんな、近所のコンビニに行くような普段着の学生ばかりの中、細身の長身に黒のセーターに黒のジャケット、黒のジーンズに黒のコートに黒い靴といった黒ずくめのスタイルはロックスターのようだ。しかも短髪の学生ばかりの中で、こいつ一人だけが長髪だ。

「やあ、塚田くん。久しぶりだね」

酒くさい息で話しかけてきた佐脇に、塚田と呼ばれた長身の男は咄嗟《とっさ》に逃げ腰になった。

「お、おれは知らないぞ！」

「まだ何も訊いてないのに知らないぞって、何のことだ？」

佐脇は猫が小鳥をいたぶるような笑みを浮かべてツッコんだ。

「だからそういう引っかけ、止《や》めてくださいよ。人聞きの悪い。どうせ小山美紗恵の件でしょう？　彼女が死んだ事はニュースで知ってるし、以前のこともあるから、刑事さんがおれを疑うのも判るけど」

塚田は他の二人に「行け」と手払いをした。

「そこまで判ってるなら話は早い」

佐脇はニヤリとした。

「だからおれはやってないって。小山美紗恵を殺したりしてないですよ」

「殺してなくても強姦はしたんだよな？」

「はぁっ？」

「お前、逃げきれたと思ってるんだろうが、レイプは非親告罪だからな。捜査は今でも継続中だ。署長からきちんとやんなさいとハッパをかけられたんでな」

「あ？」

塚田は意外そうな顔をした。

「てっきりコロシの容疑かと」

「そうか。やっぱり殺《や》ったのはお前か！」

佐脇は凄んで見せた。

「いやいや、おれじゃないっすよ」

塚田は慌てて否定した。

「刑事さんは偏見《へんけん》あるからな。おれが髪長くして、親にちょっとカネがあってＢＭ乗ってるから、女にだらしないカスでクソって思ってるんだろ。だけどそれ、偏見だから」

塚田は、彫りが深くてイケメンと言えなくもない顔を曇《くも》らせた。

「ナニが偏見だ。ジョブズの真似《まね》みたいな格好しやがって」

そう言った佐脇に、塚田は驚いてみせた。

「ジョブズ知ってるの？　あんたパソコン使えるの？」

「うるせえ。おれはスマホもタブレットもアップルだ！　パソコンは官給品だからウィンドウズだがな」

佐脇はそう言って水戸黄門《みとこうもん》の印籠《いんろう》のようにアイフォンをかざして見せた。

「とにかく、また話を聞かせてもらう」

「だからあの件はもう、済んだんじゃねえのかよ。新しい事実なんかねえよ。ああそうだ！　おれにはアリバイがあるんじゃないか！」

大事なことを思い出した、と言わんばかりに塚田は言い募《つの》った。どうせこいつの主張する「アリバイ」とやらも、知り合いに頼んで口裏を合わせたフェイクだろう。

「アリバイがある以上おれは無実だ」

塚田は嵩《かさ》に懸《か》かって言い募る。

「迷惑なんだよ。それにこれから授業なんだけど。ゼミだから休めない」

「ほうそうか。だったらおれから教授に事情を説明してやるよ」

返事に詰まった塚田は目を泳がせた。

「ということで話を訊こう。警察に行くか？　お前の部屋に行くか？　それとも学校の会議室を借りるか？　車の中でやるか？」

「バカ言うな。何処《どこ》だろうが嫌なものはイヤだ」

「じゃあ、カラオケにしようや。あそこなら邪魔が入らねえ。どんなにお前が悲鳴を上げようがな」

大学の正門を出たところの商店街に、学生客を当て込んだカラオケ・スタジオがある。

佐脇は塚田の言うことには耳を貸さず、自分のペースで進めた。

以前の事情聴取では、塚田たちレイプ実行犯だと名指しされた三人を警察に呼んで、任意という形で話を訊いた。しかし遺留物などの物証がなく、そのうちに彼らのアリバイが成立してしまったので、それ以上の追及が出来なかったのだ。

「もう一度話を訊きたいんだよ」

佐脇は思いっきり塚田を睨みつけた。

「おれたちが何度も何度も、同じようなことを繰り返して訊く理由は判ってるよな？」

「ああ、おれがウソをついていて、いつかボロを出すからって言うんだろ？　だけど、おれが関係ないってのはウソじゃないから、何度訊かれようがボロは出ない」

「まあ、ゆっくりやろうや」

「だから、これから授業だっつってんだろ。おれの授業を受ける権利はどうなるの？」

「一回くらいいいだろ？　どうせいつもはサボってるくせに」

佐脇は鼻で嗤《わら》いつつ、塚田の肩を摑んだ。

「おい。妙な抵抗するなら、このまま署に連行するからな」

「佐脇さん！　ここは冷静に……」

和久井は、ムチャをして逆に訴えられるのを恐れているので、強行突破を図《はか》ろうとしているようにしか見えない佐脇に慌てて注意喚起《かんき》する。

佐脇に背中を押され、塚田は覚悟の面持ちでカラオケの個室に入った。

「最初の一杯を頼まないといけないから、飲め！　乾き物も食うだろ？」

佐脇はそう言うと勝手に注文して運ばれてきたビールを飲み、ポップコーンをむさぼり食いながら笑顔を塚田に向けた。

「おれは口は乱暴だけど手は出さないから。つまり滅多《めった》には出さないって意味だ」

「出すなら出せよ。言っとくけど、おれの親父は鳴海観光のオーナーなんだからな。県警本部長とは同じ大学でマブダチなんだぜ」

塚田は歯茎《はぐき》を見せて笑ったが、その顔は引《ひ》き攣《つ》っている。

「だからアンタらみたいな木《こ》っ端《ぱ》刑事の一人や二人、山奥に飛ばすくらいカンタンなんだ」

佐脇はそれにも笑顔で答えた。

「判った。いずれお前のオヤジの会社もガサ入れしてやる。お前は知らないだろうが、おれはな、県警本部長もビビる佐脇様なんだ。署長のクビくらいは簡単に飛ばせる」

笑顔のまま言うので、塚田の顔はますます引き攣った。

「佐脇さん、それ、全然自慢になってませんが」

和久井が止めツッコミをしたが、佐脇の耳には入らない。

「おれの捜査方針に反対した県警本部長は警察庁から大目玉を食らってたな。おれは警察庁に強力なコネがあってな。そのコネは与党の政治家ともつながってるから、半端《はんぱ》じゃないぞ。県警本部長の人事は警察庁が握ってる。お前のオヤジのマブダチがいつまで本部長でいられるかねえ?」

「……判ったよ。このクッダラねえマウンティングはアンタの勝ちだよ」

「バカ野郎。最初にマウントかましてきたのはお前だからな」

「……まあ、師匠もけっこう大人げないですけど」

和久井は苦笑するしかない。

「三ヵ月前のことをもう一度訊く。九月二十日の午後十時頃、お前と、お前の友人である蛍雪大学経法学部、総合政策学科四年の上原憲司・二十一歳と、同じく原田翔は、お前のマンションで、蛍雪大学人間科学部総合文化学科二年の小山美紗恵さんを、暴行又は脅《きょう》迫《はく》を用いて性交、肛門性交並びに口腔性交をしたか?」

佐脇は書類を見ながら訊いた。

「だからしてないって。三ヵ月前の取り調べで、おれたちのアリバイが証明されて、終了だっただろ!」

「小山さんの心神喪失《そうしつ》若《も》しくは抗拒《こうきょ》不能に乗じ、又は心神を喪失させ、若しくは抗拒不能にさせて性交等もしてないと？」

「何だよその『性交等』って妙な日本語はよ！」

「法律の言葉だ。お前も少しは法律齧《かじ》ってんだろ！」

「な、もう一度言ってやるよ。おれたちにはアリバイがある。アリバイがあるんだから、九月二十日の夜十時頃、おれの部屋で小山美紗恵をレイプなんかしてません。以上！」

「アリバイなあ……それってお前のマンションの防犯カメラの映像だけなんだよなあ。普通なら、お前のマンション周辺の防犯カメラも確認して、二重三重にアリバイを確認するんだが」

　それに対して塚田はふふふと挑戦的に笑った。

「で、あれからおれも調べたんだけど、レイプするのに暴行を用いるってのは、殴って気絶させたり縄で縛ったりすることなんだって？　あのマンション、壁が薄いから、大声出したり殴ったり、デカい音立てたら隣に聞こえちまうんだよ」

「そうか？　けどナイフとか凶器を使って低い声で『言うこと聞かないと殺す』と言ったかもしれねえな。声が小さくてもこの場合は『脅迫』が成立するぞ」

「だから、証拠がねえじゃん！　アリバイが成立してるんだしよぉ！　美紗恵は病院にも行ってねえんだろ？」

「そうだ。行ってないから体液等の採取は出来ていない」

「中出ししたとは限らねえけどな」

塚田はそう言って一人で大笑いした。

「フェラとかアナルとか、法律ってエロ小説みてえだな！」

「酒を飲ませて酔わせて犯《や》っても、それは心神喪失状態ってことになるんだぜ」

「ふ～ん。今後の参考にしとくわ」

塚田は興味なさそうに言った。

「ってことでもういいだろ？　そもそもあんたらは、なーんも証拠がねえのに、なにゴタク並べてるんだよ！　おれたちを捕まえたければ、アリバイを崩さなきゃな、な？　そうだろ？」

塚田は調子に乗って和久井の頬《ほお》に指を立てて、赤ん坊をあやすように何度も押した。

「止めとけ、このクソガキ」

佐脇は塚田の指を掴み、いきなり反対方向に折り曲げようとした。

「いっ痛《い》ってえよぉ！　指が折れるじゃねえか！」

佐脇は手を止め、宣言した。

「アリバイは必ず崩してやる。お前らを必ず強制性交罪で送検してやる。そうなれば、芋《いも》ヅル式に小山美紗恵さん殺しも自供に追い込めるかもな」

「な、なんだよ。脅迫するのかよ？」

「そう取るならそれでいい。しかし」

佐脇はニヤリとした。

「おれが脅迫したという証拠はあるのか？　お前の供述以外に？」

うはははと芝居めいた豪傑《ごうけつ》笑いをすると、佐脇は「そうと決まれば」と言った。

「ナニが決まったんだよ。お前がそう思ったらそうなるのかよ？」

「ま、いいじゃねえか。どうだ？　せっかくだからカラオケでもやるか？」

「は？」

塚田は、この展開が理解出来ない、という顔でリモコンを操作する佐脇を見た。

「お前、三田明《みたあきら》って知ってるか？　知らねえだろうな」

そう言いながら「美しい十代」や「アイビー東京」「恋人ジュリー」などを続けてリクエストして歌いまくった。

和久井はと言えば、処置なしだ、という顔でジンジャエールを飲むばかりで、さすがにリクエストはしないし、塚田に歌いませんか、とも訊かない。

「な、なんなんだよ？　こんな知らない曲ばっかり……しかも」

佐脇は、音痴《おんち》だった。それもかなりの重症で、お経《きょう》のようにメロディが無いだけならともかく、一応音の高低はあるだけに厄介《やっかい》だ。しかも微妙に、時として激しく音を外すので、それをフルボリュームで聴かされる破壊力はかなりのものだ。

「さあ、次は東京ロマンチカでも歌うか」

「ちょっと待ってくださいよ！　ここに来たのは、おれに話を訊くためじゃないんですか！」

「だってお前、せっかくカラオケに来てるんだ。歌わねえってことはないだろ！」

佐脇は涼しい顔で、ただでさえ難易度の高いアイ・ジョージの「赤いグラス」や布施《ふせ》明《あきら》、尾崎紀世彦《おざききよひこ》などを熱唱した。

しかし、歌唱力を要求される曲ほど、音痴が歌うと壊滅《かいめつ》的な結果を招く。リバーブを利かせまくっても、音痴は音痴。それをフルボリュームでえんえんと聴かせられるのは拷問《ごうもん》に等しい。和久井にも塚田にも一切歌わせず、佐脇だけがマイクを握り続け、微妙な曲ばかりをリクエストしまくった。

「どういうことなんだよ、これは？」

さすがにたまりかねて、塚田は和久井に訊いた。

「どうしておれが、こんな歌を聴かされ続けなきゃいけないんだよ？　まさか、これは拷問？　とさすがに思い当たった塚田は青ざめた。

「……」

「いや悪いね。おれの下手なカラオケに付き合わせちまって。だけど、おれもノッて来たもんだからね」

佐脇はビールをお代わりして、なおも歌い続けた。

極め付けは、欧陽菲菲《オーヤンフィーフィー》で、どうやらこれが決定的なダメージになった。まったく音域に合わない曲を裏声を駆使して無理に歌おうとするのだが、誰かが惨殺《ざんさつ》されるような絶《ぜっ》叫《きょう》にしか聞こえず、しかも歌っている途中でキーを何度も変えるものだから、伴奏を聴いているだけで気持ちが悪くなって吐き気すらしてくる。

塚田の額《ひたい》には、脂汗が浮かんだ。

「た……助けてください……」

「え？　音がうるさくて聞こえねえよ！」

そうして二時間。

カラオケを堪能《たんのう》してスッキリした佐脇に、晴れやかに「また逢おう！」と告げられた塚田は、カラオケスタジオを出たところでふらふらと膝をつき、気がついたら道路に嘔吐《おうと》していた。

げえげえと吐き続ける塚田に、和久井が少し気の毒そうに言った。

「大丈夫っすか？　まあ今日は、捜査再開の挨拶《あいさつ》代わりってことで、どうかひとつ」

「挨拶代わりって、何だよ？」

そう言った塚田は、また吐いた。

「いくらサツだからって、こんなことしていいと思ってるのかよ?」

「こんなこと? おれたちはお前から話を聞くために、ここの部屋を借りただけだ。まあ、これからもこういうことは何度かあるだろう。ヨロシクな」

「これからも何度か? 冗談じゃねえよ!」

そう涙目で佐脇に訴える塚田の顔は青白い。

佐脇はそれには答えずに、「じゃ、また」と言って、片手をあげ、遠ざかっていく。

その背中に向かって、塚田はヤケクソのように怒鳴った。

「おれはやってねえ。やってないんだ! ただ……みんなで飲んでいて、あいつが突然キレたから……」

弾みで……と言いかけた塚田は、ハッとしたように口を閉じた。幸い、佐脇たちにそれは聞こえなかったようだ。

＊

「最近の学生は、物の価値が判っていません。なかんずく、自分の命においてをや、です」

テレビの出演が増えて、いまや学校にいるよりも東京や大阪のテレビ局にいる方が多い、自称経済学者の御堂瑠美《みどうるみ》が、テレビ画面の中で吠えている。艶《つや》やかな黒髪と、整った美貌《びぼう》がスタジオのライトに映《は》えて、タレントか芸能人と言ってもおかしくないレベルのルックスだ。肩書きとしては蛍雪大学の非常勤講師にすぎないのだが。

「そういう自覚的な価値観に乏しい若者が、偏《かたよ》った思想を吹き込まれて簡単に信じた結果、いわゆるスリーパーセルになってしまうという事態も起こり得るわけですよ。こういう学生を見ていると、本当にそう思いますよ」

このインタビューの途中に挿《さ》し挟まれた『一気飲みをする無軌道《むきどう》な学生の隠し撮り映像』にコメントする形で、御堂瑠美は舌鋒《ぜっぽう》鋭《するど》く持論を展開した。

「こういう自己抑制《よくせい》のできない、上から言われたことに無自覚に盲従する若者が増えると、あっという間に北朝鮮の工作員にされてしまうんです。スリーパーセルの誕生です！」

そう言い切った御堂瑠美に対して、インタビュアーは戸惑《とまど》ったような表情をしつつ、しかし咄嗟には反論もしなかったので、スタジオには微妙な空気が流れた。ようやく気を取り直したのか、インタビュアーが質問を再開する。

「つまり御堂先生は、最近の学生はモノの価値も判らず、自己抑制できず、上から言われたことに無自覚に従順である、だから小山美紗恵さんも自ら命を絶ったとおっしゃるんですか？」

「いえいえ、そんな事は言ってません。一般論を申し上げているだけです」

「一般論と言えば、先生は最近の大学生の性の乱れについてはどうお考えですか？」

「と言うと？」

「たとえば、亡くなった小山さんは、先生が講義をされている、蛍雪大学のあるサークルに属していたそうですが……このサークルは、いろんなイベントを主催して、パーティなどで盛りあがるのが主な活動だったそうですね？」

「さあ、私はよく存じませんが」

御堂瑠美はニュートラルな雰囲気を漂わせて次の質問を待った。

「伺いたいのは、このサークル活動が、例えば学生間の乱れた性交渉を誘発していたとか、そういう事実はないのか、ということです。つまり、以前にもあった東京の有名大学の強姦サークル事件のような、という意味です」

「そうですね。あくまでも一般論としてお答えしますが、十八歳から二十二歳という年齢は『ヤリたい盛り』、つまり生物学的にも性的欲求が最も高まる時期です。しかしだからと言って性的放縦《ほうじゅう》はダメです。大学生なら理性で己《おのれ》を律《りっ》しなければ。それは、自分の性的魅力を敢《あ》えて利用する女子もいるでしょう。つまりヤラせることによって男性からいろいろ便宜《べんぎ》を図って貰うわけですが、そういう安易《あんい》な行動は危険なだけではなく、女性の自立の妨《さまた》げにもなっているのは間違いありません。売春と同じですから」

「しかし、御堂センセイのように美人だったら、何もしなくても便宜を図って貰えたりするのでは？」

「それは……個人の能力にも関わってくることですよね。男女の別なく、個人的に魅力的だったり、リスペクトされていれば、便宜は図られても不自然ではないでしょう」

「しかし……それだと、センセイが先ほどおっしゃった売春と同じというご意見と、矛《む》盾《じゅん》が生じませんか？」

「はあっ？」

テレビの中の御堂瑠美は眉根《まゆね》を寄せ、思いっきり首を傾げてみせた。

「おっしゃる意味が判りませんけど？」

不穏《ふおん》な空気が流れたのを察したインタビュアーは「では話を変えて」と締めにかかった。

「今回の事件についてですが、御堂先生は、亡くなった小山さんは自殺したのか、それとも誰かに殺されたのか、そのどちらだと思われますか？」

「それは……」

御堂瑠美は微笑《ほほえ》んだ。

「私は刑事じゃないから判りませんよ。国際経済学者ですからね。たまたま私が教えている大学で、ひとりの学生が亡くなったことは大変残念ですけれども」

キリッとしてそう言う御堂瑠美は、美しい。

テレビのインタビューは支離滅裂《しりめつれつ》なまま終わり、次のニュースに移った。

そんなテレビの中の自分の雄姿《ゆうし》を見上げながら、御堂瑠美はグラスを傾けた。

「おれがオッサンだからなのかもしれねえけど、あんたの日本語、時々ヘンだよね？」

一緒に飲んでいる佐脇がすかさずダメ出しをする。

「大学のセンセイ様が『ヤリたい盛り』はねえだろうよ。いくら帰国子女だからって、いやいや、日本語を勉強してる外国人だって、もっと弁《わきま》えてるぜ」

「そう言えば御堂さんって外国生活が長かったんですよね」

店のオーナーの島津《しまづ》が、何も知らない風を装って生ビールのお代わりを運んで来た。

「プリンストンで博士号を取ったんじゃなかったっけ？」

「あ〜え〜と、正確に言えば、取ってないです」

知性的なアラサー美人でスタイル抜群な肢体《したい》をシックなスーツに包み、ストレートなロングヘアも艶《つや》やかな御堂瑠美が少し顔を曇らせた。

「プリンストンには半期在籍しただけで……」

「SMクラブの女王様のバイトが忙しかったのか？」

佐脇が混ぜっ返した。

「だけどセンセイのご本にはプリンストンでPh．Dを取ったって」

「あ、それはたぶん、出版社の間違いで。そう書いた方が本が売れると言われて」

　黙っていれば目鼻すっきりの理知的美女なのだが、話が長くなると化けの皮が容赦《ようしゃ》なく剝《は》がれ落ちる。

「島津、お前も訊きにくいことをさらっと訊くよな。しかしいつもながら、この店は繁盛していて何よりだ」

「佐脇さんがおれを褒《ほ》めるのは、何かサービスしろって時ですよね。判りましたよ。ローストビーフ・サラダをお持ちします」

　このシュラスコ屋のオーナー・島津は、元は地元のヤクザだ。所属していた鳴龍会が解散した後はグレーな存在である裏の顔を隠して、若者にアピールする飲食店で当てて、今や三軒の店を持っている。地元経済が沈滞《ちんたい》する鳴海市では成功者と言えるだろう。いわば「悪ガキがそのまんまオッサンになった」感じの、時折り見せる鋭い目つきを別にすれば憎めない男で、兄貴格として若い客の話し相手にもなっているようだ。

「で？　佐脇さん。今日私を呼び出した理由は？」

　御堂瑠美が訊く。

「いろいろと訊きたいことがあるんだよ。センセイがテレビではぐらかした小山美紗恵の死因だけどな」

　佐脇は内ポケットから書類を取り出した。

「ここに司法解剖の報告書がある」

「何よ。それを教えて、私がテレビで変なことを言ったとあげつらおうってこと？」

御堂瑠美は早くも防御の構えだ。猫なら全身の毛を逆立てるところか。

「だから私は専門家じゃないし、あれを撮ったのは今日の午前中なんだから。私がきちんとした答えなんか出来るわけないでしょ？」

「いや、そういうつもりじゃない。小山美紗恵の肺の中にあったのは、塩水だ。たぶん海水に見せかけようとしたんだろう。当然ながら海水と塩水は違う。これは、海に転落して溺死した場合あり得ない。防御創はないんだが、争った痕はある」

御堂瑠美は考え込む様子だ。

「ということは……お風呂で顔を水に漬けられて殺されて、海に棄《す》てられたってこと？」

「まずその答えが最初に来るよな。しかしホシは死体を遺棄しただけかもしれない。たとえば自分の部屋で塩水に顔を漬けて自殺したホトケを見つけて動転したホシが、遺体を海に棄てたのかもしれないという可能性もある」

「それは佐脇さんの仕事よね。私には関係ない」

「そうでもないだろ。あんたんとこの学生がホトケなんだし、あんたんとこの学生がホシかもしれないんだぜ？」

「それはそうだけど、私の教え子ってわけでもないんだし……」

「でもあんたが教えている大学だぜ？　何か知ってることくらいあるだろう。たとえば小山美紗恵が所属していたヤリサーについてとか」

「ヤリサー？　そんなものはないわよ。ウチはごく保守的な、田舎の大学ですからね」

御堂瑠美には多少の「自校愛」があるのかもしれない。

「いや、そういうものはどこにだってありますよ、センセイ。今の学生はシビアですからね。就活や婚活の一環としてヤリサーを活用する場合もね」

島津が飲み物と料理を持ってやってきた。

「島津の言うとおりだよ。逆に田舎ほど夜這《よば》いとか不倫とか、そっちのほうが派手な傾向にあるかもな。田舎は刺激に乏しくてやることないからセックスに走る」

佐脇は御堂瑠美を見た。

「まあ、あんたは売れっ子で忙しいからそうじゃないだろうけどな」

「逆に佐脇さんはモロに当てはまるって事ですね」

御堂瑠美が逆襲した。

「すご〜くわかる。納得しちゃうなあ」

ローストビーフ・サラダを小さなボールに取り分けながら島津が言った。

「亡くなった小山さんも、マスコミに犯人臭いと言われている男子学生も、同じサークルのメンバーだったんでしょ？　そのサークル、ぶっちゃけヤリサーなんじゃないですか？

少なくともおれの見たところでは、そうですね」

「なんだ、そいつらがこの店に来ていたのか?」

灯台もと暗し。御堂瑠美より島津のほうが詳しいことを知っていそうだ。

「まあね、店に来る学生の噂にはなってましたね。蛍雪大学だけじゃなくて、地元国立のT大の学生も知ってたくらいで」

島津は、「死んだ人のことを悪く言いたくないけど」と言いつつ、あれこれ話し始めた。

「小山さんに関しては、あくまで聞いた話ですけどね、小山さんは相当のヤリマンで、男女関係もド派手だったと。大学のヤリサーに入って、もうやりまくりの日々で、二股三股は普通っていう、いわゆる『爛《ただ》れた関係』がいつものことだったって。小山さんだけじゃなくて、塚田とか、そのヤリサーの幹部も噂の対象で」

島津は自分用につくったハイボールをごくりと飲んだ。

「連中はうちの店でも、いかにも入学したての田舎っぽい女の子に一気飲みをさせてました。酔わせて近所のラブホに連れ込むのがミエミエだったんで、出禁《できん》にしたんですよ。あそこの店で女の子をぐでんぐでんに酔わせて輪姦《まわ》す、なんてハナシが広まるのはイヤだし、だいたいそんな連中に出入りされると店の雰囲気が悪くなりますからね」

話しているうちに腹が立ってきたのか、島津の顔は険《けわ》しくなった。

「塚田とか、名前覚えちゃうほどデカい態度だったんですよ。チャラくて、いつも高そうな服やアクセサリーを身につけててね。それでいて、うちの店の女の子と顔馴染《かおなじ》みになると、『常連割引してよ！』とか言いだして。セコいんだよね。金ならあるくせに。あれは女の子に無理難題言って、言うことをきかせて楽しんでる男のやることですよ。間違いない。賭《か》けてもいいけど、小学校のころからずーっと、あの野郎は女をいじめて喜ぶサディストだったんですよ！」

元はヤクザのくせに、憧《あこが》れているという鳴海伝説の極道・伊草《いぐさ》の精神を引き継いでいるのか、島津は意外にも真っ当な怒りを露《あら》わにしている。

「確かに、お前の言うとおり、あの塚田はクソ野郎だ。しかし現時点ではどうしようもなくてね……」

佐脇はそう言って、死体検案書を読み直した。

「血中から、よく判らない薬剤の反応が出てるんだが……」

「いわゆる危険ドラッグですか？　それともホントにヤバい系？」

島津は即、反応した。

「今のところ、鳴海でヤバい系のドラッグを扱っているヤツはいない筈《はず》ですが」

「大阪とか神戸《こうべ》方面から流れてくるのかもしれないな。よし、その線で叩けるかもしれんな！　ヒントを、ありがとよ！」

佐脇は立ち上がり、そのまま飛び出すように店を出た。

「あ、勘定は？」

佐脇は、逃げるように走って行く。

「アレじゃあ、食い逃げ犯だよ……」

島津は呆《あき》れた。

＊

翌日。

佐脇と和久井は再び塚田洋二郎に任意同行を求めた。

「今日は別件で訊きたいことがある。いずれ証拠が出たら、正式に逮捕状だって取れるんだぜ？　任意なら穏便《おんびん》に済ませられる。さあどうする？」

ツッパッてはいるが、根はビビリの塚田は求めに応じて鳴海署に連れてこられた。

「亡くなった小山さんの血液から、妙な薬物の反応が出た。君ら、なんか妙なクスリとかやってなかったか？」

取調室で、本格的な取り調べが始まった。

「やってねえよ。おれの血を採って調べてくれたっていいんだぜ」

「他の二人にも同じ血液検査をするが、いいんだな？　ヤバい反応が出てから土下座しても遅いんだぜ?」

佐脇は脅したが、塚田はなぜか自信に満ちている。

「そんな脅しにはビビらねえよ!　さっさとやれよ!」

塚田は自分でジャケットを脱ぎ、シャツの左腕をまくり上げた。

その腕には注射の痕があった。

「おい、何だこれは?　ヤクを打った痕じゃないのか?」

和久井がツッコんだが、塚田には動じる気配もない。

「いいや。これはキッチリ説明できる注射の痕だ」

「人間ドックとか献血って柄じゃないよな、お前は?」

「いや、そう言うことじゃないけど」

開き直ってしまってから、大丈夫だったっけ?　と塚田の顔にふと不安の色が浮かんだ。

その時。

取調室のドアが開いて、光田が入ってきた。

「おい。この取り調べは中止だ」

「何でだよ。まだ何も聞いてないんだぞ!」

「署長の判断だ。弁護士さんからの申し入れがあってな。この方たちだ」

光田の後ろにはどちらも三十代くらいの、ビジネスーツを着た、いかにも有能そうな男女が険しい表情で佐脇たちを睨みつけている。

「塚田くんが、これ以上この任意聴取に応じる義務はありません。前回の聴取以降、あなたがた警察が持っている情報に変化がない以上、改めて聴取する根拠がない」

そう言い切った弁護士の後ろにいる女は、厳しい表情で大きく頷いた。

「ミナちゃん署長も困ったもんだな。どんな圧力だよ。塚田のパパが地元でエラい人だからか？」

佐脇は溜息混じりに光田に聞いた。

「そうじゃない。これは任意同行だから、弁護士から取り調べ中止の要請があれば、それを拒絶できる根拠を示さない限り、続行するのは難しい。それはお前も判ってるだろ」

それを聞いた佐脇はムッとした。

「いいか佐脇。こっちには前回の捜査以上の材料がないわけだろ？　隠し球でもない以上、ここは折れるしかないだろ」

「いやしかし……」

なおも佐脇が渋っていると、ニワカに刑事課が騒がしくなった。

「鳴海の盛り場で学生が暴れてる。それも店をぶっ壊す勢いだ。それも三箇所ほぼ同時！」

「なんだ？　テロか、それとも暴動か？」

「いや、そういうことではないようだが……」

その声にかぶせるように、光田が大声で命じた。

「刑事課、出動だ！　手が足りないから一係二係関係なく出てくれ！」

光田はそう指示すると、弁護士に向き直った。

「こっちも面倒な事になった。今日のところはこれくらいにしておきましょう」

ムッとしたままの佐脇と和久井の目の前で、ニヤリと笑った塚田が立ち上がり、「ほなサイナラ」と嫌みたらしく一礼すると、弁護士について歩き去った。

第二章　凶暴化する者たち

「はいはい、退《ど》いてどいて！」

緊急通報を受けた佐脇と和久井が野次馬を掻《か》き分けて踏み込んだカフェバーは、手がつけられないほどテーブルも椅子もひっくり返り、グラスや皿の破片が散乱していた。酒や料理もまき散らされ、踏み散らかされた酷《ひど》い状態だった。

その上、天井の照明も割れて配線が剝《む》き出しになり、壁に取り付けられた液晶プロジェクターも完全に破壊されてパイロットランプが点滅しているだけなのが哀れを誘っている。

壁には酒やケチャップなどがぶちまけられた痕がくっきりと残り、おしゃれなタペストリーはビリビリに引き千切《ちぎ》られて、額に入った絵も、額ごとメチャメチャに破壊されている。

「なんだこれは……激怒した超人ハルクでも暴れたのか？」

客のほとんどは避難しているが、逃げ遅れた数人は立ち竦《すく》んだまま震えている。

店員も、掃除する元気すら出ないのか、お盆を持ったまま呆然《ぼうぜん》としているだけだ。

「おい。誰か説明できるやつはいないのか？」

佐脇が声をかけると、顔を引き攣らせた三十代の黒服男が前に進み出た。

「私が店長ですが……」

その男は、震える手で店の隅を指差した。

そこには一人の若者が、精も根も尽き果てたという様子で、へたり込んでいる。

「あれが被害者か？　気の毒にな」

「いえ、被害者なんかじゃありません。あいつです。あいつが全部やったんです」

店長が言いきった。震え声の中にも怒りが隠せない様子だ。

「え？　コイツがやったの？」

佐脇も和久井も驚いた。

店をここまで破壊する、それも一人でこんな暴挙をやったとは、とても信じられない。それほど、へたり込んでいる若者は華奢《きやしや》で、風体もごく普通なのだ。粋がったオラオラ系のチンピラでも半グレでもないし、ドラッグで錯乱しているとも見えない。

「ホントですよ……あの男が突然、喚《わめ》き始めて、立ち上がったと思ったら椅子を振り回して、あとはもう滅茶苦茶です。天井の照明やプロジェクターまで壊し始めて……一緒にいた仲間が止めようとしても、ものすごい怪力でそれを振りほどいて、いっそう暴れ出して……『オラー！』とか怒鳴ってカウンターの中に飛び込んで、お酒のボトルをなぎ倒して全部割って、関係のないお客さんのテーブルもひっくり返して、さらにそのテーブルを店の中にぶん投げて……」

「それは……例えば食器屋さんで陳列棚を倒したい衝動のようなものを実行に移した？」

和久井が首を傾げながら独り言のように呟いた。

「ホシがこの男だというのは間違いないんだな？」

佐脇が店に残っている人々に確認すると、全員が頷いた。

「おい、君。名前は？　住所氏名年齢職業を言いなさい」

佐脇は犯人とされた若い男の前にしゃがみ込んで、訊いた。

「ウダ……ウダマサカズ……蛍雪大学一年……住所……住所は……」

「酒か？　ずいぶん飲んだの？」

店長がええ、と頷いた。

「乾杯のビールのあと、テキーラにボイラーメーカーとか強いのを一気飲みで」

「いまだに一気飲みなんてやってるのがいるのか！」

和久井はウダと名乗る若者の息を嗅いだ。

「たしかに、酒臭さが半端ないっすね」

「君、酒乱か？」

佐脇が訊くと、ウダは「いや……そんな事は」と首を振った。

立ち上がった佐脇は、和久井に耳打ちした。

「どっちにしても、あのウダってヤツ、精神鑑定を含めて医者に診《み》せなきゃダメだな。被害状況の検証は鑑識に任せて、この場にいる連中の証言を取ろう。ウダのツレからは、特に詳しく聴取しろ」

「判りました」

和久井が官給スマホから通報して救急車を呼んでいると、佐脇のスマホも鳴った。

「はい佐脇。今、南新町《みなみしんまち》のダイニングカフェ『ジャック・アンド・ベティ』で被疑者を確保。被疑者は蛍雪大学一年の……え？　光田それマジか？」

佐脇は渋い顔で通話を切った。

「おい、目撃証言の聴取は他のヤツに任せて、次の現場行くぞ！」

二人が次に乗り込んだ店も、店内は同じように壊滅状態だった。まるで嵐に直撃されたかのようにメチャメチャに破壊されている。

赤と白のギンガムチェックのテーブルクロスがズタズタに引き裂《さ》かれ、ピザの石窯《いしがま》のタイルが何枚も剝がれ落ち、卓上のオリーブオイルの瓶が割れ、粉チーズが床にぶちまけられている。壁に飾られていたイタリア国旗トリコローレにも無惨《むざん》に赤ワインがぶっかけられ、トドメにはナイフまで突き立っている。

「おっとこれは国際問題になるんじゃないか」

などと最初は軽口を叩いていた佐脇だったが、この店で暴れたのは女であるということを知って、驚愕《きょうがく》した。

「おいマジかよ。被疑者はあの女ってか？」

店の隅では小柄な、まだ少女にしか見えない女が跪《ひざまず》いていた。セーターにジーンズ、黒髪の、女子高生のように見える女は、げろげろと吐き続けている。

「まさか。違うでしょう」

和久井も即座に否定した。

「だってあの子、中生《ちゅうなま》ジョッキだって片手で持てないっぽいじゃないですか」

「そう、まさに、そのまさか、なんだ」

現場に先に入っていた鳴海署刑事課長の光田が臭いものを嗅いだような顔で言った。

「まさか、あの娘が……って誰しも思うだろ？」

「いやしかし、まさか」

「光田よ。あの娘も一気飲みをやらかして泥酔したのか？」

「同行者によれば、そのようだな。ゲームをして負けて、その罰ゲームでライムサワーを立て続けに二杯だ。酒には全然、強くなかったそうだ」

光田は、店の壁に忍者のようにへばりついて顔面蒼白《そうはく》になっている若い女四人をチラッと見た。

「あの女の子四人が同行者か？」

そうだ、と言いながら光田は手帳を開いた。

「庭埜花楓《にわのかえで》、蛍雪大学一年。ハタチになったばかり。同行者によると、普段は大人しくて口数も少なくて、スポーツもやらないそうだ」

それを聞いた佐脇は、「おいおい勘弁してくれよ」と呻《うめ》きながら額に手を当てた。

「最近の学生は、一気飲みで急性アルコール中毒になると、ぶっ倒れるかわりに凶暴になるのか？　火事場の馬鹿力みたいなパワーを発揮して」

「いえしかし、これはまだ二件目ですよ」

だが和久井が言い終わらないうちに光田の携帯電話が鳴った。

「おい、早く次の現場に来てくれとさ。二条町の飲み屋では学生が暴れて、ヤクザをぶっ飛ばしたそうだ」

「ヤクザに勝ったってのは、新機軸だな」

三件目の現場は、千紗の店からもそう遠くない、二条町のヤバい系の飲み屋が並ぶ一角にあった。店の入口の引き戸が吹き飛んで、ガラス片や木片と化している。

カウンターが延びた奥に小上がりのあるウナギの寝床《ねどこ》風の店は、やはり全体が破壊されていたが、前二件と大きく違うのは、被疑者がヤクザと争った跡が生々しく残っていることだ。

床には血溜《ちだま》りが、壁には血しぶきの痕が生々しい。

「被害者の土田裕治《つちだゆうじ》三十八歳は元鳴龍会の構成員で現在は鳴海港の港湾労働に従事中。被疑者にカッターナイフで頸動脈《けいどうみゃく》を切られましたが、すぐに止血して国見総合病院に搬送されましたので、命に別状はないと」

「元鳴龍会？　ヤクザかよ！　そいつが『被害者』で間違いねえのか？　これだけのことをやらかしたからには普通、やったほうが元ヤクザじゃねえのか？」

「いいえ、土田裕治が被害者で間違いありません。そして被疑者は……」

現場を仕切っている制服警官はキビキビと二人の刑事に報告した。

「被疑者は、岡部啓介《おかべけいすけ》二十一歳。蛍雪大学三年生。友人と飲んでいて突然騒ぎ始めたので、うるさいと怒鳴った被害者の土田と激しい口論になり、店中をひっくり返す大乱闘になった末にカッターを取り出して、岡部が土田の首に切りつけたと」

「ああちょっと、おねえさん」

和久井が店のスタッフに声をかけた。

「掃除も片付けもやめてください。鑑識が来るまで現場はこのままで」

「けどガラスとか危ないですやん」

「現場保存にご協力ください」

「早よ修繕《しゅうぜん》せな、明日店開けられへん……」

お姉さんは不貞腐《ふてくさ》れてタバコを吸った。

「まったく何やの？　近頃の学生言うたら限度を知らんにもほどがある。親の顔が見たいわ。大学はいったいどんな教育をしてますの？」

店にいた客は、外に座り込んでいた。みんな中年のオッサンだが、呆然としている。

「お、佐脇の。お前が来たんか」

客の中には、冬でもアロハを着た情報屋のチンピラ、通称セコの笹原《ささはら》がいた。

「なんなんや、あの学生は？　ヤクでもやってるんか？　なんでヤクザがやられるんや？　土田は相当な腕っ節やで」

「ああ、土田なら知ってる。往年のピラニア軍団みたいな怖い顔したヤツだろ。下っ端だったが、元は伊草のところにいたヤツだ」

「おうよ。今でも武闘派よ。だけどそいつが……襟首《えりくび》掴まれて店ン中ぶんぶん回されて砲丸投げみたいに放り出されて」

自分でも見たものが信じられないと、笹原は声を震わせた。

「酒のボトル全部割るわ、フライ揚《あ》げてた中華鍋ひっくり返して火事になりかけるわ、近くにあった包丁摑んで投げるわで……」

「それだけ暴れたのに土田が負けたんだな？」

「おうよ……」

アロハの男は声が小さくなって、全身ががたがた震え始めた。

「おれ、エラそうに言ってるけど、人殺したことないし、人が死ぬところも見たことない。だからあの土田が、首から血ィどばーっと吹き出して、首を手で押さえてヨロヨロ歩いてぶっ倒れるの見て……いやもう、あんな怖いもん見るの初めてで……」

よく見ると、アロハ男笹原の股間は濡《ぬ》れていた。

他の客も、笹原の言ったことに首がもげるほど頷いている。

「エラいもん、見てしもた……」

判った、と頷いた佐脇は、制服警官に、被疑者の居場所を聞いた。

「奥の小上がりにおります。同僚が刺股《さすまた》で押さえつけて、見張っていますが……」

佐脇が奥に行くと、これまた華奢で中肉中背《ちゆうにくちゆうぜい》の若い男が、返り血を浴びたトレーナー姿で畳の上に蹲《うずくま》っている。

もう刺股の用はないので、見張りの制服警官は警棒を握り締めて監視している。

「こいつか？」

「ええ。岡部啓介です」

メガネを掛けた一見オタク風で、ヤクザならずとも、こんなヤツ一発でノセると誰しもが思うだろう。それくらいのひ弱さだ。

「それはもう、人間離れした凶暴さだったんですけどね、土田の返り血を浴びた瞬間、いきなりくたくたっとへたり込んで、まるでスイッチが切れたみたいに……」

「岡部のツレは？」

警官が指差したトイレへの細い通路に、大学生らしい男二、女三の合計五人が顔面蒼白で震えて立っていた。一人が絞り出すような声で言った。

「信じて貰えないでしょうけど……岡部は、ロリコンアニメとコミケが大好きな、ただのオタクなんです。腕力なんかなくて、大学でもいわゆるウェイ系の、ちょっと派手な連中が通りかかっただけでコソコソと逃げるようなタイプで……」

やっと口を開いた一人がそう言うと、他の四人も懸命《けんめい》に頷いた。

「君らが岡部に無理矢理飲ませたのか？」

「いいえ！」

全員が異口同音《いくどうおん》に否定した。

「岡部は自分でお湯割りを作って飲んでました。自分のペースで。まあ、基本、酒には強くないので、自分で薄めにして作ってました。いつもと同じです」

それを聞いた佐脇は、額に皺《しわ》を寄せて和久井に予言した。

「おい、これはたぶん、当分続くぞ」

「どうしてですか？　こんな、ありえない事件、そうそう続くわけが」

「立て続けに三連続だ。物凄く妙だと思わねえか？」

「思いますけど……現実はツマらないオチがつくんじゃないんですか？　鳴海に安いけど悪酔いする酒が出回っていたとか……」

「だったら、たった三件で済むわけがない。飲み屋がバカバカ破壊されまくって、警察機能はマヒ。今ごろおれたちは途方に暮れてるだろ！」

佐脇は、窓ガラスや食器、ボトルの破片をジャリジャリと踏みつけながら店内を歩き回った。

「今でも充分、途方に暮れてるんだがな」


鳴海署に戻った佐脇たちは、深夜ではあったが皆川署長の許しを得て、署内にとりあえずの捜査本部《ちょうば》を立てた。とは言っても正式なものではない、便宜上のものだ。ほぼ同時に三件の似たような事件が起きて、捜査一係だけでは人数が足りない。鳴海署の二係や三係、生活安全係や交通課からも応援を得て情報を共有するためだ。刑事課に助っ人《すけと》が多数出入りするのはどっちにとっても不便なので、広い部屋を使わせてもらうことにしたのだ。

しかし、既《すで》に午前零時を過ぎているので、本格的に動き出すのは明日からになる。

「今判っていることだけで即断するのは危険だが」

とりあえず掻き集められた各課の捜査員を一番大きな会議室に集め、非公式の捜査本部の本部長格になった光田刑事課長は、晴れがましい表情で全員の前に立った。

「これはウチのような田舎の署では、実に特異な事件だ。初動を間違えるととんでもなく筋を読み違えて面倒な事になるかもしれん。最初が肝心《かんじん》だ。よろしく頼む」

光田はホワイトボードに被疑者である宇田雅和、庭埜花楓、岡部啓介の顔写真を貼り、名前・年齢・略歴を書いた。

「被疑者三人はいずれも現行犯逮捕され、それぞれ国見総合病院で治療中だ。明日、精神の簡易鑑定をする。また三人全員が蛍雪大学の学生だ。小さな大学だけに交友関係、或いは共通して取っている授業そのほかで、三人には接点があるはずだ」

そこで佐脇が手を挙げ、光田の許可を得て前に進み出た。

「もう一つ、共通点がある。三人とも華奢で暴力とは無縁な性格で、酒に弱いくせに今夜は友人や先輩に、かなりの量を飲まされたらしい」

佐脇はホワイトボードに乱暴な文字で「酒乱」と書いた。

「一気飲みで引き起こされた、急性アルコール中毒による錯乱の可能性もある」

とは言え、と首を横に振りながら続けた。

「酒に弱いヤツが酔っ払って暴れたにしては、店のありさまが酷すぎるし、三件目に至っては殺人未遂《みすい》まで引き起こしている。あの状況で殺意がなかったとは言い難《がた》い。明らかに普通じゃない」

「自分は、三人が飲んだ酒に原因があるのではないかと調べてみましたが」

和久井も挙手し、立ち上がって報告した。

「三人が飲んだ酒はバラバラで、同じ問屋《とんや》から卸《おろ》されたものですが、メーカーも製造年月日も違います。宇田雅和は生ビールにテキーラ、ボイラーメーカーなどの強いカクテル。庭埜花楓はライムサワー、岡部啓介は焼酎《しょうちゅう》のお湯割り。共通点はありません。念のため、残っていた酒を科捜研《かそうけん》に送ってありますが……」

「酒に弱いのに無理矢理飲まされて泥酔した……いや、岡部は自分のペースで飲んでたんだよな……それは共通点とは言えないか」

佐脇は腕組みをしてホワイトボードを凝視した。

「……ダメだ。何も思いつかねえ」

佐脇はそうボヤくと光田と和久井に声をかけた。

「エンジンに燃料を補給したい。行くか？」

「いや、おれには家庭があるんでな。遠慮する」

真面目くさった顔で光田は断った。

「あ〜疲れた！　こんなクソ夜中に事件なんか起こすなよ。なあ」

島津のシュラスコ屋にやってきた佐脇は、和久井と生ビールで乾杯した。

「しかも三件。立て続けだぜ」

「しかし……どうしてめでたい事もないのにジョッキが来ると乾杯しちゃうんでしょう？」

「そんなことはチコちゃんにでも訊け」

佐脇は一気にほとんどを飲み干すと、スマホを取り出して千紗を呼んだ。

「二条町はどうせ客なんかいないんだろ？　こっち来て一緒に飲まねえか？」

誘いを断るかと思った千紗は、ものの十五分でやってきた。

「佐脇ちゃんの言う通りよ。二条町はもう商売あがったり！　オマワリさんや刑事さんや鑑識の人がウロウロして、野次馬《やじうま》がもっとウロウロして、犯人の学生を出せ！　とかうるさいの。犯人のツレを出せ！　とか言うのもいて……一緒にいたならそいつらも共犯だ。酒を飲ませたのが悪い。引き渡せ、土下座させろ、とかって。あの子達、ビクビクしながらおまわりさんに囲まれて店を脱出したわよ」

千紗は佐脇と同じ大きさのジョッキを一気に、半分以上飲み干した。

「お前の店は大丈夫だったんだろ？」

佐脇は、さっき現場に向かった時、千紗の店をチラ見して無事なのを確認してはいた。

「幸いにね。あそこまで凄いお客さんが来たこともないし……まあでも、突然暴れ出してちょっと手に負えなかったことはあったけど」

その言葉に和久井が「え？　そうなんですか！」と素早く反応した。

「今日初めてってことではなく？」

「そうよ。まあ、普段お酒を飲み慣れてない大学一年生とかが悪酔いして暴れるってことは昔からよくあったけど、今年の新歓コンパとかの乱れっぷりはちょっとね」

「そうそう。今年はヒドかったね」

と、肉の塊《かたまり》を運んで来た島津も同調した。

「ウチなんか、食器割られてテーブルも叩き割られたりして、一日休業したことがありましたからね。ヒドいもんでしたよ。暴れた本人は覚えてないの一点張りで、カネもない。親に連絡しても『学生のしたことだから』大目にみろの一点張り。学校に抗議したら学生の私生活まで責任は持てないの一点張りで」

「何時《いつ》だよそれ。ひどいな」

初めて聞いた佐脇は驚いた。

「そんな話、全然聞いてねえぞ」

「夏休みが終わってすぐでしたかね。こっちもまあ、バケツの冷水ぶっ掛けたり、ぶん殴ったりと少々手荒な真似をしたんで、警察には言いにくかったんですよ。まあ酒を出す商売をしてる以上、多少の事はいいかと思って……」

「多少のコトに入るのか？　それ」

佐脇は眉間にシワを寄せた。

「きっちり逮捕して、罪を償《つぐな》わせるべきだろうが？　おれもトシ食ってきて、若い連中にアタリがきつくなってるのかもしれねえが……」

「だって、佐脇さんが若い頃なんか、もっと荒れてたんじゃないんですか？　若者全体が。聞いた話だと、七〇年安保《あんぽ》とかの時は凄かったって」

「知らねえよ。おれ大学行ってねえし都会にも縁がなかったからな！」

佐脇はそううそぶいて、シュラスコの塊から島津が削《そ》いでくれた肉を頬張《ほおば》った。

「ウチはまあ、島津さんとこほどヒドくはなくて。場所が二条町だから、止めに入ってくれる血《ち》の気《け》の多い男衆が、頼んでもいないのに飛んで来るから」

千紗の店では、カウンターで飲んでいた学生が突然立ち上がってビール瓶を叩き割り、隣の無関係な客に突きつけて意味不明なことを喚き始めたらしい。

「そしたら、近くにいた怖いお兄さんが黙ってその学生の襟首を摑んでそのまま外に連れ出したから……ま、ウチの被害はその程度だったけど」

「いつ頃の話だ？」

「やっぱりこちらと同じ頃。夏休みが終わったあたり。まあ、それから、時々似たようなことがあったから……」

なるほどね、と佐脇はビールを飲み、シュラスコをひたすら食べた。

「だけどよぉ、どうして警察に知らせないんだよ？」

そんなにオマワリが嫌いか、と佐脇は口を尖《とが》らせた。

「だからそれは、この程度のことなら商売的に仕方がないのかなと思ったし……一応、詫《わ》びが入ったし」

「さっきは誰も詫びなかったって言っただろ。親も学校も」

「それがね、サークルの関係者とかいうのが来て、お詫びの丁寧《ていねい》な手紙と、迷惑料として五万円置いていったし……」

「ウチの場合もそうですよ」

と島津も身を乗り出した。

「ウチにもサークルの関係者ってのが来て、詫び状と迷惑料を置いていきました。暴れたヤツは……ウチの常連に怖いお兄さんはいないんで、おれがつまみ出そうかと思っていたら、ダークスーツを着た……そう、あの『メン・イン・ブラック』みたいな連中が来て、暴れたヤツを回収していって、その時に口止め料みたいな感じで十万くらいのカネを、置いていきましたよ。いや、十万じゃ全然足りなかったんだけど」

なんだったんでしょうね、あの連中は、と島津は首を傾げた。

「ダークスーツに黒いネクタイは出来すぎじゃないですか。ヤクザの葬式か政府のＳＰか、それとも秘密諜報《ちょうほう》部員か知りませんが、とにかく怪しさ炸裂《さくれつ》！　ってやつですよ」

島津はそう言い捨てて、自分用に持ってきたハイボールを飲み干した。

「まあ、気味が悪かったのもあったから、黙ってたんですけど」

「サークルの関係者ねえ……」

佐脇は和久井を見た。

「被疑者三人は、みんな蛍雪大学の学生だが。他に共通点はあるのかな？」

「たとえば……持病とかですか？」

そう言った和久井は考え込んだ。

「好きなアイドルとか、好きな食い物とかですかね」

冗談半分のようだったが、真顔になった。

「いえ。どんな可能性も排除できませんね」

「まあ、今夜は何も出来んだろ。被疑者の同行者は自宅に帰したんだろ？」

「簡単な事情聴取はしたはずですが」

佐脇は大きなあくびをすると席を立った。

「とりあえず明日だ。今日のところは、寝よう！　千紗、帰るぞ！」

佐脇は当然のようにカネを払わずに千紗を連れて引き上げてしまった。

「ああいうのがテクニックなんですかね？」

食い逃げの、と言いながら和久井は島津を見た。

「食い逃げ？　冗談じゃない。アンタは残ってるんだから、当然、アンタが払うわけですけど？　前回の分もね」

まさか刑事が食い逃げしないよね？　と言いながら、島津は勘定書きを和久井に渡した。

＊

例によって佐脇は昼前に出勤してきた。

「よっ！　メシでも行くか！」

ウチワの捜査本部になっている大会議室に大幅に遅刻して入ってきた佐脇は、光田たちの冷たい視線を完全に無視して、デスクで書類と格闘している和久井に声をかけた。

「何だよその顔は。お前が調書に当たる経験を積ませてやったんじゃねえか」

「御配慮有り難うございます。つきましては、こちらの御配慮もよろしくお願い致します」

和久井は昨日の勘定書きを佐脇に渡した。

「これ、おれに渡してどうする。経理に持って行けよ」

「公務外の飲み代を経理が精算してくれるわけないでしょうが！」

「まあその話はあとだ。悪いようにはしねえ」

そう小声で言った佐脇は、「で？」と大きな声を出した。

「三人の被疑者に何か共通点はあったか？」

「一点だけ……でもこれは、事件に関係があるとは思えないんですけど」

「言ってみろ」

佐脇は禁煙という貼り紙も無視してタバコを取り出し、火をつけた。

「無関係かどうかは、おれが判断する」

もはや佐脇に「署内は禁煙だよ」と注意するものは誰もいない。

それをいいことに、この刑事は美味そうにタバコを燻《くゆ》らせた。

「三人とも、蛍雪大学の『イベント研究会』に入っているんです」

「ふむ」

佐脇は窓の外を眺めながらタバコを吹かした。

「なにカッコつけてるんですか」

弟子なのに妙に馴れ馴れしくなってきた和久井が茶化した。

「うるさい。考えてるんだ。最近の若いヤツは目上の人との距離感ってやつがねえな」

親しいのと礼儀がないのは違うぞ、と佐脇は説教しかけたが、和久井が薄笑いを浮かべているので、止《や》めた。

「どうせジジイの繰り言だと思ってるんだろ」

「師匠に対して、そんなことは夢にも思ってません」

真面目くさって敬礼を返す和久井に佐脇も苦笑するしかない。

「そういや、惜《お》しくも昨日、弁護士が介入して任意聴取を中断しなければならなくなった塚田くんだが」

昨夜、塚田を改めて事情聴取しようとしたとき、塚田の親族から派遣《はけん》されたという弁護士がやってきて、この任意聴取に応じる義務はないと主張した。前回の聴取から警察が持っている情報に変化はない以上、改めての聴取には意味はない、と捲《まく》し立てられて、あまりの剣幕に押し切られた署長の判断で中止することになったのだ。それは「何らかの圧力」の存在を窺《うかが》わせるのに充分なものだった。時を同じくして、三件連続の「酒場での騒乱」事件の急を要する出動もあって、ひとまず塚田は帰すことになったのだが。

「弁護士のあの強硬《きょうこう》さ、何かあると思わねえか？」

たしかにそうなんだよな、と光田も応じた。

「あれはカネで動く弁護士だ。魂を売り渡しているのは見れば判る」

「そうなんだよ。なのに、ああいう局面で引いちゃうところが、ミナちゃん署長はヒヨワなんだよな」

佐脇が平気で署長批判を口にするので、光田は仰天《ぎょうてん》してドア外を窺った。

「おい、滅多なことを言うな。引くべきところは引くのがオトナの世界だ」

ハイハイと佐脇はいなした。

「ときに、あの塚田は、ヤリサーの幹部だったよな？　問題あるヤリサーだから、ああいう弁護士がついてるんだろ？　あのヤリサーの名前は？」

「ええと、たしか……」

和久井は調書のページを繰った。

「あ、イベント研究会、です」

「三人の被疑者が全員、同じサークルのメンバーだった。そのサークルは『イベント研究会』と称するいわゆる『ヤリサー』。亡くなった小山美紗恵もそこに所属していた。……なんかあると思わないか？」

「セックスをやり過ぎて凶暴化した？　いやいや、そんなことは……」

会議室に来たばかりの佐脇は、一度も座ることなく出かけようとした。

「おい和久井！　行くぞ！　ヤリサー調べだ！」

出ていこうとした佐脇は、そこで足を止めた。

「しかし大学に正面切ってヤリサーについて訊きたいとか言っても、どうせ建前だけの、綺麗事《きれいごと》しか返ってこないだろうし」

二人は蛍雪大学のキャンパスで、被疑者と一緒にいた学生たちを呼び出して話を聞くことにした。


「ヤリサーっすか……」

カフェバーで暴れた宇田雅和と一緒にいた男子学生・島森《しまもり》は口を濁した。特に長身でもイケメンでもない、どちらかと言えばモッサリした感じの、細目で団子鼻の冴えない大学三年生だ。

「そう言われちゃうんすかねえ……ボクらはイベントを開いて騒いで楽しんでるだけっすけど」

事件当夜、現場で簡単に聴取したが、当然ながら連絡先をキッチリ訊いておいたので、学生食堂に呼び出したのだ。

「そういうことは、あの日、ほかの刑事さんに言いましたけど」

「我々は二人とも大学出てねえんだよ。だから、今どきのことも含めて、いろいろ教えて貰えたらと思ってね」

佐脇は相手を持ち上げた。

「ヤリサーって言われても……ウチはそんなにタチ悪くないですよ。たとえば都会の大学だと、有名企業に就職してバリバリやってるサークルのOBとかがやってきて、自慢話をして、何も知らない一年生女子を戴《いただ》いちゃうっていうパターンが平気であるって話です。でもウチは田舎の大学だし有名人のOBもいないし……だから、やたらイベントっていうか飲み会をやって。鳴海じゃ自分たちでイベントやらないと何にも無いッスからね。だから盛り上がる機会は自分たちでつくる。それが『イベント研究会』。ただそれだけっすよ」

「イベントって、どんなイベント？」

「いわゆるコンパとか、ゲーム大会とか、河原《かわら》や海に行ってBBQとか、花見とか」

「つまり、結局は飲み会に雪崩《なだれ》込《こ》むパターン？」

和久井が訊くと、島森は「ええまあ」と頷いた。

「要するに、強い酒飲ませて女の子を酔わせて、やっちまうんだろ？」

「それは……無理矢理やるのは準強姦ってか、準強制性交罪になるんでしょう？　だけど……会が終わったあとで……それも合意の上なら、個人の自由ですよね？」

これはあくまでも聞いた話ですけど、と和久井が言う。

「最近のヤリサーってのは合宿とかでレイプして仲間で輪姦《まわ》すんじゃなくて、イベントのあとべろべろに酔わせた女の子をお持ち帰りするのが主流なんですってね？　おたくらもそのクチっすか？」

「だってレイプしたり輪姦したりしたら、犯罪でしょ？　そんなサークル、女子はすぐ辞めるし警察に駆け込まれたら事件になるし、学校の名前もやったヤツの名前も、ネットで全部晒《さら》されて炎上するじゃないですか」

そう言って後ろめたそうな顔になった島森に佐脇は言った。

「確かにな。それでいい気になってやり過ぎた一流大学の強姦サークルやミスコン主催サークルが警察沙汰《ざた》になったんだよな？」

そういう佐脇に和久井も頷き、自分たちは悪くないと言わんばかりの島森に突っ込んだ。

「大学の新入生って、まだハタチになってない子たちが大半だよね？　そんな未成年にお酒飲ませるのは、いくら大学とは言え、普通に考えれば違法行為じゃないっすか？」

「いやしかし……大学一年はドリンクフリーでしょ？　実際のところ」

「まあなあ、選挙権はあるのに酒とタバコはダメって言うのは妙な話だよなあ」

佐脇がボヤいてみせた。

「おれなんか高校出て警察に入って、即、酒を覚えたからね」

「自分は、ハタチになってから飲みました」

和久井は妙に胸を張った。

「ま、そのへんは昔からグレーゾーンだ。未成年だと判った上で酒を提供した店は罰せられるが、飲んだ本人や飲ませた先輩に罰則規定はない」

「未成年者飲酒禁止法っすね」

和久井が応じた。

「で、君はどれくらいサークルのご利益《りやく》を受けてるの？」

その直球の質問に、学生は「多少は」と言って溜息をついた。

「酔った子をお持ち帰りするのは簡単っすよ。酔っ払った子を裸にしてやっちゃうのもね。酔っててもそれなりに反応はするし……。だけどね、酔いが醒めてシラフになったときの女の子の反応がね」

島森は、モテない男の、苦渋《くじゆう》の表情を露わにした。

「シラフになった女の子が、自分がどこにいるのか判って、酔っ払ったあとどうなったか悟《さと》った瞬間の表情がね……あれはキツかったっすよ。今でも思い出すのが辛くて」

彼は、嫌悪《けんお》と怒りと哀れみが入り混じった表情を真似てみせた。しかしそれは、真似のレベルを超えて、本当に一夜抱いた女にこんな顔をされたらトラウマになるだろうなという、真に迫ったものだった。

「……だから、好き放題できないっすよ。鉄の心臓持ってたり、もっとイケメンだったり、金持ちだったり、実家が太かったり、天才的に口が巧《うま》いヤツなら女の子を言い包《くる》めたり出来るんだろうけど……おれは駄目ッス。朝になっておれを見た、あの顔を思い出すと

「……」

「だったらどうしてサークルに残ってるの？」

「だって、そんなの、何処のサークルにいたって同じでしょ？」

「そりゃそうだろ。何処のサークルにいても、女の子酔わせてやっちまったら、朝、ものすげー嫌な顔で睨まれるだろ。女の子に訴えられなくてラッキーだったたってことだろ」

佐脇にズバリ言われて、彼は黙ってしまった。

「……それは、それはそうなんですけど……だけど」

彼は佐脇を恨《うら》めしそうに見た。

「ほかに部活とかもやってないし、人間関係もないし、このサークルにいないと大学生活が詰むっていうか……いろいろと困ることになるんですよ」

学食はなかなかお洒落な造りで、天井が高くてウッディなインテリアのカフェテリアだ。大学の近所にはランチを出す店もあるが、値段が安いので学生はみんなここで食事をしたりお茶をしたりしている。

周囲を見渡すと、田舎の大学だからと言うワリに、学生はみんなお洒落で、女子学生は可愛かったり美人だったりする。男子学生も顔はスッキリ系で背が高く、ヘアスタイルやファッションにも気を遣《つか》っているようで、一様に小ぎれいにしている。

そんな中で、島森は確かに、冴えない。

「じゃ、これでいいっすか」

最後、言いたくなかったであろう現実を口にした自己嫌悪を表情に浮かべた島森は、逃げるように去って行った。

「よく判らねえんだけど」

島森の後ろ姿を見送りながら、佐脇が言った。

「新入生を酒に酔わせて食っちまったら、それっきりイイ思いはできなくなるんじゃないのか？　準強制性交された女子学生は腹を立てて辞めるだろうし、要するに『使い捨て』みたいな感じになって、次は来年の新入生が来るのを待つしかないってことになるんじゃないの？」

「いや……普通に考えれば『次』もないでしょう。サークルの悪評が一気に広まって、そのサークルは長続きしない筈ですから……常識的に考えると」

和久井も首を捻《ひね》った。

「ヤリサーに入ってくる女の子は、そのままヤリマンになって居残るってことか？」

「そういうことなんでしょうか？　三件とも、被疑者と一緒に飲んでたのは女子学生の方が多かったんですよね。冬の、今の時期に、まだサークルに残ってる女子学生がけっこういるって言うことは……ヤリマンっていう言い方が正しいのかどうかは別にして……」

佐脇はタバコを吸おうとしたが、学生食堂に灰皿がないので、パッケージを仕舞った。

「……女子のメンバーに訊いたほうがいいな。おれたちがいくら考えても、想像の域を出ねえしな」

二人は、現場に居た学生のリストを繰った。

「サークルで、カップルが出来るのは普通ですよね。それは他のサークルでも同じだと思いますけど」

女子学生・庭埜花楓が暴れた現場に居た女子学生・菅原静香《すがわらしずか》は、特に派手でもなく、見た目は普通に真面目そうで、どちらかといえば地味な感じがする三年生だ。

「ただまあ、言われてみれば、ウチのサークルの中ではフリーの人はほとんどいなくて、みんな誰かとくっついていますよね。くっついていないと寂しいというか、カップルでいるのが当然という感じがあって」

女子学生・静香はココアを飲みながら、ゆっくりと話した。

「ヤリサーって言われ方は知ってますけど、中にいると、そんな特殊な感じはまったくないんですよ。他のサークルはスポーツをやったり山登りしたり芝居をやったりって、みんなで一緒にやることがありますけど、ウチの場合は、それが飲み会だけって感じですけど。それで自然と新入生は先輩とくっついて……あんまり長続きしないで『別れたら次の人』みたいな感じで……」

「フォークダンスのオクラホマ・ミクサーみたいな感じで、どんどん相手を替えていくって感じ?」

佐脇が出したオッサン的喩《たと》えを、彼女は理解出来ない様子で首を傾げた。

「フォークダンスですか? 私たちはそういうダンスはしませんから全然、判らないんですけど、フリーな期間がほとんどないってことは……まあ、次々に相手を替える、と言われれば反論出来ないと思います。文化人類学の授業で習ったんですけど、いわゆる乱婚っていうんでしょうか、ポリガミーの一形態と言えないこともないかも」

「いや凄いねえ、おねえさん、このキャンパスに足を踏み入れて、初めて大学生らしい言葉を聞いたよ」

この女子学生は他の学生より話し方がしっかりしている、と佐脇は感じた。

「私、三年生なんです。あの日暴れた庭埜さんの先輩ですけど……周りがみんなカップルだからフリーでいるのは寂しいし、焦《あせ》る感じもあるから、別れたらすぐに次の人とくっつくって空気はありますね。っていうか、ここはホラ、田舎だから、他にすることもないし」

聞きようによってはあからさまなことを言っているのだが、彼女がさらりというので、今の学生の生活の一コマを淡々と語っているようにしか聞こえない。いや、たしかに口調は淡々としているのだが……それに、話している菅原静香も、真面目な表情で真面目な口調なので、淫靡《いんび》さはまったくない。

しかし……語っている内容は、ほとんどフリーセックスな実態なのだ。

佐脇は、さながらベストセラーの読後感を語るように落ち着いた口調で話す彼女を、思わずまじまじと見つめてしまった。

「これも田舎の法則ってヤツでしょうか？　楽しみがほかにないからって言う」

和久井はそう言って佐脇を見た。

「佐脇さん？」

「あ、なんだ？」

和久井に声をかけられて、佐脇は我に返った。

「あの……なんか私、取り調べを受けて、自供に追い込もうとしてる刑事さんと話してるみたいな感じなんですけど」

静香は初めて感情を表して不満を述べた。

「すまんすまん。これは刑事のクセだ。興味深いハナシを聞く場合、こっちも真剣に聞く。その時、どうも、ドラマで犯人を落とすときの刑事みたいな顔になるらしいんだな」

「けっこう、怖いです」

「申し訳ない」

佐脇は素直に頭を下げた。

「でもね、おれみたいな高卒のオッサンには、極めて興味深いハナシだから」

しかしですね、と和久井が口を出した。

「田舎の方が人間関係がドロドロってのは昔からあることでは？　例えばあそこの奥さんとダンナが浮気してるのは、ムラの人は全員知ってるけど誰も口にしない、なぜなら自分たちもやってるからっていう、ありがちな日本的フリーセックスでは？」

いやいや、と佐脇は笑った。

「そんなの、大昔のハナシだろ？　夜這いとかが盛んな頃の。いくらなんだって、今の時代に、することがないからセックスに走るって……」

佐脇はそこまで言ってさすがに気が咎《とが》めた。誰が聞いても「お前が言うな」だ。することがないわけではないのに、佐脇自身そちらの方面に走りまくりだ。否定する資格などない。

だが菅原静香は相変わらず淡々と語る。

「私の事を含めて言うと、そういう雰囲気が、つまり大学生活が男女交際を中心に回るのがイヤな子は、男女共にサークルを辞めていきます。他の、同人誌とか映画とか旅行とか音楽とかのサークルに移っていったり、ゼミが忙しくなって、サークル活動自体をやめてしまう子もいますけど……」

「これも聞いた話なんですけどね」

和久井が質問した。

「都会の大学の、インカレのサークルだと、そこに入ってると自分の大学より有名で、偏差値も高い大学の男と知り合えて、自分のグレードも上がる気がして、って感じでサークルに入ってる女子も多いとか……」

「ここは田舎だから、有名大学の男子と知り合う機会はないです。県内にある国立のT大だって別にバリューはないし」

「じゃあ、どうして？」

「ほら、女子高生が援助交際なんかするのは高校生の間だけ、とか言うの、あるじゃないですか。それと同じじゃないですか？　すぐくっついたり別れたり、またくっついたりするのって、大学生の時だけの特権みたいな。社会人になったら結婚を意識するでしょう？　そうなるとお付き合いも慎重になるし……私の先輩なんかも、就職して先生とかになったら、くそ真面目に仕事してますから。それに、サークルの中にいると、なんて言うか、スペックというかデータが広まってるんですよ」

意味が判らない若いおじさんと、本物のおじさんは目が点になった。

「つまり……カラダの事とかセックスの趣味嗜好《しこう》とかの情報が、先輩たちに共有されてるんです。それは逆も同じで、私たちだって先輩のナントカさんはヘンタイだとかあそこが小さいとか早いとか、妙なサービスを要求されるとか、ＡＶと同じ事をしろと言ってくるとかって情報をお互い交換したりしてるんですけど」

「なるほど」

刑事二人は感心するしかなかった。

静香は、ハッキリ言って、美人ではない。顔の造作《ぞうさく》は平凡《へいぼん》だし、着衣の姿から想像するに、スタイルだってごく普通。ボディラインが判るような服を着ていないし、スカートの丈《たけ》も長いから、足の美しさも判らない。

しかし、彼女は若い。二十歳《はたち》前後の女は、若さだけで充分な武器になる。

いや、彼女のような、ごく普通の容姿《ようし》の女の子だからこそ、リアリティがあっていいのだろう。グラドルみたいな美女が目の前に居ても現実感がないし、こっちがメチャクチャ気を遣う。オッサンである佐脇だから気を遣うのかもしれないが、女の扱いに関する手練《てれん》手管《てくだ》が充分ではない若い男にとっても「取扱注意」だと思えて気が張るだろう。

その点、静香のような女の子なら、カジュアルな感覚で付き合える……と言ってしまうと彼女に失敬かもしれないが、実際、男からすればそれが正直なところだ。

先輩後輩の関係ならば、先輩の男からすれば、彼女はかなり従順に言うことを聞くだろうし、嵐のような性欲も満足させてくれるだろうし、彼女だって若い肉体を敏感に反応させるだろう……。

佐脇は、静香を前にして、いつしか妄想に浸《ひた》り始めていた。

ゆるゆるのセーターを脱がせると、Cカップくらいの胸が、Tシャツ越しに突き出している。Cカップと言うと小ぶりだが、DとかEというのはグラドルの世界の話だ。キャバ嬢やデリヘル嬢でも、巨乳でスタイルがいい女の子はそうそういない。

Tシャツを脱がしてブラのホックを外すと、ぷるんと張りのある乳房がまろび出る。それを鷲掴《わしづか》みにして、桜色の乳首を指の間に挟んで抉《えぐ》ると、彼女はすぐに反応して、小さく、しかし、熱い溜息を漏らす。彼女の乳房はまだ硬くて芯《しん》がある。おっぱいのアルデンテや～と、グルメタレントなら叫ぶところだ。

そのままベッドに押し倒しても、彼女は文句を言うどころか、トロンと欲情した目でこっちを見返してくるだろう。

唇《くちびる》を重ねて舌を挿《さ》し入れて絡めながら、手を伸ばして下半身をはだけていく。

彼女のジーンズのボタンを外してジッパーを下げ、パンティごと剝ぎとるように下ろすと、そこには淡《あわ》い陰《かげ》りがある。

最初のうちこそ「電気消して」とか「カーテン引いて」とか言っていても、やがて明るいままでも平気になる。

肌は滑らかで弾力があり掌《てのひら》でウェストのくびれを撫《な》でると「はあ」と熱い吐息を漏らす。

グラドルやAV嬢みたいに、見ただけで勃起《ぼっき》するようなボディではないけれど、すでにこうすればああいう反応が返ってくることは判っていて、すっかり馴染んでいる。うしろから抱き締めている左手の先で、彼女のバストを弄《いじ》りつつ、右手は下に伸ばして、翳《かげ》りに指先を沈めていく。

肉芽に触れると、彼女は「あ」と声を上げるが、ディープキスは続いているので声は外には漏れない。

右手の指先が、静香の女芯に分け入って、若い肉芽や女唇を撫で、引っ張り、玩《もてあそ》ぶ。するとそこはじっとり濡れてくる。肉芽も充血してふくらみ、左手の中にある乳首も硬く勃《た》ってくる。

「ね……お願い」

と潤《うる》んだ目で懇願《こんがん》される。

お願いされちゃあ仕方がない。

などと言いつつ、こっちのアレも充分に勃っている。

最初の頃は無理矢理触らせないと握りもしなかったペニスだが、今の彼女はごく自然に触れてきて、慣れた手つきでしごき始める。

「ねえ、口でする？」

普段は真面目で成績も優秀な彼女が上気した顔でそんな事を言うのは、とても淫《みだ》らだ。色気がダダ漏れしている女が言っても普通だが、静香が言うと、物凄く刺激的なのだ。

「ああ……頼むよ」

というと、彼女はカラダをずらしてこっちの下半身に顔を埋《うず》めて、肉棒をパクリと口に含んで……ねろねろと舌を這《は》わせ、包み込む。

こっちも、彼女のカラダの位置を変えて、下半身に舌を這わせる。

シックスナインだ。

舌先がクリットに当たってくりくりと転がすと、彼女が「ああん」と熱い溜息を漏らす。そのままチュウチュウと吸ってやると……簡単にイッてしまった。静香は先輩に処女を破られたが、イク女にしたのはこっちだ。抱くたびに燃えるようになり、よく濡れるようになり反応するようになり、絶頂に達するようになった。

だが、女の最初のアクメは助走に過ぎない。

彼女の脚を広げて、痛いほど勃起したペニスを、ゆっくりと沈めていく。クリトリスでアクメに達するのと、ヴァギナで感じるのはまた別だ。

太くて長いペニスで貫いて、ゆっくりと抽送《ちゆうそう》を始めると、彼女は、ヒクヒクと背中を反らし、小ぶりな乳房を震わせる。

このままピストンを続けてイッてしまってもいいんだが……静香に奉仕させたくなってきた。

「上になれよ」

そう言ってカラダを離して仰向けになった。

静香は脚を広げてこっちを跨ぎ、腰をゆっくりと下ろして、ペニスを咥《くわ》えこんだ。

騎乗位だ。

「いい？　これでいい？」

そう言って、彼女は腰を上下、そして前後左右に揺らし始めた。

この眺めは最高にそそる。くねくねとくびれた腰が蠢《うごめ》き、それが快楽を生み出す。

手を伸ばして、揺れる乳房の先端を摘《つま》んでクリクリとくじってやると、彼女は肩を揺すり、「やだ……感じる」と切ない声を洩《も》らす。

こっちが時折下から突き上げてやると、彼女は「ひっ」と声を上げて、いっそう腰の動きが淫《みだ》らになる。軟体《なんたい》動物みたいに自由にウネウネと動くサマは本当に卑猥《ひわい》極まりない。

彼女の肉襞《にくひだ》はペニスをピッタリと包み込んで離さない。それどころではない。くいくいと締めつけてくる。以前はそんな事はなかったのだが、回数を重ねるごとに、彼女も躰《からだ》の中から女になってきたのだろう。

先輩は「初物」が好きで数回やっただけで後輩に下げ渡すけれど、初物ってそんなにいいものなんだろうか。こっちは初物を相手にしたことがないから判らないが、ウブなコを女にして行くほうが面白いと思うがなあ。イヤらしいし。

やがて……こっちもカラダの芯が熱くなってきて、煮えたぎるマグマが噴き出しそうになってきた。

彼女も背中をくいくい反らしているが……フィニッシュは正常位のほうがいいか。

体位を九十度変えて、彼女を下にすると、猛烈にピストンを開始する。

静香も絶頂に駆け上がり……こっちも決壊して、思い切り熱いものを……。


「あー、佐脇さん。どうかしましたか？」

コントのように、和久井が佐脇の顔の前で手をひらひらさせたので、悪漢刑事は我に返った。

「こういう普通のコが、いいんだよなあ……」

静香の痴態《ちたい》をありありと想像してしまった佐脇は、思わず溜息をついた。

「カラダの喜びを知ったばかりのお姉ちゃんってのは最高なんだぜ、和久井くん」

「それは結構ですけど、彼女、もう行ってしまいましたよ」

前を見ると、席を立った菅原静香が歩いて行くところだった。ダブダブのセーターに長いスカートなので、やっぱり彼女のスタイルはよく判らないが、脱がせばそこそこの肉体なのは間違いないはずだ。なんせ、若いんだから。

「彼女たちはあのヤリサーに入って、サークルの空気に感染というか、一種の洗脳をされて、相手がいないのが異常な感じになって、毎日セックスするのが当然……という日常になってるんじゃないんでしょうか？　自分には全く判らない世界なんですが」

「まあ、そういうことかもな」

その後、佐脇と和久井はキャンパスに居座って、昼メシを奢ったりしながら事件を目撃した学生から話を聞いたが、最初に会った二人に聞いたことと、異口同音の内容を聞き出せただけだった。

「今日は若い連中の自分勝手な屁理屈《へりくつ》をさんざん聞いて疲れた！　飲みに行くぞ！」

音を上げた佐脇は早くキャンパスから脱出したくなっていた。

「いやしかし師匠。まだ上がるには早いですよ」

校舎《そし》の時計は三時を示している。この時間から酒を飲んでいると、「税金泥棒」「不良警官」の誹りは免《まぬが》れないだろう。

「じゃあどこかで時間を潰すか……」

「時間を潰すなら、私の特別講義を聴くという手もありますけど？」

聞き覚えのある声が背後から聞こえたので振り返ると、そこには蛍雪大学経法学部講師の、御堂瑠美が立っていた。

「刑事さんなのに、案外スキがあるんですね。普通、達人なら背中にも目があったりするんじゃないんですか？」

「さあ。おれたちは別に歴史に残る剣の達人じゃないから。それに、おたくの大学の、イマドキの学生の話をイヤになるほど聞かされて、グッタリげっそりしてたんだ」

「ああ、例のサークルの件ね。ヤリサーとしては可愛いものですよ。田舎だし」

「まさかアンタが顧問だったりしないよな」

佐脇が、笑えない冗談を言うと、御堂瑠美は非常に複雑な表情になった。

「非常勤講師はサークルの顧問になれないんです」

「面倒な事をやらなくて済むんだから、いいじゃないか」

「高校の部活とはまた違うんですけど……」

などと話していると、十人ほどの、学生に見える集団が、ふらふらとキャンパスの隅にある校舎に向かって歩いて行くのが目に入った。全員がおそろいの白いTシャツを着ている。

「何だあれは？　カルトの勧誘か？　何かヤバいブツでもキメてるんじゃねえのか？　まったく昼間っから酔っ払ったみたいなヤツもいるし……あんな学生までいるんじゃ、大学のセンセイも大変だな」

和久井が訊いた。

「あの学生たちは、何処に向かってるんですか？　あの校舎は？」

「さあ？　あれは薬学部の校舎ですけど……私は学部が違うのでよく判りません。理系は実験が多いから、疲れてるだけじゃないですか？」

その集団を見送りながら、御堂瑠美は最初の話題に戻った。

「で、私の特別講義、聴きません？　佐脇さん、いつも私のテレビでのコメントだけを切り取って、私のことをインチキだとか三流だとかエセだとか言ってくれてるけど」

「そんな事は言ってませんよ。いや、言ったかな？」

佐脇はトボケた。

「そういや、アンタが小学生相手にやったインチキ講義は見たけれど……アンタ、小学生にツッコまれてタジタジだったじゃないか」

「あれは……子供にも判るようにどう説明しようかと考えてしまったのであって……だいたい、大学の講師が小学生に教えるなんてこと自体がイレギュラーな事態なんですっ！」

御堂瑠美は声を荒らげた。

「だから、私が大学生相手にする、通常の講義を聴いてみて欲しいんだけど」

「だけど、特別講義なんでしょ？」

そう言った和久井に、彼女がムキになって反論した。

「時間枠が特別というだけで、妙な趣向があるわけではありません！」

「まあ、暇つぶしにはいいかもな。このへんに日帰り温泉もないし」

佐脇はひどいことを言ったが、すでに彼女は校舎に向かって歩き出していた。

「テレビでお馴染みの、御堂瑠美です。どう？　本物の方が美人？」

階段式の中講堂は、三分ほどの入りで、空席が目立つ。その中での特別講義で、彼女はいきなりスベッた。

「ああいう『ツカミのジョーク』が滑ると悲惨だな」

一番後ろ、階段教室の最上段に座った佐脇は、学生がまったく無反応なのを和久井に嘆《なげ》いた。

「私の専門は経済学ですが、人間のすべての営《いとな》みは経済学で説明できますし、経済学的観点からより合理的な方向に向かうように改善策も提示することが出来ます。で、今日は、学生生活に密接な、『キャンパスセクハラ』について経済学的観点からお話ししようと思います」

御堂瑠美は黒板に「キャンパスセクハラ」と大きく板書した。

「この言葉の意味、判りますか？」

学生に問いかけるがまったく反応が無い。恥ずかしいから反応しないのか、意味が判らないから反応できないのか？　学生のだら～っとした雰囲気から考えると、後者のようだ。

「やれやれ。バカを相手にするのも大変だな、センセイ」

佐脇のボヤキはヤジるつもりではなかったが、ちょっと声が大きかったので前列にいた学生が怪訝《けげん》な顔で振り返った。御堂瑠美は、そんな雑音は無視して続ける。

「みなさんもうオトナですから、ハッキリ言います。『キャンパスセクハラ』には、例えば教職員が単位をエサに不条理な要求をしてくるアカデミック・ハラスメント、いわゆる『アカハラ』も含まれますが、今回は教職員ではなく、ゼミとかサークルの先輩が、先輩と言う上下関係を楯《たて》に取ってハラスメント……嫌がらせをしてくる事例に絞ろうと思います。その嫌がらせも、セックス絡み限定ということで」

御堂瑠美はハッキリと言った。

「運動部では、レギュラーの座とか、大きな大会に出る選手のポジションが条件にされることが多くて、それは運動部らしく単細胞、と言ってはアレですが、実に判りやすいとも言えますが、趣味系とか文化系のサークルの場合はどうでしょう？　セクハラなのか何なのかよく判らないけれど、先輩が執拗《しつよう》に誘ってきたりすることがありませんか？」

学生は、やはり無反応だ。もしかして、寝てるんじゃないのか？　とすら思ってしまう。

「女子の皆さん！　セックスは、同意がなければ強姦ですよ！　強制性交という罪になりますからね！　男は強引な方がイイとか、女は受け身の方がモテるとか思っていると、性犯罪に巻き込まれますからね！」

さすがに、ここまで言うと、教室の中は微妙な空気になった。

「この方面に関しては、男の側に都合のいい論法が広まっていますから、男子は気をつけなければいけません。時代は変わっています。あなた方のお父さんやお兄さんの時代の感覚でいると、強姦犯として捕まりますよ！　この件については、昔から、映画やアダルトビデオの表現にも問題がありました。ごく一部の、脳味噌が筋肉でできているような男が、女性を力まかせに襲って性的に消費する、そういうパターンが多くのコンテンツで肯《こう》定《てい》的に描かれてきたことが」

御堂瑠美がそこまで言ったとき、ガタンと大きな音をさせて、一人の男が立ち上がった。背が高くてガタイの良い、運動部の選手のような男で、まさに御堂瑠美が口にした、「脳味噌が筋肉でできているような男」そのままのビジュアルだ。

まさかこいつは自分のことを言われたとでも勘違いしているのか？

だが、その男は勢いよく階段を下りて、教壇に向かって突進した。

「こりゃいかん」

佐脇と和久井も立ち上がって、その男を追った。

教壇に駆け上がった男は、血相が変わっていた。

鬼のような怒りの形相《ぎようそう》で「うぉー！」と叫びながら、教卓にあったノートパソコンや書類を叩き落とし、背後の黒板に蹴りを入れて、咄嗟に逃げた御堂瑠美に迫った。

「センセイ！　逃げろ！」

佐脇は叫びながら、背後から男に飛びかかった。

身長は二メートル近い大男で、一七〇センチある佐脇がチビに見える。

ラグビーかアメフトか柔道《じゅうどう》か相撲《すもう》か、とにかくデカくて太い。そんな男が奇声を発して暴れているのだ。

男が数回蹴ると、教卓はバラバラに壊れてしまった。

「馬鹿！　止めろ！」

佐脇は後ろから男の首に腕を回して締め落とそうとしたが、男がちょっと身震いしただけで、簡単に振り飛ばされてしまった。

和久井は咄嗟に、隅にあったプロジェクター用のスクリーンを巻き下ろす棒を持つと、思い切り男の頭に振り下ろした。

しかしその金属の棒は簡単に曲がってしまい、和久井は逆に、男に捕まって首を絞められた。

「やめろこの野郎！」

佐脇は男に後ろから飛びかかり、思い切り膝蹴りを入れたが、まったく効かない。

それでも男は和久井を離し、正面から佐脇に向かってきた。

仕方がないので頭から飛び込んで、男の鳩尾《みぞおち》に頭突きを食らわしたが、まったく反応がない。

「コントじゃねえぞ！　君らも手伝え！」

佐脇は学生たちに呼びかけたが無反応……どころか全員がバラバラと教室から逃げ出し始めた。

「おい、これは……尋常《じんじょう》じゃねえ……」

刑事は、手錠や拳銃を常に携行しているわけではない。必要な時以外に持っているのは専用のスマホに警察手帳だけだ。

和久井が男の足にタックルして倒し、佐脇はその上に馬乗りになって顔を殴りつけたが、すぐに男が上半身を起こしたので佐脇はまたしても振り飛ばされ、和久井は顔面に強烈な蹴りを受けて鼻血を噴出させてしまった。

「こりゃ、応援を求めるか」

警察電話を取り出そうとしたところに、ダークスーツにアタッシェ・ケースを持った三人の男が入ってきた。

「離れてください」

こいつらか、島津が言っていたメン・イン・ブラックのような連中は……と佐脇が思う間もなく、その男三人は、佐脇と和久井に下がるように命令した。

「おいこら。おれたちは警察だぞ！」

「今の彼は、警察でも制圧できません。現に無理でしょう？」

男の一人がアタッシェ・ケースから取り出したのはスタンガンだ。もう一人は注射器。そしてもう一人がスマホで今の様子を撮影しつつ、指示を出した。

「始めてくれ」

暴れている男はスタンガンの電撃を受けると、さすがにたじろいだ。電撃はなおも数回に亘《わた》って加えられ、やがて男の動きは鈍《にぶ》くなり、ついにどう、と倒れた。

すかさず黒服の男が、暴れていた男の腕を捲りあげて注射器を突き立て、シリンダーの中の薬剤を一気に注入した。

すると……もがいていた男はほんの数秒で大人しくなり、動かなくなってしまった。

「大丈夫です。命に別状はありません。強めの鎮静剤《ちんせいざい》を投与しただけです」

スマホで記録していた男は佐脇たちに説明をしながら録画を終了し、「来てくれ！」とインカムに呼びかけた。

すると、担架《たんか》を持った白衣の男二人が階段教室に入ってきて、グッタリした男を乗せた。次の瞬間、白黒の服を着た計五人はあっという間に教室から出て行ってしまった。

「なんだあれは？　誤動作したロボットを回収しにきた研究チームか？」

振り飛ばされてしたたかに背中を打った痛みをこらえつつ佐脇は言ったが、鼻血が止まらない和久井は、生返事を返すのが精一杯だった。

「この件について本学はまったく把握《はあく》していない、と蛍雪大学からの回答がありました」

皆川署長が和久井に告げた。

「つまり実際に起きた事案かどうかすら不明である以上、鳴海署としてもみだりに当該事案について口外《こうがい》しないように、とのことです」

＊

目撃者多数で大学の講師、そして警察関係者までがその場にいたというのに、階段教室での「暴漢の狼藉《ろうぜき》」については、一切口外しないよう、大学理事会から県警に、そして県警本部長じきじきに皆川署長に対して要請があった。事件が起きてすぐ、午後五時になる前に本部長に電話が入るという、電光石火《でんこうせっか》の反応だったらしい。

「ってことは、教室であういう事件があった事実をなかったことにしたいって話ですか?」

皆川署長に呼ばれた和久井は、そう訊いた。鼻に大きな絆創膏《ばんそうこう》を貼っている。

皆川署長は苦渋の表情で佐脇と和久井に告げた。

「学生が見てましたから、早晩、この事はネットなどを通じて広まるでしょう。学生によるネット書き込みなど口づての話なら、所詮《しょせん》噂の域に留まります。しかし、警察官であるあなた方が、あの件についてコメントすると、それは『本当に起きた事実』になってしまう、そのように県警本部長からの要請がありました」

「甘いですな。動画を撮っていた学生が何人いたと思っているんです？」

うんざりした佐脇が言い、和久井も抗弁《こうべん》した。

「そうですよ。おれらが喋っても喋らなくても、あれは『本当にあったこと』ですよ」

「大学は、隠したいんだろ。学内にそんな危険なヤツがいたら、『あの学校は危ない』とか妙な噂が立って来年の受験生が減るかもしれねえし、それ以上に、あの暴れたヤツを制圧して連れてった白黒の連中は何者だという話だ。あの連中の正体も明らかにできねえんだろ」

誰にでも知られたくないことはある、それが世間ってもんよ、と佐脇は呟いた。

「一応お知らせしておきますが、蛍雪大学としては、この要請が聞き届けられなかった場合、あなた方が無断で学内に侵入して教室にいた事を問題にすると言っています。つまり、憲法に保障されている『学問の自由』の侵害があった、さらに刑法の建造物侵入罪で訴えることも検討すると言ってます。かなり強硬ですよ」

「めんどくせえなあ。じゃあ、話を聞くのに、学生を校門の外のカフェに呼び出せばよかったってことか……」

顔面のあちこちに青痣《あおあざ》を作った佐脇は無意識にタバコを取り出しかけたが、署長の前なのでポケットに戻した。

「昔はね、制服私服を問わず、警官がキャンパスに足を踏み入れただけで大騒ぎになったそうです。私が知らない時代のことですが。何年か前にも、京都大学の構内に警官が立ち入ったことで大学側が遺憾《いかん》の意を表しました。もちろん蛍雪大学が問題としているのは学問の自由などではありません。なんとしてもマイナスな風評を避けたい一心なんでしょう」

「まあ、おれらはいいです。お口チャックで黙ってます。だけど、画像も動画も学生が撮りまくりだったし、噂も広まるだろうし……そっちまでは責任取れませんよ」

それは仕方がないでしょう、と皆川署長に言われて、佐脇と和久井は引き下がった。

非公式の捜査本部がある会議室に戻ってきた佐脇は、会議室に入ってきてそうそうに和久井の顔の絆創膏をベリッと剝がした。

「こんなもの刑事が貼ってるな。悪党に舐《な》められる!」

そんな二人を、ニヤニヤ顔の光田が出迎えた。

「叱《しか》られ損のくたびれ儲《もう》けか?」

「全然儲けてないけどな」

「暇なんで、面白い動画を見つけた」

光田はニヤニヤしたままノートパソコンを見せた。

その画面には、カフェバーのような酒場で椅子を放り投げテーブルを蹴り倒し、酒のボトルをなぎ倒して絶叫する男の姿が映し出されていた。

「なんすかこれ？　また新たな……」

「そう。まさにキチガ……いやいや、最近流行《はや》りのポリコレっつうか、政治的に正しい表現を使えばだな、『一線を越えてしまった不幸な人』の狼藉だ。ちなみにこの狼藉を働いて絶叫しているのは、蛍雪大学四年生の男子学生、菅谷保《すがやたもつ》。警察への通報も被害届も出てなくて事件になっていないので、身柄確保などはしていない。しかし……」

光田はニヤニヤして「共通点がある」と言った。

「この馬鹿も、『イベント研究会』のメンバーだぜ。最近はネットを見れば全部書いてあるから、便利だな。だが、簡単に情報が手に入ると、面倒な事も起きる」

光田は別のサイトにある書き込みを見せた。

「蛍雪大学は田舎のバカ学生の巣窟《そうくつ》だってネットでは大炎上してるぜ。キ○ガ○学生はみんな『イベント研究会』のメンバーでヤリサーだって」

某匿名《とくめい》掲示板には幾《いく》つものスレッドが立って、蛍雪大学と塚田の「イベント研究会」は口を極めて罵《ののし》られているし、塚田や宇田、庭埜、岡部の顔写真も貼られている。

「なんとまあ、ネットの連中は仕事が早いな」

佐脇は掲示板にリンクされているまとめサイトを読みあげた。

「……問題を起こしてしまった蛍雪大学の塚田さん、宇田さん、庭埜さん、岡部さんはどのような人物だったのでしょうか？　様々な疑問が湧《わ》いてきます。そこで今回は、それぞれの過去の経歴や家族をまとめてみました。ツイッターやフェイスブックなどのＳＮＳ関係は、すでに特定が進んでおり、ほぼアカウントは割れています。実家の住所についてもグーグルマップを駆使して画像を探してみました……だとよ。いやはやネット社会ってのは怖ろしいな。ゲシュタポも真っ青《まっさお》だぜ」

しかもこれだけじゃないんだ、と光田は言った。

「他にも、ここのヤリサーでレイプされて泣き寝入りしたっていう女子学生や元女子学生がどんどん名乗り出ていて、『被害者の会』を作るとか言い出している。これも最近流行りの、ほれ何といったかな、肉か？　いや、ミートだ！　そのミート運動ってヤツが」

「#MeToo《ミートゥー》運動でしょう、それを言うなら」

和久井が口を挟む。

「そうそう、そのミートゥだか何だかの矛先《ほこさき》が今度は蛍雪大学に向いてきたみたいだぞ」

「なるほど。それもあるから、大学はあの凶暴な男の件を何としても伏せたいんだな」

などと喋っているうちに、光田の席の内線電話が鳴った。

「おい、蛍雪大学に警備の出動要請だ。小山美紗恵の死亡で、三ヶ月前の集団強姦事件が蒸し返された。激しく抗議する女性団体や人権団体が大学を取り囲んでいる。それだけじゃない。そいつらに対抗する連中までやって来て、女性ヘイトや反人権を喚き立てているそうだ。プラスして連中を取材するテレビ局の取材クルーがどっと押し寄せて大変らしい」

「それ、おれたちの仕事か？　またあの大学に行けって？　悪いことは言わない。制服や機動隊にも仕事を分けてあげようぜ」

佐脇はそう言ってコートを取り上げた。

「今日はもう、営業終了だよ」

そう言っていったんは出て行きかけた佐脇だったが、すぐに考え直した。

「いや、やっぱり行こう。おい和久井、大学に戻るぞ！」

佐脇は露骨にげんなりした表情を見せる和久井の肩を摑んだ。

「おれたちをぶん殴ったあの野郎、間違いなく蛍雪の学生なんだから、バックグラウンドを調べるチャンスだぜ」

そこまで聞いた和久井は、「ああ」と頷いた。

「判りました。行きましょう！」

二人は再度、蛍雪大学に向かった。

大学キャンパスでは校門の外で「レイプ反対」「ヤリサー解散」「女子学生の人権を守

れ！」というプラカードを持った一団が口々にシュプレヒコールをあげている。それに対して「学生の自由は下半身も含む」「ブスは去れ！」「いい男がモテて何が悪い！」と叫ぶカウンター集団も街宣をしている。「性の自己決定権を」のようなプラカードはまともだが、「誰がBBA《ばばあ》をレイプするかよ！」のような目も当てられないものもある。女嫌い集団は女性団体を激しく罵り「おいそこのババア！　お前ら余計なお世話なんだよ」「若者が楽しくやってるだけだろ？　老害は嫉妬《しっと》するな！」などの暴言を喚き、中指を立てたり、唾《つば》を吐いたりしている。しかし両者はぶつかることなく、一定の距離を置いて対峙《たいじ》し、主張し合っている。その間には警官隊が割って入っているので、ぶつかると即逮捕になるのが判っているのだ。

そんな様子をたくさんのテレビカメラが撮影している。

取材クルーの中には、佐脇のかつての愛人で、今は東京キー局のニュース・リポーターをやっている磯部ひかるも混じっていた。

「あ、佐脇さん！」

ひかるは手を振ってきたが、佐脇は「あとでな！」と返しただけで構内に入り、学生部に直行した。

時間は午後七時近くで、普通なら事務関連の業務は終了している時間だが、外ではデモ騒ぎが続いているので、職員はまだ残っている。

「警察です。ちょっといいですか」

　警察証を見せながら、絆創膏は剝がしたものの、痣の痕も生々しい二人が入っていくと、職員たちは一斉《いっせい》に驚愕と恐怖の表情を浮かべた。

「いや、この顔はさっき、ここの教室でやられたんですよ……」

　佐脇がそう言うと、一同は、ああそれで、という反応になった。

「学生の顔写真付きの名簿を見せて貰いたいんですが」

　佐脇はそう言って、パソコンの前に座った。

「和久井。お前もあいつの顔を覚えてるだろ？　たぶん二年か三年生で、経法学部の学生だと思う。あのガタイだったら運動部に属してるかもな」

　条件付け検索をかけて対象を絞っても、二百人はいた。それを二人で手分けして順繰りに見ていく。

「時間がかかりますね。御堂センセイに訊いた方が早くないですか？」

「あのセンセイは学生の顔なんか覚えてないと思うぜ。テレビ局のプロデューサーなら絶対に忘れないだろうけどな」

　二人は好き勝手なことを言い合いながら学生名簿を見ていった。

「おい、あったぞ！」

　モニターに出てきた顔写真の名前は、経法学部経済学科三年、雨田俊哉《あめだとしや》。

「ニホンケンポウ部に属しているようですね」

「何？　日本国憲法部？　改憲でもしようってのか？　ネトウヨなのか？」

「いえ、そっちのケンポウではなくて、日本拳法です。格闘技の方の……」

「なるほどね。だからガタイがよかったんだな」

「雨田くんは武道で推薦入学して、学費免除で大学の特別奨学生になってますね」

しかし、住所などの連絡先は画面に表示されない。個人情報なのでもう一段厳しいセキュリティがかかっている。

それを警察権限で解除して貰い、現住所を表示して貰った。

「実家は鳴海市内で、地元です。実家から通学しているようですね」

「有り難い！　助かりましたよ！」

佐脇と和久井はすぐに出ていこうとしたが、事務長を名乗る男に呼び止められた。真面目一筋を絵に描いたような、言われたことは完璧《かんぺき》に実行するような初老の男だ。

「佐脇さんですよね？　ウチの理事長から警察にお話が行っていると思うのですが……」

「はい、聞いております。警察として調べた事は守秘義務がありますのでね、決して口外することはないですから」

「と申しますか……これ以上調べないで戴きたいというお願いは出来ませんか？」

お願いと言っているが、「要望」ではなく「指示」のような口調だ。

「いや、調べるのが我々の仕事ですから。調べているからと言って、すべてが事件になって誰かを逮捕するということじゃないですから」

「しかし……」

「失礼します。ご要望がある場合は、鳴海署刑事課の光田までご連絡ください。光田は市民の声を聞くのが大好きな、善良な警察官ですので」

必死に食い下がって佐脇たちの動きを止めようとする事務長を無視した二人の刑事は、調べがついた雨田の実家に向かった。


「……ここか」

住所の場所にあったのは、シャッターが下りた店だった。看板の文字が消えているが、薄く残っている文字は「リビング・ショップ……」と読める。要するに雑貨屋さんだったのか？

シャッターは傷《いた》んでところどころ錆《さ》び付いて穴が開いている。

建物の側面のトタンの外壁も穴が開き、一部は脱落して下地の木枠が見えている。トイレらしいガラス窓にはヒビが走ってセロファンテープで補修されている。

「これは修理しないとマズいだろ……。台風がきたらヤバい」

佐脇がそう言うのはけっして大袈裟《おおげさ》ではない。

裏に回ると、切れかかった蛍光灯《けいこうとう》がチカチカする勝手口があった。ベニヤのドアは風雨に曝《さら》されて下のほうが捲れ上がっている。

「ごめんください……」

と言いながらガリガリ音を立てるドアノブを回すと、勝手口が開いた。

「はい？」

と出てきたのは、化粧っ気のない初老の婦人だったが、二人の顔の傷を見た途端、悲鳴をあげて後ずさりした。

「怪しいものではありません。警察です。鳴海署のものですが……雨田さんですね？」

和久井が警察証を見せながら訊いた。

「そうですが」

「驚かせてすみません。仕事柄、生傷が絶えなくて。こちらに俊哉さんは、いらっしゃいますか？　蛍雪大学に通ってる……」

「はい。俊哉はウチの息子です」

「ご在宅ですか？」

「いえ、急に入院しまして。大学で、なんですか、急に具合が悪くなったとかで」

「俊哉さんには持病がありますか？」

脇から佐脇が割り込んだ。

「激しい発作《ほっさ》を起こすような」

「いえ、そんなことは一度もありませんでしたが」

「ずいぶん体格がよくて、スポーツ万能の、健康な日本男児のようにお見受けするのですが」

「ええ、あの子はね、中学の頃から武道をやってまして、柔道とか少林寺《しょうりんじ》拳法とか。それでスポーツ推薦と、スポーツ奨学金で蛍雪に」

二人の刑事の視線を気にした母親は、申し訳なさそうに言った。

「うちはご覧のとおりの有様で、商売も続けられなくなっているので……息子の進学は諦《あきら》めていたんですが、幸い、蛍雪から有り難いお話を戴いて」

「おい。あんまりべらべら喋るんじゃない」

と、声を荒らげて初老の男が奥から出てきた。ジャージ上下を着て無精髭《ぶしょうひげ》を生やしている。

「息子はとにかく今、おりません。お引き取りを」

父親らしい男はつっけんどんに言った。

「ご両親からすこしお話を伺えればと思ったんですが」

「何も話すことないです。あんまり話すなと言われてるんだ」

「それは誰に？　誰から『あんまり話すな』と言われてるんですか？」

「それも含めて話せませんよ」

父親であろう初老の男は、無理矢理、勝手口を閉めようとした。

「ウチの子が誰かを殺《あや》めたとか傷つけたとか言うんじゃなきゃ、お話しすることはないですな」

「あのねお父さん。我々のこの傷ね、実は、まさにあなた方ご自慢の息子さんにやられたものでしてね」

佐脇がそう言うと、父親は目を剝いて驚いた。

「そんな……あの子は小さい頃から武道をやってるからこそ、誰かを傷つけるようなことは決してやりません。それは武道家としての基本の基本です」

「だけど、やられちゃったんです」

和久井が困惑《こんわく》気味に言った。

「我々だって素人《しろうと》じゃないから、普通はここまでやられませんよ。面目ないとは思いますが、それだけ息子さんが常軌《じょうき》を逸《いっ》した暴力を振るったんです」

「さきほど奥様が、息子さんは入院しているとおっしゃいましたが、何処の病院ですか？　病名は？」

「言えません。お引き取りを。あんまりしつこいと警察を呼びますよ」

「我々が警察ですが……」

「だから何なんです？　警察ってのは、自分の都合ばかり押しつけるんですか？　え？　アンタじゃ話にならんから、アンタらの上司と話をする」

そう言った父親は、電話の子機を取ってきて、一一〇番をプッシュした。

「もしもし？　警察ですか？　今、刑事と名乗る人が来て、訳の判らないことばかり言って、全然帰ってくれないんです。こっちは病気で、起き上がるのもやっとだというのに」

父親はそう言うとわざとらしく、ごほごほと咳《せ》き込んで見せた。

「判りました。雨田さん。もう結構です。我々は退散します。どうもお邪魔しました」

二人はそう言って引き下がり、勝手口を閉めた。

「リビング・ショップ雨田は、この近所に大きなスーパーが出来て、客を吸い取られたんでしょうね」

「そして、息子はガタイの良さを買われて蛍雪大学に入れて貰ったと」

車に向かいつつ、佐脇は家を振り返って、言った。

「ガタイのいい息子は、ゆくゆくはそのまま大学職員として蛍雪に就職して、理事長のボディガード要員か、はたまた表に出せない汚れ仕事をやらせようって筋書きかもな。学費丸抱えの学生だったらイヤとは言えんだろ？」

ロクでもない私立にはよくある話だ、と佐脇は付け加えた。

「雨田が暴れたことを口止めしてるのは、大学か？」

「どうなんでしょう？　俊哉を制圧した白黒の五人組。あれは誰なんでしょうね？　大学の職員みたいじゃなかった感じですけど」

和久井は車のロックを解除しながら思案した。

「雨田俊哉も塚田のヤリサーのメンバーなら、話の筋道が立ったんですけど……全然関係のない日本拳法部ですからねえ……しかも酒も飲んでいなかったし……授業中だったし」

「授業中か。山のアナアナじゃあ、条件が揃《そろ》わねえな」

「すみません。それ、何のギャグですか？」

「『授業中』と言えば三遊亭圓歌《さんゆうていえんか》だろ。知らねえのか？」

車の助手席に乗り込んだ佐脇は、和久井に命じた。

「二条町へ行け。今日はもう終わり！　いつも定時で終わるのに、今日はもう八時だぞ。働き過ぎはよくねえ」

二条町の千紗の店は、ガラ空きだった。この前の事件の影響がまだ残っているのだろうか？

「やっぱりね……『二条町は怖い』って感じになっちゃって」

「馬鹿野郎。ここは昔からずっとコワイところじゃねえか！　最近はずいぶんユルくなったろ？」

「ユルくなった分、若いお客さんも増えてきてたんだけど、ほら、若い人って昔の二条町のことなんか知らないでしょ？」

「昔はなあ……流血の喧嘩《けんか》はしょっちゅうで、だからヤクザの地回りやおれみたいなのが目を光らせてる必要があったんだ」

和久井は昔話を神妙に聴いている。

「あのヤリサーの子たちは、調子に乗りすぎだったよね。前から女の子を潰す目的がミエミエだったし、おまけに昨夜みたいな騒ぎもあったから、ウチもこの際、出禁にしたいなと思ってるんだけど、あたしは名ばかり店長だから、そんな権限もなくて無理なんだよね」

千紗はボヤいた。

「あの事件が起きる前から、あのグループが来ると、ドリンクは薄めに作るとか、いつも注意してたのね」

千紗は佐脇の前に、こちらは濃い目のハイボールを置くと、キツい目で睨んだ。

「それで？」

「それで、って、何だよ？」

「美紗恵ちゃんの件は何か判ったの？　そもそも、殺人なの事故死なの？」

「いや、まだだ。そっちの捜査に取りかかったところで、立て続けにバカ学生が店を破壊する事件が起きて……なんか関連がありそうでなさそうで……」

「美紗恵ちゃんはこの店でバイトしてくれたコだから、あたしも気になって、お客さんの言うことをすごく注意して聞いてたんだけど……なんかね、あの子、前にも言ったけど、急に金回りがよくなったのよ。ウチのバイトは始終休んだりしてたのに」

「だから、金持ちのどら息子と婚約したってんだろ？」

「その前からよ。婚約も指輪見せびらかしただけだから、ウソかホントか判んないけどね」

千紗は真剣に佐脇を見つめて、訊いた。

「だからあたし思ったのね。美紗恵ちゃんはヤバいバイトでもしてたんじゃないかって。で、その線でこじれて、殺された、とか？」

「いやいや、それは考えすぎっしょ？　そういう二時間ドラマみたいな話って……」

笑って口を挟む和久井を佐脇は遮った。

「いや、その可能性も、頭から否定は出来んぞ」

「……ヤバいバイトって言えば、最近、学生のお客から聞いたんだけど……やたらワリのいい、怪しいバイトの噂があるんですって」

「ほう？」

二人の刑事は興味を惹《ひ》かれ、千紗を見た。

「一週間寝ているだけで、何もしなくてよくて、そのかわりに隔離《かくり》されて、どことも連絡が取れなくなるバイトだって言うのね。ずっとゲームやってたっていいし寝ててもいいし。ただ、携帯は取り上げられて、あと、外を出歩いたり酒飲んだり、タバコ吸ったりもダメなんですって」

そう言って千紗は刑事二人の顔を見比べた。

「話がうますぎると思わない？　とてもホントとは思えないから、ただの噂よね。絶対、話が盛られてると思うし。実際に結構なお金が貰えるのなら、たぶんウラがあったり危険だったりするんだろうけど……」

「それは臓器抜かれるとか、そういう話じゃないか？　いやまさかな。そんなのはそれこそ都市伝説だよな。例えば……どことも連絡が取れず隔離されているあいだに、なんか犯罪に巻き込まれているとか？　そうすると、なりすまされて悪事を働かれても、アリバイの証明ができなくなるだろ？」

それよりも、と佐脇は身を乗り出して千紗に訊いた。

「小山さんがそのバイトをやってたって言いたいのか？　突然連絡が取れなくなることがあったってお前、言ってただろう？」

「それはそうだけど、具体的な話は何も聞いてなかったから……」

「小山さんは、前にも言ったけど、ワリのいいことが好きだったんですよ、きっと」

和久井が代弁するように言った。

「飲み屋のバイトは大変だし、寝てるだけでいいなら、そっちのほうがずーっとラクじゃないですか。お金が同じか、それ以上貰えるのなら」

「だから、あの子がそのバイトしてたって言ってないから！」

千紗は話がその方向に行くので、慌てて否定した。

「彼女は何故《なぜ》カネが欲しかったんだ？　留学したいとか？」

「そういうタイプじゃないでしょう。借金じゃないっすか？　もしくは……ヤリサーのメンバーだけに、妊娠しちゃって、堕《お》ろすお金が必要だったとか？」

「止めなさいって！」

二人の刑事が勝手なことを言い始めたので、千紗がキツい声を出した。

「そりゃ美紗恵ちゃんはいい子じゃなかったけど、もう亡くなってるのよ」

すいません、と言いつつ和久井はスマホを検索している。

「……あの、寝てるだけでいいバイトっていったら、ほら、あれじゃないすか？　薬の治験」

「チケン？」

「新しい薬が大丈夫なのか、飲んでもヤバくないか試験するっていう」

なるほど、それはアリかもな、と佐脇は一人で頷いてグラスに残っていたハイボールを飲み干した。

「しかし……いまどきの学生がそういうバイトをするか？　イメージが悪すぎだろう？　昔の売血みたいなもんじゃないか。食い詰めたどうしようもないヤツが、自分の命と引き替えにカネを得る仕事、みたいな」

「ああ、それは違いますね！」

和久井は明るく言った。

「今は、ワリのいいバイトってことで定着してるみたいですよ。求人サイトもありますし。思い出したんで、調べてみました。ほら」

佐脇の部下は、スマホでそのサイトを表示させた。

『治験ボランティアでさっくり稼ごう！』と可愛い文字が躍《おど》っている。

求人対象も二十代の男女を中心に幅広い年代で、健全で安全であることを繰り返し謳《うた》っているし、もしもの場合のケアも万全であると断言している。これで報酬が貰えるのなら、労力の要《い》らない、楽なバイトとは言えそうだ。

「なるほどねえ。おれもこれ、やろうかな」

「佐脇さんはダメでしょ。ほら、ここにちゃんと書いてあるじゃないですか。治験中はお酒もタバコもダメだって。それにエッチも出来ないし……だいたい佐脇さん若くないし」

「なんだよ。そのバイトできるのは若いヤツだけかよ？」

「あ、いえ、薬の種類によって求人の年齢は違いますけど……でも、条件がよくてこういう求人があるのは、若くて健康で体脂肪の少ない男女限定って感じですね……例えばこれは、四泊すれば十八万貰える治験ですけど、条件は健康な日本人男性の二十～四十四歳、入所中禁煙、ＢＭＩが18・5～24・9で、体重が五十～八十キログラムの人」

和久井はスマホを見ながら言った。

「この条件だと佐脇さんは……ちょっと」

「ああそうですか」

そう言った佐脇は大きなゲップをした。

「しかしだよ、これ。お金貰えて『さっくり稼ごう』ってハッキリ書いてあるのに、どうして『治験ボランティア』なんだ？　ボランティアってのは要するに無料奉仕ってことじゃねえの？　災害復旧とか困った人を助けるとか、手弁当で駆けつけて自分が出来ることを自発的にやるって事だろ？」

ええとですね、とスマホの画面を凝視していた和久井は、書いてあることを読み上げた。

「『治験を正式に受託している機関は、治験の参加者募集を行う際に金銭誘導などで参加者を募集することは好ましくないと定められているため、正式に製薬会社などからボランティア募集を受託している団体等では、どこを見ても、治験バイト、治験アルバイト、新薬アルバイト、高収入アルバイト、高額アルバイト、新薬モニターなどという名目では募集など行っていないのが現状です』ってことは……バイトって言えないからボランティアって言い換えてるって事ですね、要するに。で、ボランティアだから、支払うお金は『交通費がかかったり、会社を休んだりする必要があることから、ボランティアの経済的負担を減らすため』に、『負担軽減費』って表現が使われていると」

「ウソも方便《ほうべん》ってヤツだな」

「で、このサイトの言い方だと、治験バイト募集ってやってるところは負担軽減費を報《ほう》酬《しゅう》と偽《いつわ》っているそうなんです。どっちが偽ってるんだか」

「新薬開発には人体実験が必要なのは判る。だったら正々堂々とやればいいじゃねえか。こんな姑息《こそく》な言い換えなんかしないで。外国人をコキ使ってるのに技能実習生とか言うのと同じだろ！」

「お、師匠としちゃ珍しく正論っすね」

和久井はすこしおどけてみせた。

「珍しくは余計だ。おれは正論しか言わねえ」

「それはともかく、これについてはキッチリ調べる必要がありますね」

そんな話で盛りあがっているところに、若い男がキョロキョロしながら店に入ってきた。

「ああよかった。やっぱりここにいたんですね、刑事さんたち」

佐脇たちのテーブルに駆け寄ってきたのは、亡くなった小山美紗恵に片思いしていた男・向島三郎だった。

「どうした？　よくここが判ったな」

「どうしても刑事さんに知らせておきたいことがあって……鳴海署に電話したら、たぶんここだろうって言われて」

「まあ座れ。なんか飲め」

「自腹で、ですか？」

和久井が混ぜっ返した。

「いや。それはおれが奢る。ビールでいいか？」

「いえ、コークハイで」

「イマドキ珍しいモノを飲むね」

佐脇はそう言いつつ和久井を退かせて向島を自分の横に座らせ、コークハイのグラスを前に置いてやった。

「で、おれに知らせたいことって何だ？」

「はい……。小山さんが死んでしまったことがおれはやりきれなくて、一体どうしてこんなことに……と、自分でもできる限り、調べてみたんですが」

「前置きはいいから、結論を先に言え」

佐脇がイライラして声を荒らげた。

「はい……あの、小山美紗恵さんは、新薬の、治験のアルバイトをしていたようです」

第三章　ゴージャスな女狐《めぎつね》

「小山さんが、新薬の治験のアルバイトをしてたって……その証拠でもあるのか？」

佐脇は重要な情報を持ってきた向島に迫った。

「これは、とても大事な事なんだぞ。ウソぴょーんとか勘違いしてましたテヘ、では済まないことになるんだぞ？」

「……判ってます」

向島はタブレット端末を取り出した。

「いろいろ調べたんです。小山さんは、ツイッターやインスタグラムにかなり自撮りをアップしてるんですが」

ネットから集めた画像を次々に表示する向島に和久井が首を傾げた。

「おかしいな。自分も小山さんのツイッターとインスタは検索してみたんだけど、こんなプライベートな写真、全然出て来なかったよね？」

「そりゃそうですよ。だってこの写真はフォロワーしか見られないし、そもそもこのアカウントは非公開の裏《うら》アカです。小山美紗恵で検索しても出てくるはずがないんです」

向島は得意げに言った。

「あ、そうなの？ 小山さんは複数のアカウントを使い分けてたってことか」

和久井は一度は納得したが、「え？」と言って向島を二度見した。

「じゃあ君は……裏アカを教えてもらえるほど親しかったの？」

「そうじゃないですけど、まあ、そのへんはいろいろと……」

曖昧《あいまい》な笑みを浮かべる向島に和久井が問いただす。

「もしかして君、何かヤバいことやったんじゃないの？ ほら、最近、芸能人が非公開のアカウントをクラックされて内容が流出した、みたいな事件があるけど、そういうことをやってない？」

「さあ？ どうでしょう？」

向島はしれっとはぐらかして、タブレットにさらに違う写真を表示させた。

ほとんどがサークルの飲み会やグルメ自慢、旅行のスナップだが、その中に小山美紗恵ほか数人がお揃いの白いTシャツを着てピースサインをしている画像があった。「今から入院で～す。病気じゃないけど」のコメントが添えられている。

「ほら、これです。これ」

「見たところ普通の写真だが」

白いTシャツに見覚えがある、と思いつつ佐脇は敢えて冷静に訊き返した。

「何かの病気で入院しただけかもしれないだろ？」

「いやいや、病気じゃないと書いてるし、仮に病気で入院するにしても蛍雪大学薬学部の実験棟に入りますか？」

向島はそう切り返した。

「彼女のバックに写ってるのは、ウチの薬学部の実験棟ですよ！」

「そうか。この前、オタクの大学に行ったとき、これと同じTシャツを着た連中が薬学部の建物に入ってくのを見たんだが、それがこれなんだな」

「ウチでは薬学部がダントツで偏差値高いので、薬学部の人たちは、実験着の白衣を着て、自慢げに歩いてますけど、白Tが制服ってことはないです。小山さんだって薬学部ではないし」

ふうん、と上《うわ》の空《そら》で返事をした佐脇は、タブレットにタッチして他の写真をドンドン表示させていく。

小山美紗恵が、ピンクのネイルエナメルをきれいに塗った手に白いカードを扇形《おうぎがた》に広げて、自撮りした画像が出てきた。

『これ、バイトの報酬っていうかおまけ。一枚たった千円分だけど、十枚あるから一万円。それならまあオイシイよね。一週間ぶりにネイルも塗って癒《いや》されました』

というキャプションがついている。

その白いカードの表面には、謎《なぞ》のキャラクターが二体、銀色で印刷されている。それぞれの下には「ほたるくん」と「ゆきちゃん」という小さなロゴも記されている。

「なんだよ、このカードは。怪しいポイントカードか？」

「いえ……『ほたるくん』と『ゆきちゃん』の上に、蛍雪大学ボランティアプリペイドカードって書いてありますよ」

「ボランティアすれば貰えるカードってことか？　それよりなんだ、このクソみたいなマンガは？」

「それはいわゆる、『ゆるキャラ』よ」

それまで興味深げになりゆきを見守っていた千紗が断言した。

「最近は何かというと『ゆるキャラ』作るでしょ？　『ほたる』と『ゆき』だから蛍雪大学のゆるキャラね」

千紗は接客しているから世の中の情報には敏感だ。

「そういえばさ、思い出したんだけど去年あたり、地元の広告代理店の人たちがお店に来てはしゃいでた。蛍雪大学がイメージ戦略を一新して生まれ変わるから、そのイメージロゴとかイメージキャラのデザインで、蛍雪特需《とくじゅ》だって。アリモノのデザインをちょっと変えるだけでボロ儲けなんですって。『今どきは視覚に訴える戦略が大事ですから、ゆるキャラは基本ですよ』ですんなりゴーサインが出たって」

和久井はゆるキャラ部分を拡大して、しげしげと見た。

「ほたるくんは昆虫のホタルのイメージっすかね？」

「バカ言うな。これを黒光りさせたらどう見てもゴキブリだろ。しかもケツまで光ってる。こりゃ最強だな。夜、部屋を這ってると怖いぞ」

返す刀で佐脇はもう一体も切って捨てた。

「それとこっちの、真っ白で不定形なカタチの『ゆきちゃん』だが、良く言えば溶けかけのマシュマロかお餅《もち》、ハッキリ言えば胃カメラの時に出るバリウムのウンコだ」

佐脇は画像を少し小さくしてカード全体が見えるようにした。

「で、この蛍雪大学ボランティアプリペイドカードってのはなんだ？」

「地域振興券みたいなプリペイドカードよ」

と千紗が答えた。

「あらかじめ使える金額が入ってて残高がなくなったら終了の、クオカードみたいなヤツ。クオカードなら一枚五千円とかもあるけど、蛍雪カードは千円限定ね」

鳴海市内限定で使える『鳴海プリペイドカード』というものもあるが、それの蛍雪大学専用バージョンがこれだ、と千紗は言った。

「最近これを使って飲み代を払おうとする蛍雪の学生さんが多くてうんざりなの」

このカードは学生を優待・優遇するという名目で、これを使って支払えば加盟店では五%引きの優待が受けられる。しかし店の側からすると、その割引分は店の負担で、しかも、このカードの勧進元《かんじんもと》から店への入金は、売り上げが発生してから三ヶ月後なのだと千紗はボヤいた。

「まったくアコギなプリペイドカードよ。クレカだって面倒なのに。いっそ金券ショップに売り払ったほうがマシかって思うくらい。七掛けにしかならないけどね。ウチみたいな店は基本、現金で商売したいのよね。せめてクレカなら仕方がないって我慢するけど」

「あの、いいですか？」

向島がおずおずとハナシに入ってきた。

「この『蛍雪大学ボランティアプリペイドカード』は、ウチの学生にボランティアをやらせるために、インセンティブと称して大学がくれるんです。ボランティアは事実上強制で、長時間拘束《こうそく》される見返りに千円ぽっちのカードなんて、マジ割りに合わないっすけどね」

「おいおい、ボランティアは自発的なものじゃないのか？　なぜそれが事実上強制なんだ？」

「だって商店街の清掃をしなければ単位が出ないとか、就活に不利だとか脅かされれば、やらざるを得ないじゃないですか」

突っ込む佐脇に向島は不満そうに答えた。

「おれらが貰えるのはたった一枚だけど、小山さんは一人でたくさん貰ったんでしょう。つまり他の写真から総合的に判断して、小山さんはウチの大学でやった治験ボランティアに参加して、協力費とかなんとか名目は判らないけれど、このカードでバイト代を貰ったんですよ」

「なるほどね、そう考えるのが自然だろうな」

「だけど、この辺の店はウチ以外もみんな迷惑してるのよ！　このカードのおかげで」

千紗がそう言っているそばから、レジで女性スタッフが客と揉める声が響いてきた。

「あの……このカードは困るんです。ウチではご遠慮いただいてるんです。貼り紙にも書いてあるでしょう」

レジの女の子が指さす壁の注意書きには、本当に『蛍雪大学ボランティアプリペイドカードでのお支払いはご遠慮ください』と書いてある。

だが、レジにいる学生らしい若い男はまったく納得しない。

「あくまでもご遠慮だろ、ご遠慮。おれは遠慮しねえから。つか金ねえし。こいつで払わせてもらうしかねえし」

「でも……」

「加盟店で使えるってカードに書いてあるだろ。それにこの店、入口に『鳴海プリペイドカード使えます』ってステッカー貼ってあんじゃん！」

「それは、組合から貼れって言われて……」

「そんなの知らねえよ。こっちは客なんだからな」

若い男は客の立場を振りかざして一歩も引く気配はない。

「ああもう」

千紗はイラッとした表情になり、レジに向かった。

「お金ないって言ってるんだから仕方ないわ。ないんですよねお金？　お金がなくて、それでもうちの店に来て、お金ないのに飲食したんですよね？　お金もないのに。お金ないんだったら仕方ないから、もう、そのプリカでいいです。精算が三ヶ月も先だし、ほんっと迷惑なんですけどね」

「しつけえなあ。金がない金がないって何度も言うなよ。精算がどうのってこっちには全然関係ないから」

千紗はその男に向かって無言で手を出した。

「じゃあ、カードを頂戴《ちょうだい》」

「これ、有価証券なんだからな。金券だぞ。現金と同じように通用するんだぞ！」

「判ったから、さっさと渡しなさい！」

そのやりとりを見ていた佐脇ははらはらしたが、貫禄《かんろく》で千紗が勝《まさ》った。

男を始めとする学生たちはむっとしていたが、物凄い形相の千紗に睨みつけられると、黙って店を出て行った。

「千紗もいちおう客商売なんだが、それでもあんなに怒るほど、蛍雪大学はこのカードを乱発してるのか。って事は、今の連中も治験のバイトをしてたのかなあ？」

「それはどうか判りませんけど。学内じゃ七掛けくらいで流通してるみたいだし、イベントサークルにはひとりでたくさん持っている人もいるし」

そう答えた向島に、佐脇はツッコんだ。

「って事はだよ、亡くなった小山さんが治験のバイトをしていたとも言い切れないだろ？」

いいか、と佐脇は向島に顔を近づけて睨んだ。

「遊びじゃねえんだ。こっちは確実な証拠が欲しいんだよ。警察は、確たる証拠がねえと動けねえんだ」

佐脇はタブレットに次々と画像を表示させた。

「お前さんが言ってるのは傍証《ぼうしょう》ばかりだ。どれも『かもしれない』ってことばかり。それじゃあ、どうしようもねえなあ」

「あ、佐脇さん、ちょっと待ってください」

佐脇がすい送っていた画像を見ていた和久井がストップをかけた。

「小山さんが自撮りした写真の中に……ちょっと戻してください」

和久井はタブレットを操作して逆スクロールさせ、ある画像で止めた。

「ほら、これ」

小山美紗恵の後ろに写っている数人を、和久井は拡大した。

「おい。これは例の酒場で暴れた三人じゃないか？　宇田と庭埜、岡部……」

「そしてこっちの写真には……雨田が写ってませんか？」

たしかに、数枚の写真をじっくり見ると、飲食店で暴れて店を破壊した三人と、そして雨田俊哉が小山美紗恵とお揃いの白いTシャツを着て、そして別の画像では悪名高いプリペイドカードを何枚も持って、写真に収まっている。

「和久井。この白いTシャツの意味を調べよう。このTシャツと、そしてふざけたプリペイドカードが、イベント研究会所属の小山さんほか三人と、雨田の共通項だ。雨田はイベント研究会ではないからな。薬学部の実験棟の中に、なにかがある」

和久井は頷いた。

「それと……こっちの写真には塚田も写ってるんですが……」

「塚田は、みんなのボスっていうか、サークルのリーダーなんだから、写ってて当然だろ？」

それはそうなんですが、と和久井は少し首を傾げた。

「みんなお揃いの白いTシャツ着てるのに、塚田は着てないんですよ」

「白Tシャツはイベント研究会のトレードマークではないってことだろ」

「あとは雨田が今、何処に入院しているのか、もですね」

「その通り。おれのカンでは、あの薬学部の実験棟にいるんじゃないかという気がするな」

勢いよくグラスを空《あ》けた佐脇は、横にいる向島に気づいた。

「君、まだいたのか」

「……ボクが考えた線で動いてくれるんですね？」

多少不満そうな表情ながら、向島は笑顔を作った。

「これで小山さんも浮かばれます」

「もちろん、おれたちは小山さんの死の真相をきっちり解き明かす。それが仕事だからな」

まあ飲め、と佐脇は向島にコークハイのお代わりを注文してやった。

そこに、女性客が一人で入ってきた。

「あ、お一人さまですか？　すみません、空いてるカウンターにお願いします……」

という千紗を制するように手をあげたその女性は、佐脇の後ろに立って頭を下げた。

「佐脇さんですね？　鳴海署の陰のドンと言われる……」

「そんなことを言われてるのか？　おれも偉《えら》くなったもんだなぁ」

佐脇が振り返ると、そこには、鳴海には珍しい垢抜《あかぬ》けてシャープな、見るからに「デキる女」が立っていた。かっちりしたビジネススーツが躰にフィットして、曲線美を強調しているところが妙に色っぽい。

才色兼備《さいしょくけんび》というか、知性がそのまま美貌に現れている。しかも理知的な美女と言うだけではない。いささかケンがあって戦闘的な感じだ。「勝ち気で男勝り」という古典的なタイプを現代のビジネスシーンに合わせてアレンジすればこうなるという、中肉中背、筋肉質で均整のとれた躰つきの美人だ。

「あんた、最近会ったことがあるよな？　どこだったっけ？」

いかにもキャリア然としたこの感じは……。

「大阪府警のヒトか？　それともサッチョウの？」

「あら。そんなに偉い人ではないですよ、私は」

彼女はにっこりと笑った。

「佐脇さん、この方はたぶん昨日、任意同行した塚田を帰すときに弁護士と一緒に鳴海署に来た人ですよ」

横から和久井が言った。

「エエ、そのときにチラッとお目にかかりました」

「じゃあ弁護士さん？」

「香月早苗《こうづきさなえ》と申します。今後、いろいろとお世話になると思います。お見知りおきのほどを」

と言いつつ、早苗は名刺も出さない。

「だから、あんた、ナニモノ？　弁護士じゃなければ何だ？　無職のプーか？　そんなヒトがわざわざ、おれに挨拶に来るはずないよな？」

「いやだわ佐脇さん。いきなり当たりがキツいんですね。どうかお手柔らかにお願いします」

そう言うと早苗は馴れ馴れしく彼の肩に手を置いてマッサージするような仕草をした。

「今度、是非《ぜひ》、ご一緒したいわ」

「ご一緒って、ナニを？　一晩シッポリとか？」

佐脇はでへへと下心剝き出しの下卑《げび》た笑い声を出し、早苗もそれに応じるように、うしろから躰をぴったりと密着させてくる。

佐脇の肩から胸へと滑らせたその手が、意外にしっかりとして大きく、しかも爪が綺麗に短く切りそろえられていることに佐脇は気がついた。この手の女なら、爪はもっと長く、派手なマニキュアが塗られていてもおかしくはないのだが。

調子に乗った佐脇が、早苗のお尻に手を伸ばそうとしたとき、千紗が咳払《せきばら》いをした。

「ちょっと、佐脇ちゃん。そういう剝き出しでミエミエなのは、もはや下心とすら言えないわよね？」

千紗が物凄い目つきで早苗と佐脇を睨みつけるので、佐脇はしぶしぶ手を引っ込めた。

「おれはさあ、一応独身なんだぜ。誰かさんに責められる謂《いわ》れなんか本来、ないんだぜ」

「佐脇さん、ではまた後ほど。今日はご挨拶だけしておこうと思いまして」

早苗は席にも着かず、笑顔で頭を下げると、そのまま出ていった。

「……掻き回しに来ただけ。ですかね？」

和久井は首を傾げて向島に言った。

「オトナって、大変っすね！　いろんなワナが待ち構えてる」

「地雷もな。おい、千紗、機嫌を直せ。もう一杯頼むわ」

そう言った佐脇は、ムッとしている千紗にチューハイを頼んだ。

＊

「うつ病の症状軽減のために治験中の新薬『レザレックス』ですが、はっきり言ってデータが思わしくありません。偽薬《ぎやく》に反応した被験者が第一相治験を始めてこの施設では二十人、他の施設を合わせると百三十五人……」

会議室で、早苗は書類に目を落としながら、白衣姿の疲れた初老の男から報告を受けていた。その男の首には「蛍雪大学薬学部助手・成沢重道《なるさわしげみち》」というＩＤカードがぶら下がっている。

「この百三十五人の治験者にはおしなべて、新薬レザレックスの代わりに砂糖の錠剤を投与した結果、希死念慮《きしねんりょ》がなくなった、抑《よく》うつ的な気分が改善した、とのプラセボ効果が現出しています」

「何人いようと問題ないわ。偽薬に反応した被験者は全員、治験から外してくださいな」

「しかし、それではデータの正確性が損《そこ》なわれてしまいますが……」

「構いません」

早苗は相手に被《かぶ》せて威圧的に言った。

「それは、どこだってやっていることです。偽薬に反応する被験者が増えたら、有効性を示す数字の割合が下がってしまうでしょ？　あなた、そんなことも判らないの？　あ、失礼しました、成沢センセイ」

「そこまで言わなくても……」

プライドを傷つけられた成沢は顔を歪《ゆが》めた。

「悪いわね。かったるい論議は私、嫌いなので。それから、これも言わなくても判ってると思いますが、副作用を訴えている被験者、そいつらも全員、被験者から外してくださいね。絶対に、データにカウントしては駄目」

「まあまあ香月さん。治験が必ずしも順調とは言えないから、あなたが苛立つのも判るが」

出席者の一人である、上品な初老の男が宥《なだ》めにかかった。

会議室の大きなテーブルを囲んでいる三人の出席者は香月早苗、そして成沢と呼ばれた白衣姿の痩《や》せて疲れた中年の男、そして年嵩の男は白髪《しらが》で背が高く、おっとりとして育ちが良さそうだ。

「偽薬に反応するのはまあ、無視しても無害ですが……一番大きな問題は、第一相の治験開始以降、治験薬を投与した被験者の中に希死念慮が高まったり、暴力衝動が突如《とつじょ》湧いて抑えられないと訴えている治験者がいることですよ」

成沢が書類を一枚、二枚と数えた。皺の寄った白衣姿で、およそファッションに縁など無さそうなのに、なぜか首にスカーフを何重にも巻いている。その派手な色合いがミスマッチだ。

「現在判明しているだけで十三人もおります。しかも先日ついに、ああいうことまで」

「ああもう、それは済んだ話でしょう?」

その件については処理済みだと、早苗は怯《おび》えた表情の成沢を苛々した口調で遮った。

「だからそういう面倒な人たちは、すぐに治験から追い出してください。まったく、どうして副作用なんか訴えるのよ？　せっかく割のいいバイトをさせてあげてるっていうのに。バカじゃないの？」

早苗は憤慨《ふんがい》した。

「だいたい治験なんて副作用を少なく、効果は多く見積もるのが常識でしょう？　暴れるような論外な治験者は当然外す。偽薬だけに反応した者も外す。それが治験の常識ですよ。成沢さん、あなたも薬学のベテランなんですから、それぐらい判ってるはずでしょうに！」

「しかし……その基準で被験者をどんどん外していくと、数が足りなくなってしまいます」

成沢はもっともな反論をした。

「だったら補充すればいいでしょ？　モルモットなんていくらでもいるでしょうに」

「際限なく治験者を増やしていったら、治験の予算がオーバーします。それに、被験者は……二十代の健康な若者じゃないと駄目なんですよね？　生活費や医療費に困っている高齢者であれば、協力費を下げても、応募はいくらでもあると思うけれども」

「やっぱりあなたダメだわ。全然使えない……理屈は研究室でしか通じないのよ！　……ああ、高木《たかぎ》先生失礼しました」

年嵩のもう一人に謝りながらも、早苗は成沢に対して攻撃性を剝き出しにした。

「いいですか？　新薬の治験の絶対条件は『若くて体脂肪の少ないサンプル』よ。ジジイやババアで体脂肪率がごっそりあるモルモットだと、反応がまったく違ったものになってしまうでしょうが？　そんなの常識よ。大事なのは数字よ。数字がすべてよ。私たちの仕事は良い数字を出すことだけです。そのためには手段は選んでいられない。お判りですよね？　判ったならとっととモルモットの補充をしてください。バカな若者なら、この蛍雪大学にいくらでもいるでしょ？」

そう言った早苗はハッとして、一見上品で、仕立ての良いスーツを身につけている年嵩の男を見た。

「……申し訳ありません、学部長。つい、言葉が過ぎました」

「いいんですよ。この新薬はウチの成沢が開発したものだし、ウチで治験をすれば、若くてイキのいい被験者が容易に集まると提案したのも、そもそも私ですしね」

学部長と呼ばれた男は、笑みを絶やさない。

「御社はとにかく治験を完遂《かんすい》してこの薬を市場に出す。大学は新薬の研究開発は出来るが、そこから先の量産技術は無いし、厚生労働省との折衝《せっしょう》のノウハウもない。しかし、治験に必要な若い被験者を確保する事は出来る。お互い、持ちつ持たれつの関係でしょう？」

一方、疲れて窶《やつ》れた初老の男は、早苗に言い負かされたままむすっとしてボールペンを玩《もてあそ》んでいたが、ぼそっと言った。

「このクスリ、イケると思ったんですが……。動物実験ではかなりの好成績だったのに」

「成沢さん、失敗したように言わないでください。新薬なんてそんなことばかりですよ」

香月早苗は疲れきった様子の成沢に諭《さと》すように言った。よれよれの白衣に、髪もぼさぼさの成沢は研究以外には関心のない、いわゆる典型的な薬学馬鹿という人物なのだろう。

「ねえ成沢さん。実験段階でこれはイケる！　と思ったからこそ、私たちは次の段階に踏み出せる。そうでしょう？」

今さらですけどと言いつつ、香月早苗はなおも諭すような口調で成沢に語りかけた。

「ご存じだとは思いつつ言わせて戴きます。向精神薬は、新薬の世界ではいわばフロンティアなのはご存じですよね？　他の分野に比べて開発の歴史が新しく、それだけ、やれること……つまり新薬を開発できる余地も多いし、その結果、得る果実も大きいと言うことです。だから、製薬各社もこの分野での新薬開発を続けています。今回の成沢先生の着眼点、既存の薬剤ユヴェニタロプラムと当社が合成したレザレクサミンマレイン酸塩を組み合わせる発想は画期的であり、それによって副作用を減らしつつ、著しい薬効を得る事が出来るとすれば開発効率的にも素晴らしく」

「しかし、想定外の副作用が出ているのです。私が最初に発見した微生物からの抽出物《ちゅうしゅつぶつ》を精製したものを、既存の抗うつ薬ユヴェニチンと組み合わせて治験を実施すれば、もっと良好な結果が出たかもしれないのに」

成沢は、自分で開発した新薬について懐疑《かいぎ》的なことを言った。

「ですから」

苛立った口調で早苗が反論する。

「あの物質は不安定極まりないので、量産できないからアウトということになったじゃないですか。あの精製物質に組成が近似《きんじ》して、化学式もほとんど同じであるレザレックスと既存のユヴェニチンの組み合わせでやろうということは、成沢先生もお認めになった合議事項ですけど？」

喧嘩腰と言ってもいいほど強い口調で早苗が食ってかかり、成沢は必死に抗弁する。

「たしかに既存の向精神薬の副作用……発汗《はっかん》や体重増、勃起障害、眠気、糖尿病といった所見は出ていません。そこが画期的であるとは言えますが、別のもの……それもひどい副作用があるのなら、使い物にならないじゃないですか」

「ですから、そういうことと投薬の分量や回数、血中濃度との関連性を精査するために治験をしているわけですよ。これさえ乗り切れば、ウチとしても……いえ、人類にとって画期的な新薬となるんですよ」

「しかし……このレザレックスには重篤《じゅうとく》な副作用がある、その可能性がすでに明らかである以上」

成沢はなおも震える声で香月早苗に抗弁し続けた。

「開発は中止すべきです。そもそもこれはうつ病の症状を軽減するための向精神薬なんですよ? それなのに服用により希死念慮が高まる、あるいは暴力衝動が突如湧いて抑えられなくなる被験者が無視出来ない数、出ているんです。どう考えても本末転倒……」

「だからそれはたった十三人よ!」

「お言葉を返すようですが」

額に汗を滲《にじ》ませ、震える手で書類を探しながら成沢はなおも抗弁する。

「十三人という数は正確ではありません。ここに被験者から回収したアンケートがあるのですが、回答欄に『人を殺したくなった、自殺したくなった』と書いている被験者が、全員を合わせると三十人以上もいるんです!」

「だ・か・ら、そんなことを正直に報告する必要なんて一ミリもないの。殺人衝動は『敵意』、自殺したくなったは『情緒《じょうちょ》不安定』、そう書き換えればいいの。そんなのは常識よ。あなたもこの業界の常識、少しは弁《わきま》えてよね。治験の結果得られたデータを、すべて提出する必要なんてないの。そんな義務はないんだから。つまり、都合の悪いデータは抜き取って、役に立つものだけを出せばいいのよ。あなたこの業界に何年居るの?」

「しかし……百三十五人もの被験者が偽薬に反応したうえに、治験薬には副作用はあっても、期待した薬効が十分に認められていないのですよ?」

「だから母数は何人？　治験者の何人かには薬効はあったんでしょう？」

「被験者の総数は現時点で二百五十人です。今回は安全性を中心にした治験で、そもそもうつ症状を呈する被験者だけを多数集めるのは事実上不可能なところから、現在はまだ第一相の治験段階にあると言えます。つまり薬効があるかどうかの確認以前の段階です。その段階でこれだけの副作用が出ているんです！」

成沢は頭を掻き毟《むし》った。

「これ以上は危険です。この薬の開発は見合わせるべきです！」

「何を言っているのよ！　開発費を一体いくらつぎ込んだと思っているの？　いいから続けるのよ。もっと被験者を増やしましょう。条件を変えて、もっとデータを取りましょう。ほら、あのサークルのツテをもっともっと活用すれば、いくらでも人は集められるでしょう？」

「しかしそれにも限界が……いろいろとトラブルも起きているようですし……先日の、例の件だけではなく」

香月早苗の剣幕にたじろぎつつ、それでも成沢は必死に説明を試《こころ》みた。

「市内の飲食店で立て続けに起きた事案はご存じですよね？　治験終了後一週間も経っているのに、飲酒して興奮状態に陥《おちい》った元被験者が自己制御不能となって飲食店を破壊し、制止しようとした屈強《くっきょう》な成人男性にも重傷を負わせています。しかもその元被験者の一人は一見してか弱い女性ですよ？　それとは別に……例の、死亡に至った元被験者の事例も」

「ちょっと。成沢さん。あなたは一体、何が言いたいの？」

早苗が気色《けしき》ばんだ。

「あの事例が治験のせいだとでも？　ねえ成沢さん。あなたは、一体誰の味方なの？　新薬開発と言えばバカのひとつ覚えで、私たちを批判しかしない、マスコミの味方なの？」

「まあまあ、香月さん、落ち着いて」

学部長が議論を引き取った。

「御社と本学はお互い、ウィンウィンの関係で行く、それが合意事項でしたよね。この薬が治験を終え、市場に出れば本学薬学部の名声は天下に轟《とどろ》くし、御社は儲かる。この前のノーベル賞みたいな関係で行こうじゃないですか。そのためには本学としても、今後とも出来る限りの協力は惜しみませんよ」

学部長の言葉に、香月早苗は頭を下げて丁重《ていちょう》に応じた。

「高木先生、有り難うございます。先生のおっしゃる通り、今後とも、一蓮托生《いちれんたくしょう》の心構えでやって参りたいと思います」

そう言ってから、早苗は席を立って会議室を歩き回った。

「しかしながら、この際ですからハッキリ言っておきます。蛍雪大学薬学部サイドの現場責任者でいらっしゃる、こちらの成沢先生が治験に対してきちんとした知識をお持ちではないのは、経験の差ですから仕方がないことです。しかし、治験に関するデータの取り扱い方ですね、これについては遣《や》り方がいくらでもあるんです。ええ成沢先生。おっしゃりたいことは判ります。でも、この段階では研究者の良心など邪魔です」

　手をあげて何か言いたそうにしている成沢の機先《きせん》を早苗は制した。

「治験に移った今は、研究室の常識ではなく、企業の常識で進めさせていただきます。うわべはキレイゴトを並べても、実際は違います。それは世界中の製薬会社がやっていることです。それが製薬会社の常識なんです。お判りですか？」

　早苗は成沢を睨みつけた。

「例えば気分の悪さを訴える被験者の状態を改善するために、治験とは関係のない腹痛薬を与えたりするのは日常茶飯事《さはんじ》ですよ。もしくは被験薬を治験開始『以前』から被験者に投与することもね。被験者を被験薬への依存状態にしてしまった上で、治験の直前になって投与を中止、禁断症状を意図的に作り出すことさえあるんですから。そうするとどうなりますか？　成沢さん」

「……治験が開始されて被験薬が投与されれば、被験者は当然、気分の改善を訴えることになりますね」

「そう！　それがテクニック。言っとくけど、これは違法ではありません。法には触れません。法律で禁止されていません」

早苗は学部長まで睨みつけた。

「私たちは、法律というルールを遵守《じゅんしゅ》して、その範囲の中で、きちんとやってるんです。何の問題もありません」

「そうですな。香月さんの言うとおりだ」

学部長は大きく頷いた。

「とにかく治験を続行しましょう。もっともっと人を集めて！　あのサークルにはお金を注ぎ込んでるんだから、どんどんリクルートして！　駄目ならあたしがサークルのリーダー……塚田くんだっけ？　彼にまた会ってネジを巻くから」

それと、と早苗は成沢に向かってひときわ厳しい口調で言った。

「警察が嗅ぎ回っているから、滅多なことは言わないように。刑事に何か聞かれたら、一切知らぬ存ぜぬで押し通してあたしに連絡して！」

香月早苗は成沢の目の前のデスクを叩き、絶叫するように言い切った。

＊

翌日の朝一番。

佐脇と和久井は、国見総合病院にいた。

店で大暴れした被疑者三人は、現行犯逮捕の後、精神鑑定の必要もあって入院しているのだ。

「簡易精神鑑定をしましたが……所見を見る限り、まったく問題はないですね」

精神科医はカルテを見ながら二人の刑事に言った。

「ただ……この三人の血液からは、未知の薬剤が検出されています。それは、亡くなった小山さんの血液から見つかったものと同一です」

「科捜研は、その薬剤の特定は出来ないのか？」

「近い薬はあるようなんですが、完全に成分が同じという訳ではないようで」

「近い薬ってのは、なんだ？」

「それはたぶん、向精神薬としてうつ病の治療に使われる、選択的セロトニン再取り込み阻害剤《そがいざい》——ＳＳＲＩが一番近いです。主な作用は脳内の神経伝達物質であるセロトニンの量を増やすことです。脳内に一度放出された神経伝達物質が細胞内へ回収されることを『再取り込み』と言いますが、神経伝達物質であるセロトニンの再取り込みを阻害すると脳内のセロトニンの量が増えて、それが抗うつ作用を表すんです。多くの製薬会社がこの薬、ＳＳＲＩを発売していますが、小山さんの血液中から検出された成分は今のところ、どの会社の製品とも完全には一致しませんね」

難しいことはさっぱり判らん、と佐脇はボヤいた。

「じゃあ、彼らは、精神的な病気だったのか？　うつ病とか？」

「いやあ、そんな感じはまったく見受けられませんし、彼らの病歴を調べましたが、こちらも一切、該当しません。うつ病どころか、全員がイベント研究会で始終盛り上がってたわけだし、いわゆるリア充とかパリピとか言われるタイプの学生たちでしょう？　ひどい酒乱だったとでも言われれば、素直に納得しますがね」

「結局そこに戻るわけか……」

佐脇と和久井は病室に行き、警察に拘束されて入院している三人に会った。すでに現行犯逮捕しているから、簡易精神鑑定が終わって健康に問題が無ければ、身柄を署に移して取り調べをする段取りではあるが、二人の刑事は、彼らとは現場で逮捕して以来、会っていなかった。

宇田雅和、庭埜花楓、岡部啓介はそれぞれ個室にいて、脱走防止と外部との接触を断つために警官が配置されている。

三人とも横の連絡はつけられないから口裏を合わせることは出来ないのだが、異口同音にこんな証言をするばかりだった。

「事件当夜のことは、全然覚えていない。気がついたらここにいた」

と。

「異常な興奮状態だったとすると、心神耗弱《こうじゃく》とされて無罪になるかもしれませんね」

和久井がそう言うのを佐脇は苦々しく聞いた。

「たしかにな……だけど、人殺しをする瞬間ってのは、人間誰しも異常な状態であるはずなんだ。その部分だけを切り取って『心神耗弱状態』と言い張ってそれが通用するならば、世の中の人殺しなんてものは全員、それに当てはまる。だから、『心神耗弱状態』だから無罪とするのであれば、慎重な上にも慎重な判断をして貰いたいモノだね。裁判所には」

佐脇はそう言いつつ車に向かった。

「何処へ？」

お約束で、和久井が聞いた。

「雨田の入院先を調べますか？」

「それもあるが、すべての元栓《もとせん》を洗う方が先じゃねえか？　すべての矢印は、あのバカ大学に向いてるぞ！」

二人は、死んだ小山美紗恵と「治験（らしき）バイト」の関係を究明すべく、蛍雪大学に向かった。

キャンパス正門には「生まれ変わる蛍雪大学」という横断幕や、大きな看板が設置されている。昨日まではなかったものだ。

「生まれ変わるって……あさっての方向に、じゃねえのか？」

そう毒づきながら佐脇は、運転する和久井にキャンパス内の駐車場に入れろと命じた。

学内では学園祭のシーズンでもないのに、何やらイベントが始まっていた。

キャンパスの一隅《いちぐう》には仮設ステージがあって、「本学のゆるキャラ、『ほたる』くんと『ゆき』ちゃんで〜す！」と赤いTシャツを着た女子学生がマイクを握って叫んでいる。

その女子学生もどこかで見た顔だと思ったら、イベント研究会に属する女子学生だった。例の三人が破壊した飲み屋のうちの一軒で、隅っこで震えていた一人だ。

イベント研究会だけに、司会に駆り出されたのだろうか。

そしてステージ裏からは、ボランティアカードに印刷されていた残念なイラストが、そのまま着ぐるみになった二体が登場した。お尻が光るゴキブリ状の「ほたるくん」と、白いウンコ状の「ゆきちゃん」がステージに現れて手を振っている。

「どうせ中身はバイトの馬鹿学生だろ？」

「いや、たぶんボランティアだから無給か、せいぜいボランティアカード一枚じゃないっすか？」

「それは気の毒」

そんなことを話していると、お揃いの赤いTシャツを着た男女の一団がやってきた。

「蛍雪大学学生ボランティア隊の皆さんで〜す！　拍手でお迎えください！」

司会者の説明では、彼らボランティア隊は、大学近辺のみならず、蛍雪大学の学生がよく出没する地域に行って、清掃など街の美化に貢献《こうけん》するらしい。

「では、頑張って行ってらっしゃい！」

女子学生に送り出された面々は、まず、正門近くにある飲み屋やカフェ、ビストロに行って、店の周りや道路の清掃を始める様子だ。

「おい。ちょっと行って見てみようぜ」

興味を惹かれた佐脇は和久井を連れ、正門を出た。

揃いの赤Tシャツを着た学生たちは、「はいっ」「はいっ」「判りました！」「了解です」と某《ぼう》居酒屋チェーンの店員のように声だけは無駄に大きい。挨拶もやたらきちんとしているが、やっていることをよく見ると、どこかズレている。

掃除しているはずなのにゴミを蹴散らかしているだけで、商店街のおじさんに「ちょっとちょっと何やってるんだ、まったく。いいかい？　掃除ってのはな、こうやるもんだ」とホウキを奪われたりして、むしろ迷惑がられている。

熱意だけはある頭の悪い働きもの、という最悪のパターンだ。

別の学生たちは、アメリカン・ダイナー風カフェの前に放り出されていた発泡《はっぽう》スチロールのトロ箱を、ばきばきと壊しはじめた。

「わ！　何をする！」

店の中からシェフが飛びだしてきて、学生を羽交《はが》い締《じ》めにして止めた。

「止めろって！」

「だって、これはゴミでしょ？」

「まだ何度でも使うんだから壊しちゃダメなんだよ！　氷を入れて冷蔵品の仕入れに持ってくってのに。あーあ、まったく」

うんざりした表情でため息をついたシェフは突然、うろたえた様子で周囲をキョロキョロと見て何かを探し始めた。

「おい、ここにあった段ボール、見なかったか？」

「ああ、野菜クズが入った段ボールですよね？　捨てておきました！」

ほかのゴミと一緒に、と元気に宣言しホメてください、と言わんばかりの学生に、シェフはバカ野郎！　と怒鳴った。

「あれはゴミじゃない、置いておいたんだ！　スープを取るためにな。今の時間、厨房《ちゆうぼう》に食材が多くて整理がつかないんで、外に出してあっただけなんだよ！」

段ボールの野菜クズの上には、すでに本物のゴミクズが入れられている。もう使えない。

「あんたら、もういいよ。頼むからウチにはもう構わないでくれ」

怒られたのに、彼らは元気よく笑顔で「失礼しました！」と唱和して、次の店……居酒屋に向かったが、その店の店主は入口で彼らの侵入をブロックした。

「ウチはいいから！　ウチだってクズ野菜を漬物や惣菜《そうざい》に使っているから、勝手に捨てられたら困る！」

「え！　ゴミを漬け物にしてたんですか！　おれたちゴミを食わされてたとか？」

この店にたまに客としてくるらしい学生が、わざとらしく驚いてみせる。

「バカ野郎。野菜には捨てるところはないんだ。葉っぱだって炒めれば美味《おい》しく食えるし、漬け物にしても美味《うま》い。根っこは植えておけば、また生えてきたりするしな！」

行った行った、とここでも彼らは邪魔者扱いされて追い払われてしまった。

「気を利《き》かせたつもりなんだろうけど何も判ってないから、逆に店の業務を混乱させるだけの、迷惑な存在になってますね……」

「嵐を呼ぶボランティア学生か。まあ、お前も奴らのことを批判は出来ねえけどな」

佐脇は和久井にそう言い放った。

「え！　自分は師匠に迷惑かけてますか⁉」

「おうよ。お前の尻拭《しりぬぐ》いするのに毎日大変だ」

怒ると思いきや、泣きそうな顔になった和久井を見た佐脇は、「お前、信じたのかよ？　ジョーダンだって！」と彼の背中をドンと叩いた。

「それより、聞き込みを始めようぜ」

二人の刑事は、ボランティアをお役御免された学生たちに、小山美紗恵と例の三人が、白いTシャツ姿で写っている写真を見せた。向島がネットから見つけてきた画像を大きくプリントしたものだ。

「ああ、その人たちなら知ってますよ」

彼らは快活に答えた。明るくて素直なのは大変結構なのだが……。

「薬学部の実験棟によく出入りしてますよ」

「実験棟には、白いTシャツを着た学生が、その四人以外もたくさん出入りしてますよ。なんか、あの中に泊まれるところがあるみたいで」

「実験棟だから徹夜で実験とかしてる？」

和久井が訊くと、彼らは一斉に首を振った。

「いやいや、ウチの大学、そんなにマジメじゃないですから、徹夜で実験なんて……」

「じゃあ、何をやってるんだろう？」

「さあ……？」

学生は首を傾げたまま黙ってしまった。本当に知らないし、知りたいとも思わないのだろう。

「じゃあ、このプリペイドカードはどこで貰った？」

佐脇が写真の片隅に写っている例のカードを指差して訊いた。

「ああ、これはボランティアの報酬っす。こういう地域のボランティアをすれば学生課で貰えるんす」

「これ、このあたりじゃカネとして使えるんだろ？　このカードを貰うってことは、報酬ってことになるよな？　ボランティアとは言えないよな？」

それに対して学生はイヤイヤと笑った。

「ボランティアはタダとは違うっすよ。参加したら単位が貰えるとかは普通っしょ？　お金がダメって言うなら単位だってダメでしょ？　そういうことじゃないっすか？」

どういうことなのかよく判らないが、なんとなく日本の大学生にとってのボランティアとは、無報酬の奉仕という意味ではないらしいことが判ってきた。

佐脇が妙な顔をしているのに気づいた学生の一人が言った。

「ボランティアって、無償奉仕って意味じゃないですから。第一義的には『自発的にある活動に参加する人』ですからね。別に報酬を受け取ってもいいんです。オリンピックのボランティアだってタダじゃないですよ。そりゃ食費・交通費・宿泊費は自腹ですけど、交通費の一部は組織委員会から出るんですよ。やっぱりこういうプリペイドカードで、金額もウチと同じ、きっちり千円分」

蛍雪大学のボランティア活動は東京まで行くわけではないし、宿泊する必要もなく交通費もいらないのだから、同額ならむしろ良心的なのでは、というのがその学生の言い分だ。

「するとオリンピックボランティアってのは、わずか千円のプリペイドカード一枚で、あとは東京までの交通費と宿代と食費を全部自腹にさせる仕組みになってるのかよ？」

佐脇は驚愕した。

「とんでもねえブラックだなおい」

「仕方ないじゃないですか。そうしないと就活に不利だって言うんだから。その点、蛍雪は地元でボランティアができて、それがインターンシップの代わりにもなるんだから、ありがたいですよ」

インターンシップとはどうやらタダ働きの別名らしいと佐脇は思った。

「そうかそうか。ボランティアをやるとこのカードが貰えることは判った。ところで、このカードを一人でたくさん持っているやつに心当たりはないか？」

「イベント研究会の人らでしょ」

たちどころに学生は答えた。

「このカード、なんか大学が大量に発注したらしいんだけど、おれたち一般学生は一回につき一枚ずつしかもらえません。でもイベント研究会の奴らは、なぜか一人で何枚も持ってるんです」

やっぱりそうか、と佐脇は頷いた。

「で、彼らはなにをしてカードをたくさんせしめたんだろうね？」

「さあ？　なんか特別なツテがあるんじゃないですか？　ほら、あそこの薬学部の実験棟。そこにイベント研究会の人らがゾロゾロ入っていくのを何度か見たことがあるんですよね。実験助手か何かをやってるんじゃないですか？」

薬学部の実験棟には関係者以外は入れない。一度、忍び込もうとしたのだが、指紋認証のゲートがあってそこから進めなかった、とその学生は言った。

「他の校舎と渡り廊下も繋《つな》がってないし、完全独立してるから、入れませんでした」

なるほどね、と相槌《あいづち》を打っていると、「佐脇さん」と背後から声がかかった。

聞き覚えのあるその声は、磯部ひかるだった。いつものようにカメラを抱え、マイクを突き出した取材クルーを連れている。

「おうご苦労。あれから取材は進んだのか？　学内レイプ事件の取材なんだろ？」

「まあ、それもあるけど、いろいろね。調べてるとこの大学、かなり面白いわよね」

ひかるの目がギラギラしている。これはネタを摑んだ時の顔だ。

「何か摑んだんだろ？　教えろよ。こっちも教えてやるからよ」

「ま、それはおいおいね。とりあえず今日は、今をときめく美人経済学者の御堂瑠美センセイと、薬学部の学部長の対談が、これから本館のイベントホールであるのよ。佐脇さん、御堂センセイ、大好きでしょ？」

「ああ、大好きだね！」

佐脇は目をらんらんと輝かせた。

「ああいう高慢ちきな女を裸にして縛り上げて浣腸《かんちょう》してスカトロ・プレイをしてみたいね。ひーひー泣きながら許しを請《こ》うのを無視してガンガン責める。アナル・ファックしてクソ女の鼻っ柱をへし折る。これぞ究極のＳＭプレイだ！　あ、この発言、撮るなよ！」

それを聞いたひかるは、呆れたように口をあんぐり開けて見せた。居合わせた学生もどん引きだ。

「バカじゃないの？　ＳＭやって一発解決なの？　まったく。男ってどうしてこう単純なんだろ」

「だから田舎警察の万年ヒラ刑事だって言いたいんだろ？」

佐脇は元セフレに毒づいた。

「そこまで言う気はないけど……蛍雪大学も『イマドキ一気飲みを強要する残念な大学』汚名返上のためにいろいろ苦心惨憺《さんたん》しちゃって大変ね」

「イメージアップのためなら完全に逆効果だな。てんで役に立たないバカ学生にボランティアをさせたって」

そう言いかけて、目の前に当の学生ボランティアがいることに気がついたので、さすがの佐脇も「すまん。バカ学生は言いすぎた」と詫びてさらに墓穴《ぼけつ》を掘った。

「しかしなあ……逆効果といえば、あの落書きみたいな、出来損ないのゆるキャラもひどいな。センスの悪い、ダサい田舎大学のイメージを、強化しちまったぞ」

だがひかるはそれに返事をする代わりに、いきなりあらぬ方向に視線を走らせ、「あれ撮って！」とカメラクルーに叫んだ。

その方向には、デモ隊がいた。

「キャンパスセクハラ撲滅《ぼくめつ》！」「アルハラを許すな！」「蛍雪大学の見識を問う」などのプラカードを掲《かか》げた一団が、口々にシュプレヒコールを叫びながらやってきたのだ。

ハンドマイクを握ったひかるは瞬時に「リポーターの顔」になってカメラの前に立ち、

「回った？」と確認すると喋り出した。

「はい。たった今やってきたのは、今回ふたたび発生した不祥事について、蛍雪大学の対応に抗議する人たちのデモ隊です。集団強姦事件の噂、それに伴ってネットで拡散したイベントサークルの一気飲み強要やセクハラ動画、さらには鳴海市内の飲食店で続発した、蛍雪大学の学生による器物損壊や傷害事件が、激しい抗議を呼び起こしています」

雨田俊哉による暴力事件については、今のところ「なかったこと」にされているせいか、ひかるは触れるのを避けている。

ひかるの背後では、デモ隊が「恥を知れ～」「首謀者の塚田は出てこーい！」「逃げるな理事長！」「学部長も同罪だ！」などと叫んでいる。

佐脇と和久井はニヤニヤしてこの光景を眺めていたが、その時、警察業務専用の佐脇のスマホが鳴った。かけてきたのは光田だった。

「これはこれは刑事課長ドノ。如何《いかが》しました？」

「そういう皮肉な口ぶりは止めろ。今お前さんは蛍雪大学に居るんだろ？」

「よく判ったな」

「デモ隊の声が聞こえるしな。名指しで個人名を叫んでいるだろう？　ただちに止めさせろ。警察に抗議の電話が殺到して仕事にならん」

「個人名って、あの鬼畜外道《きちくげどう》の塚田ですか？　女の子をよってたかってヤッちまったんだから、しかもそいつがネットでバレてるんだから、デモ隊に名指しされるくらい当たり前じゃないですか。以て瞑《めい》すべしってヤツですよ。いい気味だ。当然の報《むく》いです」

「そりゃお前はいいだろうよ。だけどおれは……イヤ警察の仕事はそれじゃ通らないんだよ。俺もお前も宮仕《みやづか》えの身だってことを忘れるな。抗議の電話がじゃんじゃんかかって仕事で電話が使えないし、本部長じきじきのお達しだ」

「おやおや。ずいぶん早いですな。デモ隊は今来たばっかりですよ？」

「デモは事前に申請があるからな。許可しないとまたいろいろ言われるし……とにかく、今すぐなんとかしろ！」

ハイハイ判りましたよ、と通話を切って、佐脇と和久井が校門外にいるデモ隊に向かおうとした時、正門の前に白いメルセデスベンツがするすると入ってきた。

白ベンツに続いて黒い国産車が入ってきて、数人のダークスーツ姿の男たちが降りたった。彼らの耳には小さなヘッドセットが装着されていて、目つきが鋭い。スーツに隠れた胸の膨《ふく》らみは鍛えあげた大胸筋《だいきょうきん》か、それとも護身用の何かの武器か。

「おいおい、またしても『メン・イン・ブラック』のご登場かよ？」

そう言った佐脇は、そのうちの黒服数人に見覚えがあることに気づいた。

「あれは、雨田を連れ去った連中じゃねえのか？」

また誰かを回収しに来たのか？　と思う間もなく、彼らはデモ隊に向かっていくと、いきなり蹴散らし始めた。デモ隊のメンバーが手にしたプラカードを毟り取り、道に叩きつけて踏み躙《にじ》ったり、「解散しろ！」と怒鳴ってデモ隊メンバーを追い回したり、かと思えば数人で腕を組み人間バリケードを作ってデモ隊を分断したりの、やりたい放題だ。

プラカードを掲げたデモ隊も、そのまわりを徘徊《はいかい》する怪しいゆるキャラも、テンションの高い学生ボランティアの一団も、みるみる脇に追いやられてしまった。

「デモは正当な権利よ！　邪魔することは許されない！」

蹴散らされたデモ隊が叫び始めて、黒服男たちと一触即発《いっしょくそくはつ》の、不穏な空気になってきた。

「はいはいこちら警察です！」

仕方なく、佐脇が警察証を見せながら割って入った。

「名指しの個人攻撃に苦情が来てます。もう少々、お手柔らかに」

佐脇は丁寧にデモ隊に言い、翻《ひるがえ》って黒服の連中を睨みつけた。

「あんたら、どういう権限でデモを妨害《ぼうがい》する？　公安かなんかか？　デモを妨害するなら逮捕できるんだぞ」

その時。黒服・佐脇たち・デモ隊が睨み合っている隙《すき》を突くように、駐《と》まっていた白いベンツの運転手が降りて左右の後部ドアをうやうやしく開けた。

左側のドアから降り立ったのは、目のさめるようなゴージャスな美女だ。すらりとして背が高く、見事な脚線美に八頭身。小さな丸顔に華やかな目鼻立ち。白っぽいシャネルスーツに、高いヒール。

「あの美女は誰だ？」

訊かれた和久井は「さあ？」と首を傾げた。

もう一方のドアから降りた女性も、そこそこ美人だが、それほど背が高くもなく、とびきりの美女にくらべると、やや見劣《みおと》りがする。だがその女性に昨日逢ったばかりであることに佐脇は気がついた。

「見劣りする方、と言っちゃなんだが、あれは香月サンじゃねえか」

面と向かった時はかなりの美人に見えた香月早苗だが、もう一人の美女と比べると、太陽の前の月のように霞《かす》んで見える。

佐脇は香月早苗に近づいた。

「やあ。昨日はどうも」

早苗は佐脇に笑みを返した。

「ご苦労様です、佐脇さん」

「こっちはアンタの名前しか知らないんだけどね……あの黒服はあなたのボディガードですか？　だったらアンタは相当な大物なんだな」

「とんでもない。私は小物もいいところです。でもこちらの奥様は大物というか、まぎれもないセレブですわ。なにしろ蛍雪大学薬学部の、学部長夫人なんですから」

彼女はゴージャス美女を紹介した。

「初めまして。わたくし、薬学部の学部長をしております高木洋之助《ようのすけ》の家内でございます。ごきげんよう」

ゴージャス美女は丁寧に会釈《えしやく》したが、その姿はなんだか皇族の作法の猿真似《さるまね》のようで、今ひとつ、板についていない。

「学部長の奥様の、高木摩利子《まりこ》さんでらっしゃいます」

早苗がうやうやしく名前を告げた。

たかが学部長夫人如《ごと》きに、この仰々《ぎょうぎょう》しさはなんだ。

ケッ、と佐脇が内心でツバを吐いていると、そこに顔色の悪い痩せた男がフラフラと近づいてきた。よれよれの白衣を着ているところからして、薬学部の職員だろうか。髪もぼさぼさで、およそ身なりには構わない様子なのに、首に何重にも巻いた派手なスカーフが異様な感じだ。白衣の男は、佐脇に話しかけた。

「警察の方ですか？　ちょっとお話ししたいことが。あ、ワタシ、ここの薬学部の成沢と言いますが」

その瞬間、香月早苗の顔色が変わり、物凄い目で成沢を睨みつけた。

「ちょっとアナタ。後にしてくれません？」

早苗が顎で黒服に合図をすると、黒服二人が左右から成沢の腕をとり、白衣の男は、さながら捕獲された宇宙人のように連れ去られてしまった。

それを見送ったゴージャス美女の薬学部学部長夫人は痺《しび》れを切らしたように言った。

「ねえ早苗さん、早く行きましょうよ。主人が登壇するイベントが始まってしまうわ」

そう言うと、早苗を促《うなが》すように先に立って歩き始めようとした。

「ええ本当にそうですね、摩利子さん。それじゃ刑事さん、失礼しますね」

「あら、こちら刑事さんなの？　警察の方なのね」

摩利子夫人は、興味を惹かれた様子で、まじまじと佐脇を見た。

「警察の方なら個人的にご相談したいことがあるので、ぜひ一度、うちに遊びにいらしてくださいな」

「それは……社交辞令ですか？　本気にしてホントに行っちゃいますよ？」

「ええ、どうぞどうぞ。ただ、こちらにも都合があるので、前もってご連絡いただけると……ああそれより、こちらからお迎えを差し向けたほうがいいかも」

それじゃ早苗さん行きましょう、と香月早苗を誘うと、二人で校舎の中に入っていった。

「我々も行きますか？」

「何に？　ああ御堂瑠美センセイも登壇するっていうイベントか」

和久井が訊いてきたのを佐脇はふんと鼻で笑って拒絶した。

「あんなバカ女の御託をわざわざ聴きに行くほど暇じゃねえよ」

「あら、そうでもないいんじゃないの？」

磯部ひかるが佐脇の腕を取った。

「一応聴いてみましょうよ！」

学部長との対談の様子も撮影する許可を得ているらしく、カメラクルーも一緒に一同は校舎に入り、イベントホールのドアを開けた。

すでに御堂瑠美と薬学部学部長・高木洋之助の対談は始まっていた。

「本学薬学部は、この地域における科学研究のリーダーとして社会に寄与《きよ》させていただいておりますが、いっそうの充実を図るために、今般『BSL3実験施設の設置』を実現させ、『地域社会への貢献』をさらに推進します」

と、学部長はパワーポイントを使って実験棟の画像を表示させ、今後の展望を語った。

「本学ではご覧のように、細菌・ウイルス等の微生物・病原体等を取り扱う実験施設を完成させました。バイオセーフティレベルは『4』が最高度で、これは日本には二箇所しかありません。本学の施設はレベル3です。これはヒトあるいは動物に、生死に関わる重《じゅう》篤《とく》な病気を起こす病原体のうち、有効な治療法・予防法があるもの、すなわち黄熱《おうねつ》ウイルス・狂犬病ウイルスなどを扱えるレベルの施設です。これまで日本には十三しかなかったもので、本学のものが十四施設目ということになります。しかも私立大学の施設としては二つ目であり、いかに本学が医学研究に力を注いでいるかがお判りでしょう」

「素晴らしいですわ！」

御堂瑠美は手放しで学部長を絶賛し、学部長はさらに熱弁を振るった。

「それだけではありません。このような最新の、高度な施設を活用すると共に、学生ボランティアによる地域社会への貢献も真剣に推進して参ります。もちろん、いわゆるタダ働き、若年《じゃくねん》労働力の搾取《さくしゅ》とのご批判を招かないよう、その点についても十全な配慮をしております。日本ではボランティアというと無償と思われがちですが、ボランティア、イコール、タダ働きではありません。本学では働きに見合う報酬をきちんと払い、モチベーションを上げて参りますし、社会貢献にインセンティブを与えています」

「なんか、急に判らなくなったな。社会貢献にインセンティブを与えるって、どういう意味なんだ？」

佐脇に訊かれた和久井は、慌ててスマホで辞書を引いた。

「ええと、インセンティブとは、目標を達成するための刺激。誘因。企業が販売目標を達成した代理店や、営業ノルマを達成した社員などに支給する報奨金。とあります。要するに、社会貢献したいなあと思わせるように、刺激するために金で釣るって事でしょ？」

「だったらハッキリそう言えよって話だ」

佐脇は吐き棄てた。

「しかしその、いわば釣るためのエサが、たかだか額面千円のプリペイドカード、それも一枚ってのがシケてるよな」

「では、質疑応答の時間になりました。何かご質問は？」

御堂瑠美は聴衆に訊いたが、無理矢理動員されたらしい学生は全然反応しない。全員が黙ったままだ。寝ているのかもしれない。

しんとして「質問、ありませんか？」と御堂瑠美が再度訊いたとき、ひかるが挙手して指名される前に質問を始めてしまった。

「フリージャーナリストの磯部ひかると申します。現在、学生ボランティアには、いわゆるインセンティブとして、学内や地元商店街でのみ使えるプリペイドカードを進呈《しんてい》しているようですが、こういうものは、紙の商品券、というか地域振興券で充分ではないですか？」

ひかるの質問は鋭い。

「私、随意《ずいい》契約で蛍雪大学からプリペイドカードの発注を大量に受けた広告代理店を取材させていただきました。金額については、この場では敢えて申し上げませんが、一般的な相場と比較して、ずいぶんと割高の契約ですよね？」

佐脇にもひかるの言わんとするところは判った。

「なるほど。誰かが問題の広告屋から、たっぷりリベートを受け取っていると」

佐脇の呟きを無視してひかるは質問を続ける。

「そして蛍雪大学がプリペイドカードの製作、およびゆるキャラのデザインを発注した広告代理店は、学部長、あなたの親族が経営している会社ですよね？　これは明らかな利益相反《そうはん》と申しますか、要するにお友達に便宜をはかり、大学のリソースを利用して私腹を肥《こ》やす構図ではないのですか？」

「あ〜、その件は、学部長として関知しておりません。業者を選定したのは本学の理事長ですから。疑問があれば直接、理事長に聞いてください」

「そうですか。一般的に私立大学では理事長の権限が絶対で、学部長どころか学長でさえ何にも言えないようですが、ここ蛍雪大学の場合はちょっと事情が違うようですね。たとえば日本有数のBSL3実験施設。こんなに高価な設備をわざわざ造って貰ったわけでしょう？　薬学部はかなり特別なポジションにあるんじゃないですか？　というより、薬学部には薬学部ならではの、独自の利益誘導の仕組みがあるのでは？　特定企業との癒着《ゆちゃく》……とまでは言うつもりはありませんけど」

「君キミ、ちょっと言葉が過ぎるのではないかな？」

学部長の表情は穏やかだが、その顔色は変わっていた。

「もう少しジェントルに話しませんか？」

「まあまあ学部長。相手は所詮マスコミなんですから、どうぞお平らに」

訳知り顔の御堂瑠美が宥めようとしたが、そのいささか上からの口調が学部長の怒りに油を注いでしまったようだ。学部長の怒りの矛先は御堂瑠美に向かった。

「君ね、御堂君。君は東京とか大阪のテレビに出てるようだけどね、田舎者の私から見ると、いささかマスコミずれしてるような感じを受けてしまうなぁ。君は美人だしね」

「いえいえ学部長、そんなことは全然ありません。芸能界には私なんかより美人が山ほどいますから」

「だから君程度のちょい美人を持て囃《はや》す、そんな程度のマスコミに、しかも、女ごときに、この私がどうして無礼な質問をされないといけないんだろうね?」

「あの、学部長、今ちょっと問題発言が」

マスコミ慣れした御堂瑠美は、学部長の「女ごとき」という表現に敏感に反応し、あきらかに慌てている。

だが学部長の怒りは収まらない。

「どこが問題なのかな? だいたい昨今の、いわゆるポリティカル・コレクトネスという風潮《ふうちょう》はいかがなものだろうね? あきらかに行き過ぎでしょう? 何かというとそんなものを振り回して……。これはごく内輪の、学内のイベントでしょう? いちいち目くじら立てるのは、ためにするものじゃないのかね?」

学部長は顔を引き攣らせ、温厚《おんこう》そうで上品な第一印象からは、想像もつかないほどの怒りを滾《たぎ》らせている。

佐脇もいささか気を呑《の》まれた。

「しかしあのセンセイ、顔は笑ってるけど相当怒ってるぞ。ひかるはそんなにマズいこと言ったのか?」

佐脇は和久井に訊いたが、和久井も首を傾げるばかりだ。

「どうなんでしょう? 自分にはよく判りません……」

ステージ上の学部長はますますヒートアップしている。

「いちいちすべての方向に対して配慮などできませんよ。だいたい何だ、本学ばかりを目の敵にして。学生が酒を飲み、少々羽目《はめ》を外したところで、所詮、学生のすることですよ？　キャンパスセクハラだ？　そんなもの、私の大学時代にはいくらでもありましたよ。だいたい女性が大学なんかに来るからだ。本来男性の領域なのだから、少々嫌な目に遭うぐらい我慢してもいいんじゃないでしょうかね？」

とそこまで言ったところで、客席にいた十人くらいの「観客」が次々に立ち上がった。キャンパスセクハラとアルハラに抗議していたデモ隊の面々だ。

「学部長、無責任！」

「当事者意識なし！」

「問題発言を撤回《てっかい》しろ！」

「女性差別を許さないぞ！」

口々に不規則発言を叫び出したので、場内に控えていた大学職員が大慌てで飛び出してきた。学部長が職員たちに命令する。

「君たち！　なんとかしなさい！」

完全にエキサイトした学部長は、もはや感情を制御できない状態に陥っているようだ。

「無能な学部長、ヤメロ！」

よく通る女性の声が場内を貫《つらぬ》き、それがキッカケになって「ヤメロ」コールが一気に広がってしまった。デモとは無関係の、学生たちまでが面白がってコールに参加している。

大学職員はヤメロコールの中心人物に駆け寄ると、「やめてください」と言っているが、彼女たちは無視して叫び続けている。

「何してる！　追い出せ！」

学部長は顔を真っ赤にして立ち上がると、ステージ上から場内を指差した。

「あいつとあいつとあいつを……」

学部長に命じられた職員が声を上げている女性たちを会場から排除しようとするが、彼女たちも当然抵抗し、激しい揉み合いに発展し、職員たちは暴力で制圧しはじめた。

「大学で、こんな暴力があっていいのか！」

「塚田みたいなレイプ学生を処分しない大学の正体見たり！」

イベントホールは大混乱に陥った。

客席にいた早苗と学部長夫人は顔を強《こわ》ばらせて席を立つと、さっと場外に消えた。

「……行くぞ」

佐脇は和久井に耳打ちすると、ドアを開けて外に出た。

「え？　磯部さんはいいんですか？」

「いいんだ。騒ぎのキッカケを作ったのは磯部ひかるなんだから、自分でなんとかするだろ。というか、アイツらは会場の混乱をビデオに撮れて大喜びだ」

佐脇はイベントホールから外に出て、薬学部の校舎に向かった。

和久井は上司の意図を察して、黙ってそれに従った。

佐脇が目指したのは、薬学部の実験棟、学部長が誇らしげに「日本有数のＢＳＬ３実験施設」と呼んだ、まさにその校舎だ。

が、しかし、彼らの行く手を遮ったのは、さっきの疲れ切った男・成沢だった。

「刑事さん、ですよね？　私、薬学部の助手をしている成沢といいます」

「薬学部の助手さん？　こりゃちょうどいいや。薬学部を案内してくださいよ」

イヤイヤその前に、と成沢は佐脇を捕まえた。

「私には、どうしても聞いて貰いたい話があるんだ」

成沢の額には冷や汗がにじみ、声も震えている。しかしその目には取り憑《つ》かれたような、何がなんでも話さなければならない、という必死の決意が見えていた。

「わ……私が手がけた研究が、とんでもない結果に……け、健康被害が出ているかもしれんのです」

その様子に、佐脇は足を止めた。

「まあまあ落ち着いて」

二人とも、これは話を聞いた方がいいと判断して、成沢を見た。

「判りました。聞きますから、ゆっくり話してください。どこかベンチでも探して座りましょうか？　それとも喫茶店かどこかに行きますか？」

と、適当な場所を探しているところに、離れたところから駆け寄ってきた男がいる。見るとそれは塚田だった。

「よう、成沢のおっさん、刑事に何チクろうとしてんだよ？」

塚田は完全に成沢を見下した態度で、いきなり絡み始めた。

「あんたはおれや香月さんの言うことを大人しくきいてりゃいいんだよ。この万年助手の貧乏神が。あんたのシケた面《つら》見てるとこっちまで気分がダダ下がりだぜ」

塚田は、明らかにシラフではない。昼間から酒を飲んでいるのか、あるいは何かヤバい薬をキメているものか、目が据《す》わって口許が歪んだ、尋常ではない表情だ。

「おい、塚田くんよ、強姦犯の分際《ぶんざい》であまりエラそうにするんじゃないよ」

ムカついた佐脇が割って入ると、塚田はさらなる暴言を吐いた。

「証拠もねえのにヤイヤイ言うなよポリ公が。事情聴取も出来ないんだから、おれたちは『被疑者以前』だろ。犯罪者って決めつけるんなら、人権救済のナンタラ言うところに駆け込んで、アンタらクソ警察を訴えてやるからな！」

妙に余裕がありそうな塚田は憎々《にくにく》しい口調で言った。

佐脇としてはこのクソ野郎に思いっきりヤキを入れてやりたいが、そうもいかない。

「死ねばいいのに」と心の中で叫ぶだけだ。

その様子を出来損ないのゆるキャラが暇そうに眺めているのも気に入らない。

「おいゴキブリと白ウンコ、お前らは自分の持ち場につけ！　キャンペーン開催中なんだろ！」

などと怒鳴っていると、イベントホールでの騒動は収まったのか大学職員が走ってきて成沢を乱暴に捕まえた。

「成沢センセイ。センセイには、急ぎの仕事がおありでしょう？　至急、研究室に戻ってください！」

そう言って拉致《らち》というか連行というか、とにかく強引に連れて行ってしまった。

その様子を薄笑いを浮かべて見ていた塚田は、佐脇に向かってニヤリとすると、悠々と歩き去った。気がつくと、ゆるキャラの姿も消えていた。

「まあいいや。邪魔が消えた」

二人は構内探索を続行して、この前、怪しい白いTシャツ姿の連中が入っていった建物、薬学部実験棟の前で立ち止まった。

まだ新築のピカピカの建物で、入口には「蛍雪大学薬学部高度研究センター」、そして黒い三角の中にカイゼル髭を三つ組み合わせたような「バイオハザード・マーク」とともに、「世界保健機関認定バイオセーフティレベル3高レベル実験施設」という物々しいプレートが設置されている。

しかしまだ工事は終わっていないようで、建設作業員が資材や工具を持って出入りしている。

「ちょっと済みません」

佐脇は、設計図を丸めて持っている作業着姿の男を呼び止めた。

「この建物には、なんか最新の実験室があるんだって？」

「まあね、一応、ＢＳＬ３という触れ込みの施設ですけどね」

現場監督なのか建築管理担当者なのか、現場作業員より上の立場らしい男は、奥歯に物が挟まったような言い方をした。

「レベル３ってのは、危険なウィルスとか病原体を扱える施設で、病原体が外に漏れないように、またその逆もないように、相当厳密な衛生管理がされるようになってましてね。例えば、エアシャワーがあるとか、常に外部から実験室内に空気を流入させ、実験室からの排気は高性能フィルターを通し、除菌した上で大気に放出するとか、実験は必ず生物学用安全キャビネットの中で行う、とかいろいろ厳しい条件があるんですけどね」

彼はそこまで言うと、へへへと笑った。

「この現場はかなり予算を削られましてね、フィルターと言っても家庭用の換気扇《かんきせん》に使ってるようなヤツと大差ないし、気密性だってねえ……今どきのマンション程度ですよ。マンションだって窓とドアを閉めたら気密になって、カビや結露《けつろ》が発生しますよね？　せいぜいがその程度。言っちゃあなんだが安普請《やすぶしん》です」

ウチの儲けもないし、と彼はボヤいた。

「ＷＨＯのヒトが見に来たら『これは映画のセットか？』って言うでしょうね。カッコだけレベル３、なんちゃってレベル３ですよ」

建設関係者がここまで露骨に施設の欠点をバラしてしまっていいのだろうか？

「いやもうね、ここは評判悪いし。ウチは仕事を請けてしまった以上やりますけどね、設計図や仕様書なんかあってないようなモンだし、今後何かがあってもウチに責任が回ってくるのはゴメンだって気分ですね」

言えば言うほど、現場監督らしき男の不満は昂《こう》じてくるようだ。

「だいたいボランティアつってもね、行く先々で迷惑がられてるし、学生だってロードーなんかしたことないような連中ばっかりだから、腰が痛いの腕が痛いのって文句ばっかり言って、使いものにならんですよ」

この建設現場にもかなりのボランティアがいるらしい。みんな資材運びのような単純労働のようだが。

「いやもう、こんな現場はとっとと終わらせて、一刻も早くオサラバしたいですよ」

そう言うと、男はさっさと中に入って行く。

そのゲートは指紋認証か暗証番号かIDカードがないと通れないのだが、佐脇は男のあとについてさっと通り抜けてしまった。

それを見た和久井も、一瞬迷ったが、慌てて佐脇に従った。

「佐脇さん、ここから先は……やめといたほうがいいのでは？　捜査令状もないんですよ？」

「いいよ。ならおれ一人で中を見物する。お前は来なくていい」

アッサリと見放すような態度の佐脇を見た和久井は「行きますよ！　もう」と仕方なくついてきた。

「あのすぐキレる学部長に不法侵入で訴えられても知りませんよ！」

「だから、そんなにビビってるんなら帰れ！　これがおれのやり方なんだ」

ギンギラギンにさりげなく～などと佐脇は鼻歌を歌いながらどんどん奥に進んでいくので、和久井も及び腰で後を追うしかない。

廊下の奥に、全面アルミのドアがあった。ここにも例の「バイオハザード・マーク」と「世界保健機関認定バイオセーフティレベル3高レベル実験施設」のプレートが掲げられており、「ここより関係者以外立ち入り禁止」という掲示もある。

佐脇がドアレバーに手を触れて、押し下げてみると……。

ドアはあっけなく開いた。

「鍵かかってねえぞ！」

佐脇は平気でドアを通り抜け、和久井もそれに続いた。

真っ白な壁に天井、通路。色がまったくないというのは異様な感じを受けるし、如何《いか》にもSF映画に出てくる「高レベル実験施設」らしい。

「こんなものが鳴海にあったのか……」

二人は息をのんだ。

「なんか、物凄い研究をしてるみたいで……怖いですね」

そうだな、と佐脇も頷いて、壁に触れた。

「ん？」

首を捻った佐脇が、壁をノックしてみると……ボコボコという音がした。

「おいこれ、ハリボテみたいだぞ」

「え？　まさか……」

和久井も壁をノックしたり叩いたりすると、やはりボコボコという、ベニヤ板を張っただけのような音がした。

床を見ると、二人の靴跡だけではなく、複数の靴跡がついている。奥に行くほど靴跡は減っているが、入口付近の全面真っ白な光景とは違ってきた。

白い壁には壁とまったく同じ色に塗られたドアとドアノブがある。よく目を凝らさなければドアノブがあることとさえ判らない。

施設の中はしんとしているが……耳が慣れてくると、くぐもった妙な音がどこからか聞こえてくるのが判った。

どすんばたんと暴れているようにも感じる。

「ベコベコの壁にしては防音が効いてる感じですね……」

「たぶん、この真っ白な壁を剝がすと、古ぼけた教室みたいなのがでてくるんじゃねえの？　元々あった校舎をお色直しした程度のモンじゃねえのかな？」

「そうかもしれませんが……じゃあ、そのハリボテの壁の向こうにはナニが……？」

いっそう耳が慣れてくると、ドタバタと犬や猫が走り回るような音以外に、人間が壁や床にぶつかるような音や、呻き声までが聞こえてきた。

そして、「うわ〜！」という叫び声も混じり始めた。

「な、なんですか、ここは……」

和久井の顔に恐怖が走った。

「なんか、映画で観た精神病院の隔離病棟みたいな……」

うん、と言いながら、無謀にも、佐脇は近くのドアノブに手を掛けた。

「ダメです！　佐脇さん！　さすがにドアを開けるのは危険です！　中には悪魔とか邪悪

な霊とかがいて、ドアを開けた瞬間に自分たちは呑み込まれて……」

「そっちか。お前はホラーとかオカルト映画の見過ぎだろ」

そう言いつつドアノブを回した佐脇だが「さすがに開かねえな」と諦めた。

「しかしこっちなら」

と、その隣のドアを開けようとしたが、やはり開かない。

「こんな杜撰《ずさん》な施設なんだから、どこかのドアは開くんじゃねえのか？」

どんどんドアノブを回していくが、やはり開かない。

「……ここは平屋じゃなくて、ビルだったよな？　上の階に行けば何か判るかも……」

と、今まで進んできた廊下を引き返そうとして振り返ると、そこには二人の行く手を阻《はば》むように、例のゆるキャラ二体が立っていた。

これが屈強そうな警備員なら身構えるところだが、何しろ一体はゴキブリもどき、もう一体はバリウムウンコそのものの、造形が残念すぎるゆるキャラだ。二人の刑事が顔を見合わせ、思わず噴き出しそうになったその時。

ゴキブリもどき「ほたるくん」がいきなり殴りかかってきた。完全に油断していた佐脇は避けきれず、黒い前脚の先端が悪漢刑事《わるデカ》の頬に命中した。

意外なほど強力なパンチに佐脇はよろめき、後頭部から壁に激突した。目から火が出るとはこのことか、というほどの衝撃だ。

「なにをするんだ！」

うろたえた和久井が「ほたるくん」の腕を捩《ね》じ上げようとすると、いつの間にか背後に回り込んだ「ゆきちゃん」が首を絞めてきた。

これも信じられないほどの膂力《りよりよく》で思いっきり絞めあげて来る。和久井は「げっ」と呻いたきり、そのまま意識を失ってしまった。

しかしここで、殴られてノビた振りをしていた佐脇が床を滑ってきた。「ほたるくん」の足を掬《すく》いあげて床に倒し、そのまま着ぐるみに馬乗りになった。

「なんだお前らは！　警官に暴行を働くと罪が重いんだぞ！　このボケカスが！」

「ほたるくん」の頭の部分を引っこ抜こうとする佐脇に、背後から「ゆきちゃん」が襲いかかった。

羽交い締めにされたまま、ぶん、と振り回されたところでリリースされ、放物線を描いてふっ飛んだ佐脇は壁に叩きつけられた。

「このウンコ野郎、ウンコだと思って舐めてたぜ」

すかさず立ち上がった佐脇は助走をつけてジャンプし、「ゆきちゃん」に両脚跳び蹴りを食らわせたが、テキは着ぐるみだ。蹴った瞬間にボコッと凹んだが、ぶ厚い着ぐるみの素材が衝撃を吸収してしまい、まったく効果が無い。

佐脇が「ゆきちゃん」を攻撃している間に、復活した「ほたるくん」が、こちらもやっと意識を回復して立ちあがろうとした和久井に襲いかかった。

思い切りジャンプして和久井にドロップキックをお見舞いする。

「ほたるくん」の膝が和久井の鳩尾に命中して、若手刑事は再び悶絶《もんぜつ》した。

佐脇は、彼を助けるか、ゆるキャラを殲滅《せんめつ》するか、迷った。

このまま、まったくやり返せずに退散するのはシャクだ。

なんせ相手は、出来損ないのゆるキャラなのだ。

しかし、殴っても蹴っても、相手にダメージはまったくない。いや、まったくないようにしか見えない。それでいて着ぐるみの動きは俊敏で、力は強い。

「お前ら、中身はボクサーかレスラーか、カラテか相撲取りだな？」

そう叫んで「ほたるくん」に挑みかかったが、「ゆきちゃん」に体当たりを食らわされて、後頭部を打ち、そのままブラックアウトしてしまった。

＊

鳴海署の「なんちゃって捜査本部」には、再び顔に絆創膏を貼った佐脇と和久井が憮然として座り、光田に文句をつけていた。

「刑事がだよ、刑事がボコボコにされて大学の正門外に放り出されていたんだぞ！　これ、異常だろ！　警察官が暴行されたんだぜ？　トンデモねえ話だろ！」

和久井も悄然《しょうぜん》としている。

「面目ないです。自分たちは通行人に助けられて救急車を呼んで貰ったそうですが、気がついたのは国見総合病院でしたよ。警察官としてまさにあってはならない、末代《まつだい》までの恥ってやつじゃないですか！」

「それはその通りだけど、お前ら、オレに怒っても仕方ないだろ。オレがなんか悪いことをしたか？」

刑事課長・光田のその言葉に、二人の刑事は思わず椅子を倒して立ち上がった。

「光田よ、お前は腹が立たないのか？　おれたちが舐められたってことは、鳴海署全体が舐められてるんだぜ？　お前はこれを不問に付すつもりか？　そんなに御身大事《おんみだいじ》か。そんなに出世したいのか。こんなチンケな田舎の署で？」

「オレがそんな出世第一主義者に見えるか？」

負けじと勢いよく立ち上がった光田だが、「当然、見える」と二人に異口同音に言われて、そのまま座り直した。げっそりした表情で光田は和久井を見た。

「佐脇はこんなだから仕方がないが、和久井、お前まで一気に佐脇の毒に染まってどうするんだ！　え？　お前たちを助けて救急車を呼んでくれたのは通行人じゃなくて蛍雪大学の職員の方だ。お前らが勝手に薬学部の実験棟に不法侵入したのを不問にしてくれた上に、助けてくれたんじゃないか！」

「だからそれがどうした？　血だらけになって倒れてる人間を見れば、助けるのは当然だろうが」

佐脇は平然とタバコを出して、吸い始めた。

「光田、お前は何も判っていない。おれが問題にしてるのは、おれたちが出来損ないの着ぐるみに襲われた事実を、あたかも『なかったこと』にしようとしている、お前らの動きなんだよ。その自覚があるか？　と訊いている」

佐脇は光田にデコピンをした。

「おい。そういうガキみたいな真似をするな！　なかったことにはしない！　しないが、着ぐるみの中に誰が入っていたのか判らないし、お前らは実験棟に不法侵入したし、倒れているのを助けたのは大学職員だしで、差し引きでは蛍雪大学の得点が多い」

「判ってるよ。大学が調べたところによればキャンペーン活動のあと、着ぐるみに入っていた『イベント研究会』の二人が着ぐるみを脱いで放置してあったのを、何者かが勝手に使って、おれたちを襲ったってんだろ？　おれたちを襲ったのは、イベント研究会の酒とセックスに溺れたバカどもじゃねえ。格闘技に秀《ひい》でたプロ級のヤツだ。もしかすると、格闘技系の体育会のコーチかもしれねえな。大学の上の方にいわれて、着ぐるみを着ておれたちを監視してたとか……」

「勝手にストーリーを作るな！」

「光田、お前が馬鹿で話を組み立てられねえからおれが代わって考えてやってるんだろ！お前は本当に上へのゴマスリと世渡りだけの男だよ」

「……まあ、お前らの傷を見る限り、着ぐるみの中に入っていたのは相当な腕っ節のヤツだろうとは思う」

「そいつらは、なんかクスリをキメていたのかもな」

「あるいはデモで大学に抗議していた人たちをゴボウ抜きしてた屈強な大学職員かも。連中は上から命じられたとおりに動くんでしょう？」

和久井も疑念を口にした。

「な？　これはだ、さっきも言ったが、鳴海署が舐められてるってことだろ？　光田、お前はそれでいいのか？　いいんだろうな、署長の顔色さえよければバンバンザイだもんな、お前は」

さすがの光田もそれには激怒して、いきなり右の拳で佐脇に殴りかかろうとした。

しかし、佐脇はその拳を咄嗟に左手で受け止めた。

「ひと一人、マトモに殴れねえのか」

「馬鹿が」

光田は苦々しそうに言った。

「少しは弁えろ。判るか？　上から圧力がかかってるんだよ！　上からの。お前らは別に重傷を負ったわけでもないだろ？　むこうだって、お前が着ぐるみを殴ったり蹴ったりして損傷させたことは不問に付すとおっしゃってくれている」

「なんで敬語なんだ？　ゆるキャラをけしかけておれを襲わせた相手に」

「言い方に気をつけろって、佐脇。蛍雪大学が関わっているという証拠はどこにもないんだ」

「へ〜え？　じゃあ、あそこに建ってるのは蛍雪大学じゃない、どこか違う名前の大学なのか？」

「言葉尻を捕まえてあーだこーだ言うな！　『関わってる』というのは、蛍雪大学の理事長なり学部長が、って意味だ！」

「着ぐるみの管理ミスはどうなる？　着ぐるみさえ着てなければ、おれたちだって油断はしなかったし、あそこまでボコボコにされることはなかったんだ」

「いい加減にしろ、佐脇。例えば学生の自転車が盗まれて銀行強盗に使われた場合、それも大学の責任になるとお前は言うのか？」

　お前が言っているのはそういうことだ、と光田はうんざり顔で説明した。

「だからよ。犯罪に使われた着ぐるみが大学のマスコットでも、それは大学のせいじゃないだろって事なんだよ！」

「じゃあさあ、例えばおれがゆるキャラに襲われた精神的ショックでPTSDを発症したらどうする？　それでも着ぐるみを放置した大学には責任ないって言うの？　診断書取ってこようかなあ、国見病院で」

「やめとけ。お前がPTSDだなんて、誰も信じない。全国から笑われるのがオチだ。鳴海署としては、蛍雪大学と同じ箱には入れられたくないぞ」

佐脇は机の上に足を載せて、デカい態度に出た。

「こうなったらお前じゃ話にならん。ミナちゃん署長を出せ！」

「お前、警察にクレームつけるヤクザか？」

「お取り込み中、ごめんなさい」

そこに、突然、警察職員の制止を振り切って、香月早苗が入ってきた。

「これはこれは正体不明のミステリアス美女・香月さん。本日は何のご用件で？」

佐脇がチャチャを入れるのを早苗は完全に無視して、光田を見た。

「突然ですけど蛍雪大学薬学部の高木学部長夫人が、こちらの刑事さんにお目にかかってご相談したいことがあるそうです。よろしければ今から自宅のほうにいらしていただけないかと」

「どうぞどうぞ。こいつなら人体実験に使って貰っても、なんなら生体解剖して貰ってもいいくらいですよ」

と、光田はすんなり諒承《りょうしょう》した。

「こいつでよければどうぞ連れてってください。勤務時間とかシフトとか、こいつの場合はあってないようなものなんで」

そこまで言った光田は、勝ち誇ったような顔で佐脇を見た。

「お前でも知らないことがあるんだな！　こちらの香月さんは、東証一部上場の大手製薬会社『ミカサ製薬』で、新薬開発という重要な部署にいる方だ。そんなことも知らなかったのか！」

「新薬開発？　じゃあ治験にも関係してる？」

「ええまあ。それで私はこの鳴海市の、蛍雪大学薬学部さんと一緒に仕事をしてるんです」

早苗は、やっと自分の正体を明かした。

「では、佐脇さん、ご一緒しましょう」

「ご招待はオレだけか？　和久井は？」

「出来ればお一人で、と学部長夫人が」

「佐脇、お前一人で行ってこい。大事な大事な和久井は温存しておかなきゃな」

光田が立ち上がって和久井を庇い立てするような仕草をしてみせる。

「別に、取って食おうというわけじゃないですよ」

早苗は苦笑した。

佐脇が早苗と一緒に鳴海署を出ようとすると、そこに磯部ひかるが待ち構えていた。

「ちょっといい？」

ひかるは早苗に黙礼すると、佐脇を物陰に連れて行った。

「今日、大学の正門前で薬学部の学部長夫人と話してたわよね？」

「ああ、その学部長夫人からじきじきのお呼び出しだ。ぜひ一度うちに遊びにいらして、とは言われたが、どうせ社交辞令だと思ってたんだ。まさかその日のうちにご招待されるとは思いもしなかった」

なんか相談があるらしいぜ、と言う佐脇に、ひかるは思い当たるフシがある、と頷いた。

「たぶんネットで叩かれている件でしょうね」

高木摩利子・薬学部学部長夫人が叩かれ、炎上している件について、ひかるは手際良く説明した。

「佐脇さんも見たから判ると思うけど、あの派手な外見に、旦那と釣り合わないあの若さでしょう？　夫人のお金の使い方が半端じゃなく荒いのも事実。ここが東京で旦那がＩＴ長者なら何の問題もないだろうけど、こんな田舎で、しかも大学教授夫人。おまけにある程度権力もある薬学部トップの奥さんじゃ、かな～り問題あるわよね」

高木学部長の実家は地元では有名な資産家だが、とてもそれだけで賄《まかな》えるとは思えない浪費の仕方だ、とひかるは言った。

「じゃあお前は、若くて派手な奥さんのオネダリに鼻の下を長くした学部長が、何らかの手段で無理に金を作り出してるって言うのか？　そしてその金の出所が……」

佐脇は少し離れて立っている早苗の方をチラッと見た。

「つまりナンタラ製薬と、ここの薬学部が癒着してるとか、そういう事を言いたいのか」

「まあそうね。誰しも最初に考えることでしょ？　製薬会社からの利益供与なんて」

そう言いながら、ひかるは佐脇に「はいこれ」と小さなモノを手渡した。

「なんだこれ？」

「盗聴器」

ひかるは、こともなげに答えた。

「どこかに仕掛けてきて。コンセントに挿《さ》し込むだけでいい」

「お前、ジャーナリストのくせにそんなことをしていいと思っているのか？」

いいんじゃないの？　とひかるは屈託《くったく》ない。

「もう、この国ではなんでもありよ。エラい人たちが好き放題やっているのに、なぜ私たちが手足を縛られなくちゃならないの？」

＊

早苗が乗ってきた車は運転手付きの白いメルセデスだ。その後部シートに早苗と並んで座り、向かった先は、大谷石《おおやいし》の塀が長く続く豪邸だった。

さながら武家屋敷のような豪壮な長屋門が、なぜかハイテクな遠隔操作で左右に開くと、広い敷地の中には高級老舗《しにせ》旅館のような、伝統的和風建築の母屋《おもや》が建っていた。

だが、その隣にあるのが母屋とはまったくそぐわない、まるでベルサイユ宮殿のようなメルヘン建築であることに佐脇は仰天した。

値の張りそうな庭石や石灯籠《いしどうろう》が置かれ、苔《こけ》の中に飛び石が並んでいる和風庭園の中に、真っ白な壁に青い屋根の洋館が建っているのだ。

なんだこりゃと呆れている佐脇を横目で見た早苗は、くすくすと笑った。

母屋へのアプローチが日本庭園を突っ切るような形で続き、母屋の脇に駐車スペースがあった。そこには、庭の落ち葉を掃《は》き清める、ベテランのお手伝いさんの姿があった。

女中頭《じよちゆうがしら》と呼ぶのにふさわしい、まさにこの屋敷の歴史を体現しているような、存在感と威厳のある灰色の髪の女性が、竹箒《たけぼうき》で掃《は》く手を休めない。

佐脇は思わず、その女性に尋《たず》ねずにはいられなかった。

「これは、学部長のご趣味ですか？　和洋折衷《せっちゅう》、というよりは東西建築真っ向勝負みたいな、この並びは？」

それには女性も苦笑するしかない。

「ええまあ。大旦那様も大奥様も大変お嘆きですけれど、当代ご当主の洋之助先生が若奥様の言いなりですから……どうにもなりません。前の奥様が出ていかれて若奥様がこの家に入られてから、洋之助先生は人が変わったようになってしまわれて……」

若い頃はそれなりに美人だったろう、その美の片鱗《へんりん》を残す老女は目を伏せた。

「私は昔からこのお屋敷にお仕えしていますけど、以前は大旦那様と大奥様の、自慢の坊ちゃんで、進学から就職、結婚まで、すべてご両親の言うことに素直に従って、何もかもうまく行っていましたのにね」

「いや、それは先生の『人が変わった』わけじゃない。先生の中身は昔から同じだと思うねぇ」

「はあ、どういう意味でございましょう？」

彼女は顔を曇らせて、首を傾げた。

「要するに誰であれ強く言われれば逆らえない。こちらのセンセイはそういうお人柄だってことでしょ。昔はそれが親御さん、今はそれが若い嫁さんに替わったというだけの話」

それを聞いた彼女はナルホドと大きく頷いた。

「そう言われれば……そうなんでございましょうね。納得いたしました」

そのやりとりを聞いていた早苗は「じゃ、刑事さん。そろそろ」と家の中に入るよう促した。

女中頭のように見える老婆《ろうば》は「あらまあ、こちら刑事さんでしたの！」と驚いている。

「なにか……その、若奥様か若旦那様が事件に巻き込まれたんでございますか？」

「いえいえ、そんなことはありません」

少なくとも、今のところはな、と佐脇は内心付け加えた。

「ワタシは今日、こちらの若奥様に呼ばれたから来ただけですんで」

ご心配なく、と笑顔で言う。

勝手知ったる他人の豪邸、という感じで、早苗は「こちらへ」と佐脇を案内する。

てっきり母屋に入るのかと思ったら、早苗は「ベルサイユ宮殿」の方に歩いて行き、二メートルくらいはある高い扉を開けた。

その中には、まさに宮殿のエントランスのような大理石の床が広がっており、正面には宝塚《たからづか》のステージのような大きな階段がドンとある。

「こちらです」

早苗は階段脇の、ロココ調の装飾のあるドアを開けた。

佐脇は、その中に入る前に、顔の絆創膏をベリベリと剝がした。

クリーム色の壁には鏡が多用されて、白と金の縁取《ふちど》りがその鏡を取り囲んでいる。窓にはレースのカーテンがなびき、床はラベンダー色というか薄紫の、ふかふかの絨毯《じゅうたん》だ。

家具も白と金の装飾的な、ロココ風のデザインで統一されている。椅子やソファーに張られている布も薄紫やピンクなどのひたすら甘い色調のものばかりで、まるで生花店の店先か、ケーキバイキングのような雰囲気になっている。

その広いリビングの中央にあるソファには今朝《けさ》のスーツから着替えて、フリルを多用したパステルピンクのドレスに身を包んだ、学部長夫人の摩利子が座って紅茶を飲んでいた。

「いや、まわりがこう鏡ばかりでは、己《おの》が醜《みにく》い姿にたらーりたらりと脂汗が滲むってモンですな。ガマの油を取るにはいいかもしれないが」

佐脇が軽口を叩くと、摩利子はニッコリした。

「あら、そんなに褒められても困ってしまうわ」

「いや、全然褒めてないんだけどね」

こういう成金趣味が大嫌いな佐脇は、あえて言わずもがなことを口にしたが、摩利子には全然通じている気配がない。

「壁を全部鏡にしたのは、絵を飾らなくて済むようにするためですわ。ほら、主人くらいの地位になると、安いリトグラフとか無名の画家の作品というわけにもいかないじゃないですか。せめてルーベンスの原画くらいなければ……。私だってちゃんと節約しようとしているんです。それを、誰もが贅沢《ぜいたく》だ何だって……」

ドアがノックされて静かに開くと、先ほどの女中頭のような女性が紅茶と何かの洋菓子を銀のトレイに載せて運んで来た。

お皿に載った、すべすべした最中《もなか》のような菓子までもがピンクと薄紫色であることに、佐脇は苦笑した。

「少女趣味もここまで徹底するといっそすがすがしいですな」

「それはどうも有り難う」

そう言ったあと、摩利子夫人は女中頭の女性に高圧的に文句をつけ始めた。

「このティーセット、今日の気分じゃないんだけど？　お客さまの雰囲気にあわせて、もっと男性的なもの、ほらダンスクか、それともアラビアにしてくれればよかったのに。フルセット買ったばかりなのに。ほんとにセンスがないというか、気が利かないわね」

「けれど、ロイヤルコペンハーゲンはやっぱり嫌いだ、肉厚で垢抜けないから、と普段からおっしゃっているのは若奥様ですが。いつもどおりマイセンを使うようにとのご指示でしたから」

女中頭も言いなりにはなっていないようだ。

しかし使用人の反撃に、摩利子はかわいらしい丸顔を歪めた。

「なによ、あなた、私に逆らう気？」

「では、取り替えて参ります」

女中頭がうんざりした顔でテーブルに並べかけたティーセットを回収しようとしたので、摩利子夫人は「もういいわ！」と折れた。しかしその表情は使用人の態度にますます腹を立てている様子だ。

佐脇は見かねて口を出した。

「まあまあ奥さん、あまりお怒りになるとせっかくの美貌が台無しですぜ。美人に眉間のシワは似合わない」

早苗が思わず笑いそうになったが慌ててしかめ面を装い、女中頭は黙って「刑事さんも大変ですね」という視線を送ってきた。

「お座りくださいな。わざわざお越しくださり、有り難うございます」

夫人は早速《さっそく》用件に入った。それは「無理筋」の不満だった。

「ネットに私がゼイタクだ、主人をたぶらかしている、女狐《めぎつね》だとかさんざん書かれていてとても迷惑なんです。全部削除させて、書いたやつらを全員特定して逮捕して、牢屋《ろうや》に入れてしまいたいの。警察なんだから、そのくらいできるでしょう？」

「いやいや奥さん。それは……」

佐脇は手を振って断ろうとしたが、摩利子夫人は目をクワッと開いて迫ってきた。

「アナタ、主人は高額納税者なんですよ。いくら税金払っているかアナタご存じ?」

「いや知りませんな。いくら払っておられるんです? 如何《いか》ほど?」

「あら、それは私も具体的な数字は知らないけど、とにかくたくさんよ。だから私には、警察から特別なサービスを受ける権利があるの。あるんです。そのへんの貧乏な人たちと一緒にしてもらっては困るのよ」

困ったね、と佐脇は天井を仰《あお》ぎ見た。

「いやいや奥さん、奥さんは何か勘違いしておられますな。警察はサービス業ではないし、有名人のガードマンでもない。あんた、いや奥さんが高額納税者……より正確には、奥さんのご主人が、という意味ですが、高額納税者だから得意客というわけでもない。ついでに言えばお客様が神様ってわけでもない……いいですか、警察官を含めた公務員は公僕、つまり日本国民全体に、平等に奉仕する者であります」

そう言った佐脇は摩利子に向かってビシッと敬礼をしてみせた。

「ほうら、そうやってみんな私を馬鹿にするんだわ。私が若いからって、後妻だからって、学歴がないからって、誰も私の言うことをまともに聞いてくれない」

「それはあんたの言うことが……」

何ひとつまともではないからだ、と思わず口に出しかけて、佐脇は黙った。

「いや失礼。なんでもありません」

佐脇は慌てて誤魔化《ごまか》した。

しかし摩利子はタラタラと不満を言い募った。

「私がゼイタク？　とんでもないわ。海外旅行だって年にたった三回でガマンしてるし、飛行機だってビジネスクラスで妥協《だきょう》したんですよ？　せっかく取ったファーストクラスをキャンセルしなくちゃならなかったのよ？　それも、主人と私のことがマスコミ沙汰になったばっかりに。私だって配慮しているんです。ほら、あのなんとかいう女性リポーター、今日の大学でのイベントで主人をさんざんイビって嫌がらせをしていた、あの人がワイドショーで、いろいろ言うものだから」

たぶん、磯部ひかるのことだろう。

「あの人、昔は巨乳リポーターで売っていたけど、オッパイだけのブスじゃない？　私みたいに玉の輿にも乗れなくて、いい男を摑めなかったから私を妬《ねた》んでいるのよね、きっと。だから私を目の敵にするんだわ。あ～あイヤよね！　女の嫉妬って！」

「ちょっと待った！」

関係が切れたとはいえ、かつての自分の彼女だった磯部ひかるを貶《けな》されて、佐脇はムッとした。

「しかし奥さん、奥さんはご自分じゃゼイタクではないとおっしゃるが、この洋館はご主人に建ててもらったものなんでしょう？　しかも結構な和風庭園を潰して？」

「あら、それのどこが悪いの？　ちっとも贅沢なんかじゃありませんわ」

摩利子は心底驚いた、という表情になった。

「義理の両親と、刑事さんも同じことをおっしゃるのね。あんなコケが生えてじめじめ湿《しっ》気《け》た陰気くさい庭に、こんな素敵なおうちを建ててあげたのよ？　雰囲気がぱあっと明るくなったじゃありませんか。それに主人の歳と私の若さを考えてみてよ。私ほどの若い美人が結婚してあげたのだから、家の一軒ぐらい建ててもらうの、贅沢でもなんでもないでしょう？」

ホントなら母屋の和風建築も全部潰して、敷地一杯に洋館を建て替えたかったのに、と摩利子は不満げに吐き捨てた。

たしかここの母屋は県の重要文化財だったのでは、と佐脇は思い出した。「高木住宅」として登録されているはずだ。

摩利子夫人はなおも言い募った。

「洋風のおうちにしたほうが、義理の両親だって絶対に便利で暮らしやすいはずなのに。老人には布団よりベッドの方がいいに決まっているんです。私が若くてキレイだから、主人をたぶらかしているって意地悪ばかり……本当にみんな私に意地悪ばかり。判ってくれるのは……早苗さん、あなたひとりよ」

摩利子はよよと泣き伏した。こんなところは妙に古風な田舎芝居的だが、かなり情緒不安定であることが窺《うかが》えた。

早苗は肩によりかかって泣きじゃくる摩利子を優しく宥めると立ち上がり、白と金色のキャビネットからクリスタルガラスの小瓶を出し、中身の液体を摩利子の紅茶に注いだ。

「さあ、摩利子さん、いつものようにこれをお飲みになって。すぐに気分が楽になりますよ」

早苗に言われるままに、摩利子夫人はぐっと飲み干した。

すると……摩利子の目がとろんとして潤み、妖《あや》しい光を湛《たた》えてきた。

その様子を異様なものを見るように眺めている佐脇を気にしてか、早苗は微笑んだ。

「お気遣いなく。夫人に処方した栄養剤ですから。もちろん合法なのでご心配なく」

しかし摩利子夫人はぐったりして早苗にしなだれかかり、彼女の耳元で囁《ささや》いた。

「ねえ……もう我慢ができないの。早苗さん、今すぐ私を楽にして」

「判りました」

夫人にそう言った早苗は、佐脇に目配せをした。

このままここで待つようにと言っているらしい。

摩利子夫人を抱えて立たせた早苗は、もつれ合うようにリビングを出て行った。

と、間もなく早苗が一人で戻ってきた。

「今すぐ楽にして、って、なんだか聞き逃せない意味深な言葉ですな」

明らかに訝《いぶか》しんでいる佐脇に、早苗は部屋の隅にあるドアから手招きした。

早苗がドアを開けると、そこは暗い小部屋になっていて、小さな風景画が掛《か》かっている。

「楽にして、という意味はすぐ判ります」

そう言いながら早苗が絵を外すと、覗《のぞ》き穴が現れた。

「ここからご覧になると、楽しいものが見られるはずよ」

では、と言い残して早苗は出ていった。

「なんのこっちゃ……」とボヤきながら、佐脇は覗き穴に目を当ててみた。

穴の向こうは、寝室だった。天蓋《てんがい》付きベッドの周りにはレースのカーテンがめぐらされ、壁はピンクの花柄だ。中年男の感覚ではゲップが出るような、可愛い可愛いインテリア。

「マリー・アントワネットの寝床かよ。知らんけど」

ブツブツ言いながら覗くうち、ベッドには摩利子夫人が横たわっているのが判った。

そこに、ドアを開けて入ってきたのは早苗だ。

彼女はそのままスルスルと着衣を脱いで、一気に全裸になってしまった。

小麦色の肌で中肉中背。筋肉がよく鍛えられたアスリートのような躰。小ぶりな乳房だが、腰はきゅっと締まって、スレンダーな美に溢《あふ》れている。

しかも、眉毛と睫《まつげ》、そして頭以外のヘアはすべて処理してあるのか、股間には翳りがない。いわゆるパイパンだ。

一糸《いっし》まとわぬ状態のまま、早苗は摩利子の横に座って、夫人を脱がし始めた。

摩利子はすらりと背が高く手足も長くて色白。いわゆるモデル体型だ。

その摩利子のドレスを脱がし、ブラもパンティも手早くテキパキと、早苗はまるで看護師のように手際よく脱がせていく。

すると、スリムだが女性らしく、ほどよく柔らかい肉のついた極上の女体が現れた。大きめの双丘《そうきゅう》の上に載った苺《いちご》のような乳首が悩ましい。

そして、夫人のアンダーヘアは、きれいにハート形に処理されている。

「なんだか西洋の娼婦《しょうふ》みたいだな……知らんけど」

覗きながら佐脇はついつい呟いてしまう。

摩利子は早苗に「ねえ……キスして……あそこにも」とせがんで、自分から脚を広げた。

どうやら早苗が飲ませたのは強力な媚薬《びやく》だったらしい。

早苗は摩利子夫人の上に乗って愛撫《あいぶ》を始めた。唇から首筋、乳房全体を舐めて舌先で乳首をクリクリと転がしつつ、手で脇腹や太腿《ふともも》を撫で上げる。

「ああん……気持ちいい。とっても気持ちがイイけれど、あそこを……あそこが欲しがっ

かり。

「てるのっ！」

摩利子は秘部への愛撫……クンニをせがんでいるのだろうが、早苗は焦《じ》らしに焦らすば

お互いの乳首を擦《こす》りあわせ、脚を絡めて女陰同士をぴたりとつけて摩擦《まさつ》する……。

色の違う四本の脚が絡み合い、二人の女体はほんのりと薄桃色に染まり、乳首もみるみる、ルビー色に硬くなっていく。

「ああ早苗さん、いい気持ち……あなたのヘアーの剃《そ》り跡がジョリジョリして、とっても刺激的……」

摩利子は熱い吐息を吐いて、せつなげに早苗の腰に自らを激しく擦りつけた。

「主人はもう歳だし、このところ大学でもストレスが多いのかしら、最近は私が誘っても全然、指一本触れようとしないのよ。毎晩でも私はヤリたいのに……生殺しだわ」

「大丈夫。私があなたをスッキリさせてあげる。その代わり……」

ご主人に頼んでほしいことがあるんだけど……と早苗は摩利子の耳元で囁いた。

「ああ何でも言って……何でもあなたの言うとおりにするから、お願い、私をイカせて。思いっきりイカせて！」

摩利子は激しく腰をくねらせ、股間を早苗に擦りつけながら哀願《あいがん》した。

しかし早苗はすっと腰を引いて、その代わりに摩利子の全身に唇と指で、触れるか触れ

ないかの愛撫を加え始める。

「ああお願い……早苗さん、もうこれ以上、焦らさないで！」

「いけないクリトリスね。こんなにぷっくりと膨らんで、ひくひく震えているわ」

などと、じわじわと言葉責めをしながら、早苗は両手で摩利子の肉襞を押し広げ、肉芽に触れるか触れないかの絶妙な手さばきで責めている。

そんな早苗は、佐脇が覗いている方向を振り返ってにっこりと笑うと、自分の躰を脇に寄せて、摩利子の股間を見せびらかすようにした。

摩利子の女陰はしとどに濡れそぼり、広げられた肉襞が、埋められるのを待ってひくついている。

佐脇は思わず生唾を呑み込んだ。

摩利子はついに我慢出来なくなったのか、自分の指を秘部に伸ばしたが、早苗はその手首を摑んで、叱った。

「そんなに欲しいの？　だったら自分でやってもいいわ。でも、私がいいと言う間だけよ」

「ああ……恥ずかしい……こんなことまでさせるなんて、ひどい」

摩利子は自分で自分を慰《なぐさ》め始めた。

やがて……彼女の両脚が引き攣ってカクカクし始め、背中が何度も弓なりに反り、絶頂に達しそうになってくると……早苗は摩利子の手首を摑んで強制的に止めさせてしまった。しかし摩利子はその手を振り払ってオナニーを続け、またアクメに達しそうになると早苗が止める。それが何度か繰り返された。

「ご主人に……学部長に、もう一本論文を書いていただきたいの。いえ、ご主人が実際に書く必要はないのよ。もうデータは取ってあるし、本文も結論まで書いてある。ご主人には名前だけ記入して貰って、ご主人の名前で学術誌に掲載して貰って、学会で発表して戴きたいの」

「判ったわ。お安い御用よ。今日すぐに頼むから！　だからお願い、あなたもすぐに……」

「こうしてほしいのね」

早苗は指を三本、ずぶりと摩利子のしとどに濡れた割れ目に差し込んだ。

彼女が爪を伸ばしていなかった理由がそれで判った。

挿入の瞬間、摩利子は派手に悲鳴をあげて全身をのたうたせ、「イクイクイクーーッ！」と絶叫して……ガクガクと全身を痙攣《けいれん》させて、激しい絶頂に達した。

早苗は一度はイった摩利子の花弁に顔を寄せ、舌を伸ばしてゆっくりと愛撫すると、夫人はすぐに二度目の絶頂に達した。今度のアクメはなだらかに盛りあがり、心臓発作が起きたかのように全身を硬直させ……一気に力が抜けるとグッタリとした。あたかも心臓麻《ま》痺《ひ》で死んでしまったかのように見える。

しかし摩利子夫人は息をしていて、「よかったわ……」と夢心地《ゆめごこち》で呟いた。

二人はしばらく唇を重ねていたが、やがて、夫人は眠ってしまったようだ。

それを見届けた早苗が、毛布を身に纏《まと》って寝室を出るのが見えた。

やがて、佐脇の背後のドアが開き、早苗がやってきた。

「見た？　刑事さんの呟き、けっこう聞こえてきたけど」

「健康な成人男性には、いささか刺激的すぎる光景でしたな」

「見てのとおりよ。男ひでりの学部長夫人のお守《も》りも大変なの。あの人に男を近づけないために、私がいるようなものだから」

二人のレズは学部長公認らしい。

早苗は佐脇の股間に手を伸ばして、元気になっているイチモツを掴んだ。

「どう？　鎮《しず》めて差し上げましょうか？」

「どこで？」

「ここでよ。私も、レズだけじゃ満足出来ないの。特に摩利子夫人が相手だと奉仕するだけなんだもの」

「で、おれに奉仕させようって？」

「私は全然満足してないままなの。だけどすっかり出来上がってるわ。すぐ入れていいからね」

早苗はそう言って毛布をパサッと落として、小部屋の床に仰向けになった。

「ここなら大丈夫よ。お手伝いも入って来ないわ」

佐脇も急いで服を脱ぎ、全裸の早苗に寄り添った。

「おれは、据え膳は絶対に戴く主義でね。断ったことがない」

そう言いつつ早苗の秘部に指を這わせた。すでに彼女の秘部は欲情しきって濡れている。

「たしかにもう、準備完了だな」

佐脇は彼女の乳房を舐めて乳首を舌先で転がしながら、指で花弁を弄くった。

「だから……さっさと入れて」

「摩利子夫人と同じ口調になってるね。レズってると似てくるのかな?」

佐脇にかちかちと乳首に歯を立てられると、早苗がどうしようもなく痺れ、躰のコントロールが出来なくなっていくのがハッキリと判った。

彼女の秘部はかっと熱くなり、躰の芯から燃え広がってゆく。

「……こんなに濡れちゃって……」

「だから……入れてよ！」

佐脇は、乳房を揉みしだきながら、顔を下腹部にずらして、敏感な秘部に愛撫を加え

にその全身はぴくぴくと反応した。

「う、ううン……ああ、堪《たま》らない……」

早苗のクリットは舐められるごとに膨らみ硬くなってぷっくりと屹立《きつりつ》し、舌が動くたび

た。

佐脇は、怒張した肉茎を秘腔にあてがった。

「では、熱いご要望にお応えして……おれのこのペニスで、あなたを最高にイカせてあげよう」

佐脇は、肉棒の先端をずぶりと挿し入れて、そのまま一気に中に入った。

「あ……あああ……い、いいわ！」

早苗は喜悦《きえつ》に満ちた声で叫んだ。

佐脇の抽送に、彼女は腰を震わせながら喘《あえ》ぎを漏らし、秘腔からは淫液がとろとろと湧き出して、内腿に伝っている。

その反応を見た悪漢刑事は、滲み出た愛液で充分に潤《うるお》ったアヌスに指を差し込んだ。

「あ。そ、そこは……」

早苗は腰をよじって拒否しようとしたが、佐脇は許さない。

じりじりと侵入した指は、腸壁越しに男根を擦りあげる。男の指と肉茎に挟まれた濡襞が容赦《ようしゃ》なく密着し、掻き乱される。こうなると、彼女は堪らなくなって声をあげてしまう

のだ。

「ああっ、そこ……そこが、熱い……躰が、カラダが浮いてしまいそう……」

男の肉棒がゆっくりと大きなグラインドを続ける一方、アヌスの中の指はだんだんと速度を速めてピストンし始めた。

突然、佐脇は抽送をピタリと止めてしまった。

「ど、どうしたの？」

「いや、さっきアンタが摩利子夫人にやったまねをしてみようかと思ってね」

「そんな面倒な事……しないでよ」

「じゃあ、おれの質問に答えろ。さっきアンタが言ってた論文ってなんだ？　学部長センセイの名前で、発表だけさせてくれればいいと言った論文って？」

「ああそれは、新薬に関する論文よ。そんなものなくても認可さえ下りれば新薬は売れるんだけど、こんな効果があります凄いですよっていう論文があれば、もっと売れるの。それも高木先生くらいの肩書きがあれば、権威付けとしては十分ね。要するにプロモーションの一環よ」

「そんな理由で高木薬学学部長を利用するのか？」

「だから、名前を借りるってことよ……だって、その新薬はここの薬学部が開発してウチに持ち込まれたモノなんだから」

さあ、やって！　と早苗はうるさい。

「判ったよ」

佐脇は抽送を再開したが、なおも訊いた。

「ここの薬学部が開発したって言うけど、誰が開発したんだ？」

「あの成沢っていう、ボーッとした万年助手。世間のことに疎《うと》くて、私たちの言いなりだから、そっちは簡単なの。でも学部長にいろいろお願いするとなれば、やっぱり、それなりに気を遣うわよ」

またも佐脇は抽送を中断し、今度はすっぽりと抜いてしまった。

「なによ、今度は！」

「心配するな。後ろから入れるだけだ」

佐脇は早苗を四つん這いにさせると後背位で再び挿入した。

佐脇は一転して激しく腰を使いながら、荒々しく早苗の胸を揉み上げた。もう一方の手では秘裂をまさぐり、大きく押し広げて肉芽をむき出しにすると指で嬲《なぶ》りはじめた。

「あうっ！　あなた……こういうのが好きなの？」

早苗は悲鳴を上げたが、そう言ったものの、嫌いではない様子で自分でも腰を振った。

早苗の肉襞はみっちりと佐脇の肉棒に密着し、締めつけてきた。

硬いものがグラインドする快感に、早苗はイキそうになっている。

もう両腕と膝で全身を支えるのもやっとだ。四つん這いにされ、紡錘形《ぼうすいけい》に下を向いた真っ白な乳房が激しく揺れる。

「ああっ、もう、だめ……」

早苗は床に突っ伏した。

それをひっくり返して、正常位に戻った。

艶々《つやつや》した長い黒髪が床の上に広がっている。

肩を顫《ふる》わせ、すんなりした首筋をのけぞらせ、早苗は襲ってくる快感に耐えているようだ。

佐脇が激しく腰を打ちつけるたびに、ぬちゃぬちゃと卑猥な音がして、愛液に濡れた早苗の無毛の下腹部を、男の猛々《たけだけ》しい叢《くさむら》が擦り上げる。

「さあ、言うんだ。言わなければまた引き抜いて、絶対にイかせてやらないぞ」

「なにを言うの？」

「あたしは、男なしではいられない、淫らで猥褻なメス犬ですっ！　って言え！　さっきアンタも摩利子に羞恥プレイをやってたろ」

「あ、あたしは、男なしではいられない、淫らで猥褻なメス犬ですっ！」

早苗がまったく嫌がらずにスラッと言ってしまったので、佐脇は拍子《ひょうし》抜《ぬ》けしたが、その掌が早苗の脇腹からヒップまでを滑りおりたとき、ついに彼女の一線を越えてしまった。

　早苗の背中をすさまじい電気が駆けぬけるのが判った。

「いく〜っ！」

　女芯がきゅうっと締まり、佐脇の男根を絞り上げた。

　悪漢刑事も、たまらずに昇天した。


「いやあ、よかった」

　終わってから、佐脇は早苗を褒め称えた。

「いやマジな話……製薬会社でお堅い仕事をしてると、これほどの名器を使う機会がないんじゃないの？」

「そんなことは……」

　摩利子夫人と濃厚なレズの関係になっているくらいだから、早苗は自分の仕事を有利に進めるためには肉弾戦も辞さないだろうと判っているのだが、佐脇はあえて言ってみた。

「ところで、これはアンタが知っておいたほうがいいと思うから言うんだが」

　佐脇は早苗のヒップを撫でながら、寛《くつろ》いだ調子で漏らした。

「警察は、蛍雪大学で進めているらしい、新薬の治験に目をつけている」

「目をつけているって？」

「まず鳴海港で亡くなっていた女子大生がいるだろ？　それとこの辺の酒を出す店で尋常じゃない暴れ方をした大学生が三人。その全員が蛍雪の学生で、共通点が何かのバイトをしていたってことらしい。しかも、そのバイトには蛍雪大学のヤリサーとして新聞沙汰にもなった『イベント研究会』のメンバーの多くが関わっている」

その話を、早苗は無表情で聞いた。

「で、今までのあんたの話を聞いてると、蛍雪大学の薬学部とあんたの製薬会社は実に密接な関係にあるようじゃないの。治験を大学の施設でやるのは異例なことかもしれないが、人集めには有利だったりするんじゃないのか？」

「さあ、それはどうでしょう？」

早苗は、尻尾《しっぽ》を摑まれないためか、急に無口になった。

「で、我々は、『イベント研究会』のリーダーである塚田が、その人集めの指揮を執《と》っていることは、もう摑んでいる。それだけじゃない。ここだけの話で、そしてあんただから特別に教えるんだが、あの塚田は、あんたのところとはライバル関係になる、ある製薬会社から凄いカネを積まれてる。つまり寝返ったという情報を摑んだんだ。治験バイトや、その結果に関する情報をその会社に売っていると」

「え？」

早苗の表情が変わった。

「どういうことなの？　それ、意味が判らないわ」

「ライバルの製薬会社は、あんたの会社の新薬についてのネガティブ・キャンペーンを張るらしいぞ。今度の薬を飲んだら、症状が余計にひどくなって暴れ出すとか、治らなくなるとか……あんたらが開発中の新薬って、要するに精神的な病気に効く薬なんだろ？」

「ええ。いわゆる向精神薬ですけど……」

「なんでも、この分野は需要《じゅよう》が急増しているからライバルも多いし、熾烈《しれつ》な競争をしてるんだって？」

「新薬の世界はすべてそうですけどね」

早苗は平静を保とうとして必死だが、目がキョロキョロして動揺を隠せない。

「それに、塚田の親戚にウチの県警のお偉いさんがいて、塚田はそっちにも情報を流しているらしいんだ。なにしろ飲み屋で暴れた蛍雪の学生が三人もいて、うち一人はヤクザを殺しかけたほど酷い暴れ方をしてるからねえ、ウチとしても警察庁と協議の上、もしおくの治験がこれに絡んでいるのなら、厚労省にも話をして筋を通すしかないと」

佐脇がそこまで話したところで、早苗はいきなり身を起こし、裸身に毛布を纏ってリビングから出て行こうとした。

「あの、私、急用を思い出しました。佐脇さん、いろいろ有り難う。これで失礼しますね」

隣の寝室には衣服がある。早苗は小走りにリビングを出て行った。

それを見送った佐脇は声もなく笑い、起き上がって小部屋の覗き窓に戻った。

隣室では、早苗が慌てて服を着て、飛び出していくのが見えた。

佐脇は、自分もゆっくりと服を着て、ポケットから小さな電子機器を取り出した。ひかるから預かった盗聴器だ。

これにはよく見ると、マイクだけではなく小さなレンズも付いている。音声のみならず映像も撮れるタイプだ。

そっと廊下に出た彼は、隣の寝室のドアを開けて、中に入った。

ベッドの上では、摩利子夫人が全裸のまま、眠りに落ちている。

佐脇は、部屋の隅のコンセントに盗聴器を挿し、近くの椅子を移動して目隠しにした。椅子が邪魔をして映像が撮れないかもしれないが、すぐに見つかって引き抜かれるよりはいいだろう。

寝室からエントランスに出ても、例の女中頭が見送りに出てくる気配がない。

お客が帰るのに物騒だなと思って表を見ると、早苗と女中頭が何か話し込んでいる。

ここから出るより、違う出口を探した方がいいか、と思っていると、業務専用のスマホが振動した。

かけてきたのは、和久井だった。

佐脇はいったんリビングに戻り、ドアを閉めて受信した。

「佐脇さん！　科捜研から大きな情報が入りました！」

「……なんだ？　言ってみろ」

「どうしたんです？　佐脇さん。妙にシラケてますね。声が死んでる」

「馬鹿。デカい声で喋れないところにいるんだ！」

なるほどと和久井は納得した。

「では、言います。遺留物です。県警の科捜研から、亡くなった小山さんの口の中……というか歯間に挟まっていたものですが、それと胃の中からも、同じ肉片が出まして、それはどうも人間のカラダの一部らしいのです」

「えっ」

さすがの佐脇も驚いた。

「小山さんが、人を食ったって言うのか？」

「いえ、そうではなくて、誰かに嚙《か》みついたのではないかと。小山さんの爪にも、なにかを引っ掻いたような跡があったようで……しかし爪と皮膚の間には、何も残っていませんでした。海中で流れてしまったのでしょう」

「……つまり、小山さんは亡くなる前に誰かと激しく争って、引っ掻いたり、嚙みついたりしたってことか……」

そう言った瞬間に、佐脇の脳裏には、成沢の姿が浮かんだ。

冴えない初老の男でおよそファッションにもお洒落にも縁が無さそうに見えるのに、成沢は首にスカーフを巻いていた。それも、派手な色あいの絹《きぬ》のスカーフだ。よれよれの白衣とあまりにミスマッチだったので、佐脇はよっぽど「センセイ、意外にオシャレですな」などと揶揄《からか》ってやろうかと思ったのだ。

「和久井！　成沢だ！　蛍雪大学薬学部の成沢助手だ！　成沢に会って、話を訊く必要がある。今すぐ迎えに来い！」

「ええと、佐脇さんは何処に？」

「馬鹿かお前は！　高木学部長夫人に呼び出されたのは知ってるだろ！　学部長の、超豪華な邸宅にいるんだ！　サイレンを切って飛んでこい！」

佐脇はそう言って通話を切り、リビングから飛び出した。

外にはもう早苗の姿はなく、女中頭が相変わらず掃除をしているだけだ。

「ああ刑事さん。香月さんは急用が出来たとかで……」

「ええ、私もこれで……」

と言っているうちに、盛大にサイレンを鳴らした捜査車両が急ハンドルを切って邸宅の敷地にツッコんできた。

「あのバカ……サイレンを切れと言ったのに……」

第四章　対決！　ＢＳＬ３

　夕方近い時間に蛍雪大学に乗り込んだ佐脇と和久井は、成沢助手に会わせてくれと大学の事務局に行ったが、押し問答《もんどう》の末、困ったように「成沢先生とは連絡がつかない」と言われ、これ以上の事は教務部教務課で訊いてくれと告げられてその指示に従うと、今度は対外的な案件だから総務部総務課に話を通して欲しい、などと窓口をたらい回しにされた挙げ句、ようやく薬学部の総務部長が出てきた。

「本学が大学自治を重視している関係上、本学の教員・職員・学生を警察関係者に会わせる場合は、各学部の学部長の許可・承認が必要になります」

　すでに御堂瑠美や学生たちには勝手に会ってさんざん話を聞いているのだが、大学側がここでそう言い張るのだから、無視するとトラブルになる。

「では、薬学部の学部長氏の許可と承認をお願いしたいのですが」

　佐脇はひたすら下手《したて》に出て、手続きを進めて戴きたいとお願いをした。

「判りました。しかし学部長は非常に多忙な方で、本日は……」

総務部長は手帳を出して眉根を寄せた。

「本部にて大学運営の会議、予算会議、薬学部の校舎施設建設に関する理事へのプレゼンテーション、薬学部の来年度カリキュラム会議、非常勤講師の契約に関する人事の会議などがびっしり組まれておりますので」

「その合間を縫《ぬ》ってお目にかかれませんか？　こっちも、おたくの学生が命を落とした事件に関して調べを進めているんですから、協力して貰わなきゃ」

当然でしょう、それは、と佐脇は総務部長を睨み付けた。

「捜査関係者によれば蛍雪大学からは十分な捜査上の協力が得られず……みたいな記事がマスコミに載ったら、おたくも困るんじゃないですか？」

「わ、判りました。至急善処致しますので、しばしお待ちを」

総務部長は二人を残して総務部の応接室から出て行った。

佐脇たちは、そのまま待つことになったが、安い人工革のソファは座り心地が極めて悪い上に、お茶の一つも出ない。

「いつまで待つんだろうな。一時間？　二時間？」

「時間稼ぎをされているかもしれませんね」

「しかし……ヒマだね」

佐脇はタバコを取り出したが、さすがに勝手には吸えない。

「ちょっと出るか？」

そういえば、と和久井はスマホの画面を上司に見せた。

「御堂先生の授業がありますよ。四一三教室で。休講とか教室の変更とか、そういう学内者向けの情報は全部ネットで知らせるんですね」

ふ〜んと佐脇は気乗り薄な返事をしたが、立ち上がった。

「ここでボーッとしてても仕方がねえ。暇つぶしにその授業に潜り込むか」

佐脇は総務部の職員に自分のスマホの番号を教えて、学部長とアポが取れたら連絡してくれ、と頼んだ。


四一三教室は、広いキャンパスの、薬学部とはほぼ対角線上の、もっとも離れた場所にあった。事務関係のある棟から移動するのに歩いて十分はかかった。

「学内にモノレールでも敷いて欲しいね」

「そんな……遊園地じゃあるまいし」

「え？　大学って総合レジャーランドじゃないの？」

「そういうのは過去の話だそうですよ。今は就職も厳しいから、学生はみんな真面目だそうです」

そうか？　と佐脇は首を傾げた。

「この前の御堂センセイの授業だって、学生の態度は酷かったじゃねえか」

「まあそれは……教える先生にもよるのかも」

「なんか、急に御堂センセイが可哀想になってきたな」

そんな事を言いながら、やっと四一三教室に辿《たど》り着き、扉をそっと開けて、階段教室の隅っこに座った。

今日の御堂瑠美は、この前のイベントの際の対談のようなものではなく、一応経済学の講義をやっている……ようだ。和久井のスマホ情報によると「経済学概論I」らしい。景気の循環《じゅんかん》とか積極財政とかケインズとかの言葉が出てくるが、佐脇には内容は全然頭に入ってこない。

それは和久井も、そして学生も同じのようだった。

ハッキリ言って、ほとんどの学生が寝ているか、「内職」をしている。スマホでLINE《ライン》を打ったり、ネットのサイトを見ていたりだ。教科書に隠して文庫本を読んでいる学生が物凄く真面目に見えてしまう。ざっと見たところ、机に突《つ》っ伏《ぷ》して寝ている連中が四割、講義そっちのけでスマホの画面を見つめている者が五割といったところか。

その中に、ぽつんと一人座っている向島がいた。彼は静かに講義を聞いている。

だが静かにサボっている学生の中で、騒がしい集団がいた。階段教室のうしろに集まって堂々と私語を交わしている。声を潜《ひそ》めるというせめてもの気配りなどまったくなく、カフェか居酒屋で騒いでいるのと同じ調子で喋っている。授業中という意識は皆無《かいむ》のようだ。

コイツらのアタマの中はどうなってるんだ？

佐脇は腹立たしくなって教壇の御堂瑠美を睨みつけた。

この授業の主役はアンタだろ？　黙ってるのか？

佐脇の視線がかなりキツかったらしく、御堂瑠美は決まりが悪そうな顔になった。

だがセンセイの気持ちなどまったく無視している連中の私語は、ひときわ激しくなった。

「すげえ！」

「なんだこの女」

「ゾンビかよ」

「フェイク動画だよどうせ」

「それにしてもよくできてるよな」

「なんでこんなものが蛍雪のサイトにあるんだよ」

おい、このままでいいのかよ？　という佐脇の気持ちが伝わったものか、放置すると部外者の佐脇が怒り出して面倒な事態になると思ったのか、あるいはさすがに教育者として シメシがつかないと自覚したものか、ついに御堂瑠美は教壇を離れ階段を上って、私語のうるさい一団につかつかと歩み寄った。

「ちょっとあなたたち。私の講義を聴く気がないのなら出ていきなさい。迷惑なのよ。ほかの人たちの学習権をあなたたち侵害しているわよ！」

学生たちは逆切れするかと思ったら、「すみません！」と素直に謝った。

が。

授業中に騒ぐことが悪いと、ここで初めて判ったらしい。

「騒いですいません先生。でもこの動画があんまり凄いから」

別の学生も横から言った。

「ほら、白衣を着たおっさんの喉笛《のどぶえ》に食らいついて血がドバーッと出て、おっさん血まみれで」

「そんなもの、授業が終わってから見なさい！」

御堂瑠美は吠えたが、スマホの映像に夢中になっている学生たちには通じない。

「とにかく凄いんですよ！　本物にしか見えないし、だけどこんなこと本当にあるとも思えないからこれ、日本未公開の映画か、誰かが作ったフェイク画像かって」

「だから、そういうのが見たければ、教室を出なさい！　単位は保証しないわよ！」

「けどこれ、ウチの大学のサイトの『今日のお知らせ』のところにあるんですよ！」

「どういうこと？」

御堂瑠美もさすがに興味を惹かれたようだ。

「そうなんです。蛍雪のサイトに誰かが勝手にアップロードしたって話題になってるんですけど、ほら、このゾンビみたいな女がめっちゃ凶暴で血がブシュー！」

佐脇のカラダが自然に動いた。

「おい、ちょっと見せてくれその動画」

佐脇は学生の元に行き、その動画をもう一度頭から再生させた。

二人の人物が揉み合っているのは判る。血のようなモノが飛んでいると言われればそうかもしれない。しかし画面が小さくて、いまひとつ全貌《ぜんぼう》がハッキリしない。

どうしたものか、と考えながら教室の中を見渡した佐脇は、向島と目が合った。

向島は小さく会釈してきた。なぜか満足そうな表情を浮かべている。

和久井がこの階段教室を見渡して、提案した。

「御堂先生。この教室にはビデオ投影システムがありますよね？　教室の後ろにあるのはプロジェクターで、教室の前の、黒板の横にあるのはスクリーンですよね？」

「そうだよセンセイ。プロジェクターにコイツのスマホを繋げるか、プロジェクターに繋がっているそこのパソコンで大学のサイトにアクセスすれば……」

佐脇も加勢して、それに学生たちもノった。

「そうっすよ、トップにリンクされている『スペシャル動画』をクリックするだけで、全員が大画面で見られるっすよ」

「佐脇さんたちまで、何を言い出すのよ！　私の授業はどうなるの？」

「まあまあ、そう言わずに、捜査に協力してくださいよ」

佐脇はそう言って警察証を周囲の学生に見せた。

「お！　本物の刑事だ！」

その驚きは、教室の学生全員に波のように広がった。

「……判った。パソコンはいつも授業で使っていることだしね」

御堂瑠美は教壇に戻って、教卓の上にあるパソコンを起動させた。パソコンの隣にあるボタンを押すと天井からスクリーンが降りてくると同時に窓のカーテンが自動で閉まった。

「ウチの大学の……トップページに『今日のお知らせ』があるわね」

彼女がパソコンを操作するとスクリーンに蛍雪大学のウェブサイトが投影された。

「……それの、スペシャル動画、これね？」

彼女がトラックパッド上で指を動かして、「スペシャル動画」なるもののラジオボタンをクリックした。

すると、突然、スピーカーから女の叫び声が響き渡り、教室にいる一同は飛び上がった。

スクリーン上には、どこかわからない、白一色の一室が記録映像風に映し出されていた。そこで若い女が髪振り乱し、全身を捩《よじ》り、声の限りに叫んでいる。何を叫んでいるのかは判らない。しかし……よく聞くと、「ここから出せ!」と言っているようだ。

画面右隅から男が現れた。薄暗くてビデオカメラの感度を上げたざらざらの映像なので、男の風体はよく判らない。しかし、頭髪は薄く、若くはない感じなのは判る。

『君、ちょっと落ち着いて……水を飲みなさい。水を飲もう、水ね』

男はコップを手に、しきりに宥めようとしているが、女はそのコップを弾き飛ばして、両手両脚を大きく広げてXの字を作ったり、部屋の壁にぶつかっていったり、とにかく力のかぎりに暴れまくっている。

一同は、大スクリーンに映し出された奇妙だが迫力のある映像に釘《くぎ》づけになった。

「しかし……これ、この女、女の服に見覚えがないか?」

スクリーンを見ている佐脇が和久井に言った。

「あの、もしかして……」

「画面が不鮮明だから色がよく判らないが……着ているモノはトレーナーだろ?　あるいはスウェットの上。厚手の長袖Tシャツかもしれん。下は普通のジーンズ」

「佐脇さん。トレーナーは白っぽく映ってますよね。もしかすると、こういう画面では、ピンクって白みたいに映ったりするのでは?」

「たぶんな」

佐脇は、画面の中で暴れて叫んでいる女が亡くなった小山美紗恵であることを確信した。

『あ〜〜〜〜〜〜〜〜〜〜〜〜〜！』

女は狂乱状態で着ているトレーナーを脱ごうとし始めた。

『止めなさい。落ち着いて……これを飲もう。これを飲めば落ち着くから』

男は、錠剤を女に飲ませようとしたが、女は手で振り払い、錠剤は部屋中に飛び散った。

『おりゃあああああ〜〜〜！』

突然女が、男に襲いかかった。男の首、それも喉笛のあたりにかぶりついている。

それは、「噛む」という生易《なまやさ》しいものではなく、「齧りつく」よりひどく……そう、まさに「かぶりついた」のだ。

『あ〜〜〜〜！　な、何をする！　いっ、痛いっ！　やめろぉっ！』

男が女を無理矢理引き剝がすと、男の首筋から血が噴き出すのが見えた。

男の頸動脈が傷ついたのか？　そのあたりの肉を食いちぎったのか？

『何をするんだ！』

男が半狂乱の女を突き飛ばすと、壁に吹き飛んだ女の身体が立てる大きな衝撃音が聞こえたが、女はまったく怯《ひる》むことなく再び男に摑み掛かった。

『やっ、やめてくれ……』

まさに映画で観るゾンビさながらの迫力で男に襲いかかり、またも首筋に食らいつこうとした、その時。

まるでスイッチが切れたように、女はその場にへたり込み、動かなくなった。

男は震える手で首を押さえ、部屋の中から包帯として使えるものを探している。

男が必死に自分の止血処理をしている間、女は放置状態だ。

ようやく見つけ出した布を首に巻いた男は、床に倒れ込んだ女の首筋に手を当て、瞳孔《どうこう》をのぞき込み、鼻先に指をかざした。

『みゃっ脈がない！　瞳孔も……』

散大している！　と叫んだ男は慌てた様子で心臓マッサージを始め、人工呼吸も試みた。しかし口から泡を吹き出した女には、蘇生《そせい》する気配はなかった。

そこで、映像は終わった。

「……大画面で見ると、スゲエな！」

「女ゾンビが男を襲ったけどくたばったってこと？」

「これ、ウチの学校？」

「ウチに、こんな場所あったか？　教室？　実験室？」

女子学生の中には目を覆《おお》っている者もいるが、だいたいは、予期せぬスプラッター・ホラー・アクションに狂喜して、アンコール！　と叫び始めた。

佐脇も不謹慎《ふきんしん》だろと止めはしない。自分ももう一度見たかったからだ。

「おい和久井。もう一度、大学の職員に言え。成沢とすぐ会って話す必要ができたって」

「番号、知ってます？」

「知らねえよ。大学に問い合わせろ」

そう言った佐脇は、和久井に言った。

「この男が成沢なら……あのファッションに縁遠そうな男が首に巻いていたスカーフは、やはり傷を隠すためだ。女は小山美紗恵で間違いないんじゃないか？　だとすれば、ハナシが繋がるだろ！」

だが、大学に問い合わせて訊いた成沢助手の電話番号にかけても、呼び出し音が鳴るばかりだ。

和久井が何度もかけ直している時、佐脇の業務用スマホが鳴った。

「光田だ。今動けるか？　蛍雪大学の職員らしい人物が、死体で発見された」

「判った。すぐ行く」

死体の発見場所を確認した佐脇は、和久井に電話はもういい、行くぞと声をかけた。

「蛍雪大学の関係者が死体で見つかったらしい。もしかして、いや、たぶん……」

まだ事情が判っていない御堂瑠美と、こちらを見てなぜか笑っているような表情の向島を残して、刑事二人は校舎を出て、車に走った。

死体が発見されたのは、「市民の森」の東屋《あずまや》の近くだった。

この大規模公園は、鳴海市郊外の廃業したゴルフ場を整備したもので、駐車場から遊歩道を少し歩くと、東屋がある。

すでに陽は傾き、空は夕焼けが消えて濃紺《のうこん》から黒に移り変わろうとしていた。その中で、投光器が東屋の周辺を明々と照らしている。

佐脇たちが駆けつけたときには、鑑識の他に捜査一係の他の刑事、それに光田刑事課長の姿もあった。

「今から三十分ほど前に一一〇番通報があり、近くの交番の巡査が死体を確認したのが約二十分前だ。東屋近くの木にぶら下がっていた。現場を見た感じでは自殺の線が濃厚だが……」

光田が佐脇に説明した。

「あれがご遺体か？」

東屋の横に、ビニールシートに包まれた人間大のものがある。

見ていいか？　と訊くより早く佐脇は遺体の横にしゃがみ込み、ビニールシートを捲っていた。

「……やっぱり」

遺体は、成沢だった。

「発見時の状況、死体の状況から、縊死《いし》であることは間違いない。枝振りのいい、あの木からぶら下がっていたし、首のロープと索条痕《さくじょうこん》も一致しているしな」

光田の説明を聞きながら、佐脇は自分の目で索条痕を確認した。

そして……成沢の喉仏には、皮膚が食いちぎられた歯形状の傷がハッキリと残っていた。

「死亡推定時刻は？」

「署できちんとした検視をするが、下顎《したあご》や頸部《けいぶ》の硬直が進んでいるから、死後二～三時間ってところか？　教科書通りの判定をするならば」

「首吊り自殺ってのは怪しいぜ。誰かと争って抵抗した痕跡があるかを調べないとな。争う声を誰か聞かなかったか、聞き込みもしないとな」

「そんな事は判ってる！　おれは刑事課長だぞ！」

光田は吠えた。

「佐脇、お前は、ホトケは無理矢理首にロープをかけられて、首吊り状態で殺されたって言いたいのか？」

この前の事件で県の職員が殺された件のように、と光田は言った。

「偽装自殺がそうそう何件もあってたまるかよ」

「だが成沢にハッキリした自殺の動機があるのか？　いや、もっともらしい遺書があっても怪しい」

「佐脇さん。遺書らしきものがありました」

和久井が証拠品袋に入った封筒を持ってきた。

「鑑識で調べた後、文面を見よう。だが、おそらく、なにが書かれていようが、内容はデッチアゲだな」

佐脇はそう言って、自信ありげに大きく頷いた。

＊

『ねえあなた。今度、瀬戸内海《せとないかい》の小島にある別荘を買わない？』

『なんだ、急に……。そんなカネはないよ』

『大丈夫よ、あなた次の学長になるんでしょ？』

『誰がそんなことを……』

イヤホンから聞こえてくる声をカレーライスを食べながら聞いて、佐脇は「くく」と笑った。

鳴海署の食堂で、佐脇と和久井は食事をしながら、高木薬学部学部長宅の寝室に取り付けた盗聴器が捉《とら》えた、夫婦の会話を聞いていた。

「令状無しで盗聴するのは違法ですよね」

「それがな、違法じゃねえんだよ」

「えっ！　まさか」

佐脇は驚く和久井の反応に満足した。

「電話とかの、通信一般の盗聴について取り締まる法律はあるが、こういう盗聴器を取り締まる法律はねえんだよなあ。ま、民間人がやる盗聴は電波法違反とか、住居侵入罪違反とかの、別件スレスレで捕まえてるけどな。おれたち警察が盗聴して事件になったのは全部、電話の盗聴だ」

「なんか、納得いかない気がしますけど」

カツ丼を食べる箸を置いて、和久井は晴れない顔で、黙った。

署に戻って鑑識や検視の結果を待ちながら、佐脇は暇つぶしのように盗聴器が捉えた音声を聞いていた。ちなみにカメラも付いていて映像も送られてきているのだが、椅子の脚が邪魔をしてほとんど何も見えない。とはいえ高木邸から鳴海署までの距離でもこうして問題なく音声と画像が飛んで来るのは、おそらくひかるが高木邸の近くのどこかにＷｉ《ワイ》－

Fi《ファイ》にアクセスする中継点を設置しているのだろう。

　恐ろしい時代になったもんだ、と佐脇はタブレット端末を眺めながら呟いた。

　音声では、学部長夫人の摩利子が、学部長にいろいろとおねだりしている。

『早苗さんが教えてくれたの。ほら、これが物件の写真。高台にあって海がこんなによく見えて、凄い絶景でしょう？　広いバルコニーがついていてね、ここでバーベキューパーティができるわ。絶対にインスタ映《ば》えするし、私たちみたいなセレブには絶対おすすめの物件だって早苗さんが』

『セレブと言ってもその実、地方の三流私立大学だよ……』

『あなたは謙虚《けんきょ》すぎるわ。自分の大学をそんなふうに言っちゃイケナイでしょう？　この地域唯一《ゆいいつ》の私立大学なんだし、薬学部があるのはウチだけじゃないの。あなたも、もうじき理事長になるんだから、このくらいの別荘は絶対必要でしょ』

『君……学長と理事長は違うよ。私は学長にはなれるかもしれないが、理事長は到底《とうてい》』

『学長も理事長も同じようなものでしょう？　社長と会長的な？　どっちも偉くてセレブじゃないの』

　だからぁ、と摩利子夫人はおねだりを続けた。

　イヤフォンを耳にしてニヤニヤする佐脇に、和久井は「いいんですか？　この盗聴器、磯部さんのモノでしょ？」と訊いた。

「おれが取り付けたんだから聞く権利はある。っていうか、お前も聞いてるじゃねえかよ」

それでも和久井は黙って佐脇を見つめた。

「このデータはひかるも受け取ってる。おれたちが聞けてあいつが聞けないなんてヘマを、あの女がするはずがねえ」

そこまで話した佐脇はイヤフォンを押さえて「オイ待て」と言って聞き入った。

『お金なら大丈夫よ。私は全部考えてあるの』

摩利子夫人が妙に自信のある口調で言った。

『前みたいに、論文にあなたの名前だけ貸してあげればいいの。もう論文は書き上げてあるし、データも揃っていて、その解析も済んでいるんですって。香月さんが全部やったから。あなたがサインさえすれば、別荘の頭金は製薬会社がご用意しますって。月々のローンもお力になりますってよ！　それに論文は画期的《かっきてき》なものになるだろうから、また前みたいに製薬会社付属の出版社から出しますって。十万部は固いし、その印税も私たちのものになるのよ。凄いでしょう！　問題なんかないじゃない！』

『しかしなあ』

高木学部長の声は、気が進まない様子がありありだ。

『香月くんのデータ解析は少し緻密《ちみつ》さに欠けるんだよ。治験を受けた被験者のカルテと照合してみたんだが、数値が一致しない。論文中のデータに、血清《けっせい》カリウムの数値がリットルあたり十ミリ当量を超えている被験者がいて、肝《きも》を冷やしたよ。あんなものは公表出来ないよ』

『あら、そんなことのどこが問題なの？』

摩利子は全然判っていない。

『そんな数字誰も見ないわよ。何とかの数値がちょっとくらい多くたって、そんなの何の問題もないじゃない。ねえいいでしょ？　あなたの名前でその論文を出してよ。それで私にあの別荘を買って。ねえ、お願い。そうしたら摩利子、あなたに何でもしてあげちゃう』

『しかし……血清カリウムがその数値ってことは、その被験者は生存できないってことなんだが。つまり、死んでるってことだ。死人が被験者っておかしいだろう？』

『そりゃ、人間なんだから、実験段階なんだから、そういう数字が出る人もいるでしょ？手術は成功したけど死んじゃう人だっているんだから』

『いや、そういう問題じゃないんだよ』

『そんなところに拘《こだわ》るのは学者さんだけよ』

『論文は、その学者さんが読むんだ』

『だったら、マズいところだけ手直ししちゃえばいいんじゃない？　大きな車のメーカーだってお役人だって、みんなやってることでしょ？』

『それが露見《ろけん》したら、私は学者としてお終《しま》いなんだよ』

『露見なんかしませんって。あなたは学部長として成沢とかをコキ使えばいいのよ。ああいう世間が判ってない学者バカを手なずけて、いいように使うのが学部長でしょう？』

『それがなあ、学者バカほど扱いに困るモノはないんだよ。あの成沢はその最たるものだ』

『まあ、あのヒトの偶然みたいな研究の成果で、ウチは注目の存在になったわけだけど……あなたの売り込みとか、業界での政治力があってこその成功でしょう？』

『まあな、昔から新薬の開発は、研究室の成果だけでは成功しないものだからね』

『だから、あなたはもっと威張《いば》っていいのよ！　大学に大いなる名声を与えた功労者なんだから、次の学長？　理事長？　そのどっちかはもう、決まったようなモノでしょう？』

『うん……まあ』

その後は、犬が飼い主をぺろぺろ舐めるような音がしてきた……。

佐脇が時計を見ると、時間は夜の八時だった。

「夫婦の夜の営みを始めるには少し早くないか？」

「学部長はお年だから、あんまり遅いと寝てしまうからじゃないですか？」

君ね、と佐脇はスプーンを振り回した。

「男ってモノは、幾つになっても女を抱けるなら眠気なんか吹き飛ぶんですよ。どんなジジイでも、ナニが役に立たなくてもな。摩利子夫人はあの通りの、イイ女だから、何時《いっ》でもチャンスがあれば致すでしょうよ」

それにしてもだ、と佐脇は呆れたように笑みを浮かべた。

「夫婦揃って、ヤバくなってきたことに気づかないで夢を膨らませて、別荘だ、学長だって、いい気なもんだな。成沢が殺されたって知ったら卒倒《そっとう》するんじゃないか？」

そこへ光田が書類を手にしてやってきた。

「オイお前ら。いい加減に刑事課長のおれをアルバイトみたいにコキ使うのはヤメロ。検視と鑑識の結果が出た。検視では、死因は縊死に間違いはないが、縊死に見せかけた他殺であることも否定は出来ないと。ホトケの指の爪に服の繊維《せんい》と皮膚の痕跡があったので、これは首を吊られそうになって抵抗したことを示しているのかもしれないと。そしてだ、これが凄いぞ！」

書類を佐脇に突き出した光田は、近所のお姉さんの裸を盗み見したのを自慢する悪ガキのように目を輝かせた。

「小山美紗恵さんの口中並びに胃から出てきた人体の一部が、なんと成沢氏のＤＮＡと一致した！」

やはりな、と佐脇は大きく頷いた。

「成沢の喉仏には歯形のような傷があったし、一部齧り取られたような痕もあったからな」

「成沢の遺書だが、遺書や封筒からは指紋は出なかった。文面はこれだ」

光田はコピーを指で突ついた。

「遺書」はA4の用紙に、横書きにプリントアウトされている。

『研究に行き詰まり、すべてに絶望しました。新薬の肝心な部分が、私に力が足りず、詰め切れませんでした。治験上も、いくつかの不手際があり、それはすべて研究開発責任者である私が負うべきものです。ここに死んでお詫び致します』

成沢重道、の肉筆の署名。

「この署名は筆跡鑑定をして本人のものであることが確認されたが、プリントアウトに書き込まれたものではなく、他の書類に署名したものをコピーして貼り付けたモノらしい。遺書のプリントアウトと一緒にプリントされたってことだ。使われたプリンターはEPSON《エプソン》の旧型であるというところまでは判っている」

「その遺書は、誰が見たってニセモノですな。だいたい、プリントアウトの遺書ってのが怪しい。その上、署名がコピペときたら……」

「誰が殺《や》ったんでしょう？　立案者がいて、いろいろ作戦を立てて実行犯に命じた感じが

「……」

和久井が自信なさげに言った。

「まあそうだろうが、実行犯は複数だろう。殺されまいと必死な成沢を首吊りロープに引っかけるのは、なかなか大変だぞ」

佐脇はそう言って、完食したカレーライスのアルミ皿を返しに行き、ニヤニヤしながら戻ってきた。

「これからのことを予想してみたんだが、薬学部のスキャンダルと殺人疑惑は、すぐに報道されるだろうなあ。そうなれば高木は学部長をクビどころか、蛍雪大学にも居られなくなる可能性が高い。そうなれば次期学長の芽は完全に消えるな」

「お前、よくまあ他人の不幸を嬉《うれ》しそうにベラベラ喋るな！　悪魔かお前は！」

光田は呆れた。

「だが、今のところ治験がらみの不祥事も、成沢の自殺が偽装である可能性も、あくまで疑惑でしかない。キッチリした証拠を積み上げないとなあ……」

そう言いつつも、佐脇のニヤニヤ笑いはとまらない。

「だから人の不幸を笑うのはやめろって」

「だってよ、他人の不幸って楽しいじゃねえか。学生は気の毒だが、あの大学だってロクなもんじゃねえぜ。薬学部長も、あの夫人も、ツルんでる製薬会社もよ」

「しかし佐脇。このままじゃあお前の楽しみもぬか喜びに終わるぞ。ウチが動かなきゃ、疑惑は疑惑のまま、だんだん萎《しぼ》んでいく。もちろん人が二人死んでるんだから、その捜査はキッチリやるが、学部長や大学の責任まで行くかどうか」

「そうだな。今んところ、小山美紗恵の件はコロシか事故死か自殺かも断定できてねえ。成沢の件は自殺に見せかけたコロシの線が濃厚《のうこう》だが、小山さんは成沢助手のここに」

佐脇は自分の喉元を指差した。

「ここに食らいついてる。成沢の首に傷がある。残された歯形は小山さんのものと一致するはずだ。なんせ小山さんの口や胃から、成沢の肉が出てきたんだからな。それらしい映像も流れてる。これでキマリだろ」

「なにが？　何が決まりだって？」

あくまで慎重な光田は佐脇に問うた。

「お前は、成沢が小山さんを殺して海に投げ込んだと言うのか？」

「いや、そこまでは言わない。しかし少なくとも成沢は小山さんの死体を遺棄《いき》してる筈だ」

佐脇は光田に改めて正面から訊いた。

「刑事課長殿は、例の映像はご覧になりましたでありますか？」

「変な言葉遣いはヤメロ。頭が痛くなる。ああ。あの映像は見た。あの映像が本物なら、小山美紗恵は半狂乱の状態に陥って成沢の喉元を食いちぎり、成沢に突き飛ばされて頭を打って倒れて、少なくとも仮死《かし》状態になって、心臓マッサージも人工呼吸もダメだったとしか思えないが……」

「つまり」

そこで和久井が口を出した。

「小山美紗恵さんは殺されたのではなく、成沢の過失致死《かしつちし》ということになりませんか？業務上が付くかどうかは判りませんが。しかし成沢も危害を加えられているので正当防衛が成り立つようにも思えます」

「お前の昇進試験の勉強をしてるんじゃねえんだぞ。とりあえずは死体遺棄で成沢を引っ張れるが、その成沢が死んじまった」

「小山美紗恵があのような状態になったのは、治験で飲まされた新薬の影響では？」

自信満々に言う和久井に、佐脇は彼のおでこをパチンと叩いた。

「あのね、君。そういうことは、おれも、こちらにいらっしゃる刑事課長殿も、既に考えているの。大学に行ったとき、成沢がおれたちにしきりに何か訴えようとしてただろ。あれは、この件の真相をゲロするつもりだったんじゃないか？」

「そこにミカサ製薬の香月早苗が出て来て、成沢を無理やり連れて行っちゃいましたけどね」

「ってことはだ」

光田が割り込んだ。

「治験にはミカサ製薬が絡んでいて、成沢も香月も利害関係者だってことになるな？」

「治験だったら厚労省に申請が出ているはずですよね。それを調べれば、蛍雪大学薬学部とミカサ製薬が組んだ治験だということが……」

「和久井くんね、おれたちおじさんは、その先のことを言ってるの。治験で飲まされた新薬の副作用で小山美紗恵が狂乱状態になったあげく、頭を打って死んでしまった。この流れなら、製薬会社と香月の関与までは主張できるが、製薬会社が治験に関与しているとして、殺人にまでかかわったという証拠がないでしょう？」

「しかもあの動画は一連の流れのごく一部だろう。あの前後を見なきゃな。それと……動画に撮られた、あの場所はどこだ？　蛍雪大学の構内か？」

光田が食堂の椅子に座り込んで腕を組んだ。

「そうだとは思うが……推測でしかない。おれは今日実験棟に忍び込んだが、全部を見たわけじゃないんだ。何か口実を作って、薬学部実験棟の、それもＢＳＬ３のエリアを家宅捜索でもしないとウラが取れない」

「大学の宣伝パンフとかに載ってないのか？　ＢＳＬ３ってのはあの大学の大きなウリだろ？」

「今調べます」

和久井はノートパソコンを使って蛍雪大学のサイトをくまなく調べたが、ＢＳＬ３の内部を撮った画像は一枚も出てこなかった。

「あ、セキュリティ上の懸念《けねん》から、ＢＳＬ３内部の画像は一切公開しない、と注釈がありますね」

「そうなったら、知恵者に縋るしかないか」

佐脇はスマホを取り出した。

「困ったときの警察庁ってね」

「入江《いりえ》さんか？　あのヒト、かなり出世したらしいな」

光田はそう言って番茶を啜った。

「いや、入江はダメだ。あのヒトは永田町《ながたちょう》の裏には通じていても、文系のおっさんだからテクノロジーはダメだ。政治家は操《あやつ》れても機械は操れねえ。そこにいくと、弦巻《つるまき》ならネット犯罪とかを追っているし、その方面は博学だから……」

そう言いながら、佐脇は電話をかけた。

「あ、警察庁刑事局組織犯罪対策部組織犯罪対策企画課犯罪収益移転防止対策室室長の弦巻左近四郎《さこんしろう》警視正でありますか？」

「これはこれは佐脇さん。私の肩書きを正確に言えましたね。ご立派です。お元気そうでなによりです。手術の経過は良好なようですね？」

佐脇はスマホをスピーカーフォンにした。

「警視正ドノの昇進はまだでありますか？」

「おやおや、いきなり皮肉ですか？　佐脇さんのお友達であるところの入江さんとは、いささか生き方が異なっておりますので。で、ご用件は？　佐脇さんは頼み事がある時しか電話をくれませんからねえ」

「おれが『ただあんたの声が聞きたくて』って電話したらガチャ切りするくせに」

「それは当然でしょう。妙齢《みょうれい》の女性が口にする言葉をおじさんが口にしてはなりません。で、ご用件は？」

「おう。弦巻警視正は最新のテクノロジーについてお詳しいと見込んでの相談なんだが」

「今、佐脇さんは、新薬の治験絡みの一連の事件を捜査中でしたね？」

「さすが警視正殿。なんでもご存じで」

「その事件は発生時から注目しておりましたので。非常に特異な事件に惹かれるのです。ですから微力ではありますが、お力になれるなら光栄です。それでご用件は？」

佐脇は捜査の経過と背景を説明した。

「ということでですな……どうもこの一連の事件には『治験』が大きく絡んでいるようなんだ。だけど、治験に関しては関係者は堅く口を閉ざしてるし、問題を告発しようとした成沢は殺されちまった。これは明らかに口封じであろうと」

　ふむふむと聞いていた弦巻はいきなり断言した。

「盗聴ですね」

「は？」

　思わずマヌケな声が出てしまった。

「盗聴をするのです。盗聴をして、それを突破口として必要なウラを取り、証拠を押さえる。ご存じのように、警察はすべての盗聴が出来ますから」

「しかし、すでに学部長の家に盗聴器を仕掛けてあるんだが、夫人のオネダリと営みの音しか聞こえてこねえんだ」

「会議室を盗聴すればよいのでは？　事件は会議室で起きているんじゃないという名文句がありますが、この事件の場合は、物事は会議室で決まって動いていくのではないでしょうか？　ええ判っておりますよ。そんな場所に盗聴器など仕掛けられないとおっしゃるのでしょう？」

　弦巻は、想定される佐脇のツッコミに先回りした。

「私は、そういう場合に使えるとっておきの武器を知っております。遠く離れた場所からでも、盗聴したい部屋に窓があって、その窓ガラスを狙えるなら使える最新兵器です」

　それから弦巻は、その魔法のような新兵器についてトクトクと説明をした。

「音によって引き起こされる振動物、つまり窓ガラスなどですが、それに光レーザーを反射させ、カメラでレーザーの振動を読み取って音を検知する、光レーザーマイクロフォンを使うのです。この技術が凄いのは、カメラで音を獲得するので周辺の騒音をシャットアウトできるところです。そして、光が届く範囲でさえあれば、遠く離れた音も録音することができるのです。レーザーの波長を可視光線《かしこうせん》の範囲外の値《あたい》にすれば、目に見えない光線となりますし、盗聴器自体を仕掛けるわけではありませんので、盗聴発見器でも発見できません」

「そんな凄いモノが本当にあるのか？　だけどそれはＣＩＡとかジェイムズ・ボンドとかキングスマンが使ってるような、スパイ専用のモノじゃねえのか？　というか、映画の世界のシロモノでは？」

「いえ、かなり高価ですが、現実に売ってますよ。昔のズームレンズつき8ミリカメラの上に、ライフル銃の照準器が載ったようなモノです」

弦巻の声は得意そうだ。

「そうは言っても……ニワカには信じられねえなあ……」

佐脇はあくまで懐疑的だ。

「判りました。論より証拠。現物をお持ちしましょう。遅くとも明日の夕方にはそちらに持参いたしますよ」

「え？」

佐脇は耳を疑った。

「そんな、近所に住んでるダチにエロＤＶＤを貸すんじゃないんだから、そんな気軽に……」

「とても精密なモノですし、最新技術が詰まった大変高価な機器ですから、宅急便で送るわけには参りません。私が持参します。今からですと……そうですね、いろいろと折衝《せっしょう》もありますから、そちらにお持ちするのは、だいたい明日の夕方くらいにはなるだろうと申し上げているのです」

ではでは、と弦巻は電話を切ってしまった。

「相変わらずユニークな人ですね」

和久井が呆れたように言った。

「まあ、あのヒトは、自分のユニークさに酔っているというか、あのキャラクターを作ってるようにも見えるがな」

佐脇は半分ボヤくように言った。

「自信過剰《かじょう》なところがなあ」

「でも、今のところ、弦巻さんはミスってないのでは？」

そう言う和久井を、佐脇は「なんだコイツ」という顔で睨んだ。

「とにかく、今日はよく働いたから、寝よう。仮眠室空《あ》いてるだろ?」

「帰らないんですか?」

和久井は不思議そうに訊いた。

「また千紗さんと喧嘩したとか?」

「違うよ! 弦巻のセンセイ、明日来るって言ったろ。あのヒトは夕方とか言いながら、お昼ごろにはもう来たりするんだ。スポーツカーを買ったばかりだから遠乗りしたくなりましてね、とか言って高速をぶっ飛ばしてきたりするんだ。だから仮眠室にいれば対応できるってことだ」

「佐脇さんの寝起きがよければ大きな問題ではないように思うんですが……」

「千紗が起こしてくれねえんだよ……」

佐脇は、珍しく弱気な声を出した。

「いいわよ。私が起こしてあげる」

いきなり磯部ひかるの声がして、振り向くとご本人が座っていたので、男たちは「うわっ」と驚いた。

「お前、何時からいたんだ?」

「さっき……亡くなった小山さんが成沢さんの喉仏に食らいついた、ってあたりから。もう、全然気がつかないんだから」

「じゃあ全部聞かれちまったようなもんだな」

佐脇は頭を掻いた。

「私は自分のホテルで、高木邸に仕掛けた盗聴器から流れてくる音を聞いてて、これだ！と思ったから飛んできたのよ」

ひかるは佐脇の前にやってきた。

「明日、弦巻さんが来て、動くんでしょ？　私も力になるから……っていうか、私もちょっとこの件について記事を書いていて、それがもうじき出るし……学部長の盗聴は私がしっかりモニターするしね」

「おい、またか」

光田が眉間に皺を寄せて佐脇とひかるを見比べた。

「警察と報道がツルんでるのがバレるとヤバいのは知ってるだろ。オタクだって取材で知り得た事を警察には知らせないっていう、取材源の秘匿《ひとく》義務ってのがあるんじゃないのか？」

光田はひかるに強く言った。

「それはありますけど……事ここに及んで今さら言われても」

「ひかるの言う通りだ。おれたちは持ちつ持たれつでやってきた。それに、本当に決定的な情報は犯人逮捕まで報道しないとか、そういうところはキッチリ守ってるし」

「だから見てみぬフリをしろってか……おれまで巻き込むのか」

光田は大きな溜息をついた。

「まあそういうなよ、光田。警察とマスコミ、警察とヤクザ、ヤクザとマスコミ、このトライアングルで今までうまく回ってきたんだろ？　最近はヤクザが消えてしまったけどな」

「判ったよ」

光田は仕方なく言った。

「しかし、最低限の線は引け。この人を刑事課や、なんちゃって捜査本部に入れるな。捜査車両にも同乗させるな」

「そうなのか？　警察二十四時とかの密着番組はどうなる？」

「あれはそういう番組だから仕方ねえだろ！」

「あら。じゃあウチも、そういう番組の取材というテイで、この件に密着させて貰いたいんですけど？　だったらいいでしょ？」

佐脇とひかるがタッグを組んで光田に迫った。

「大資本の製薬会社と大学薬学部も絡む新薬の治験。それにともなう疑惑とスキャンダル。しかもそこには暴行傷害・器物損壊事件に、健康被害疑惑に、おまけに二件の殺人まで。これ大事件でしょう？　それを弱小の鳴海署が追い、解決する。密着取材のコンテンツとしては申し分ないですね。鳴海署の好感度上がりっぱなしよ！　そして陣頭に立ち指揮をとる刑事課長・光田さんの奮闘、ウケるわよ〜！　これなら署長も本部長もダメとは言わないでしょ？」

佐脇とひかるは、少し気分が良くなっている光田を見つめた。

「ってことで、よろしく頼むわ」

「え？　なに？　おれが署長に許可取りするの？　なんでおれが」

「それは、お前が刑事課長だからさ。管理職として、この取材の許可を取ってくれ」

有無を言わせない流れになり、なし崩し的に、磯部ひかるは捜査チームに割り込んでしまった。

「あ……ちょっと待って」

ずっとイヤフォンを耳に入れていたひかるが手をあげた。

「高木学部長邸が動いたわよ！」

そう言って、盗聴器のレシーバーをひかるは小型スピーカーに繋いだ。

『……どういうことよ！　成沢が殺されたって！　今、テレビのニュースでやってるじゃないの！』

『あ……ちょっと待ちなさい、これは何なんだ？』

学部長の声がして、何かの書類をガサガサする音が聞こえてきた。

『君、これは一体何なんだ？　この郵便物は？　週刊超真相《ちょうしんそう》、早刷り在中って書いてあるぞ！』

テレビそっちのけで、高木学部長がうろたえている。

『郵便物はすぐ開封してくれと、いつも君には頼んでいた筈だぞ！　しかもこれはただの郵便物じゃない。マスコミからのものだ。それに……ウチについての記事が載っているじゃないか！　一刻も早い対応が必要だったのに、一体、何時間ロスしたんだ？』

『うるさいわね。今日のお昼に配達があったけど、私も忙しかったからそのままにしてあったのよ……あなたはいちいち細かすぎるのよ。どうせくだらないマスコミでしょ？　言わせておけばいいじゃない。お金も地位もある私たちに、手出しなんかできないわよ』

ガサガサ言う音がなおもして、同封してあったらしい手紙を学部長が読み上げる声がした。

『……なお、当誌最新号に掲載の、この記事の内容には自信を持っております。次号にはもっと詳しい続報を掲載する予定です……当事者である高木薬学部学部長に事前に記事の内容をお知らせするため、早刷りをお送りいたします……週刊超真相編集長・津久井忍《つくいしのぶ》、だって！』

音声をモニターしつつ、ひかるは湧き上がる笑みを抑えられない様子だ。

「この『週刊超真相』ね、私が書いた記事が載ってるんだけど……」

「なにがおかしいんだよ？」

「いえ……たぶん、もうじき、記事の内容を知ったら摩利子夫人は絶叫するわよ」

雑誌を捲るような音がして、学部長の声がした。

『オイ君、これはマズいぞ。治験の実態と、ウチの大学の裏側があれこれ書き立てられている！』

『だから何の話なの？』

怪訝な声の摩利子夫人だが、その後すぐ、ひかるが言った通りに摩利子夫人は叫んだ。

『あっ！　テレビでもやってる！　このことなの⁉』

摩利子夫人がボリュームを上げたらしく、アナウンサーの声がハッキリと聞こえた。

『明日発売の「週刊超真相」最新号に、T県鳴海市にある私立大学の薬学部で実施された、新薬の治験をめぐる疑惑が掲載されることが判りました。その新薬はいわゆる抗うつ剤ですが、問題の私立大学では学生をボランティアとして治験に参加させ、その結果、体調が悪化したり、精神状態が不安定になる被験者が複数出ているにもかかわらず、その事実を隠して治験が続行された疑いがあるとのことで、事態を重く見た厚生労働省は「もし事実なら、あってはならないことであり、大学側からの説明を求めることになるだろう」とのコメントを出しています』

『ねえちょっと、テレビでまで取り上げるってどういうことなの？　その早刷りには一体何が書いてあるのよ？』

妻が促した。

『だからマズいと言っただろう？　君の名前もハッキリ書いてある。ゼイタク大好きワガママ妻って……。あの成沢が治験の実態を暴露し批判しているコメントが……薬学部のスキャンダルと殺人疑惑……なんてことだ！　学部長は失脚《しっきゃく》間違いなし、地元銀行の蛍雪大学への融資《ゆうし》がストップするのは必至《ひっし》、ＡＯ入試の志願者も激減で、定員割れが決定、蛍雪大学は崩壊に向かうだろうと……』

『なにそれ！』

摩利子夫人は地が出たのか、下品な口調で叫んだ。

『銀行関係者のコメントが載っている……「蛍雪大学がこのままでは定員割れしそうなことは当行も把握しています。創設以来、ずっと融資をさせていただいてきましたが、現状では見直しもやむなしということになるかと思います」……うずしお銀行か』

『うずしお銀行？　そんなこと言ったのはきっと、融資担当のアイツよ！　いつも愛想笑いを浮かべた米つきバッタの卑怯者《ひきょうもの》、日野出太一《ひのでたいち》でしょ！』

夫人は銀行員の実名を出して罵倒《ばとう》した。

『今度会ったらぶっ殺してやる！』

『君、落ち着きなさい。今は感情的になっている場合ではない。対応を考えないと』

学部長の声は動揺しきっている。

最初怒っていたのは夫のほうだったが、事態の深刻さを認識した今はそれどころではなく、一方、今は摩利子夫人が激怒している。

『なんとかしなさいよ！　このままだと私たち破滅よ！　最近はネットでウソがすぐ広まるんだから！　大学なんて人気商売なんだから！』

それを聞いていた、鳴海署の食堂にいた全員が浮き足立った。

「おい、これはのんびりしている場合じゃないぞ。学部長宅に急行して監視だ！」

全員は、一見して捜査車両とは判らない白いワンボックスカーに移動して、高木薬学部学部長宅に向かった。

家宅捜索令状は取っていないので、今のところは外から盗聴した音声を聞くしかない。何かあったら緊急事態ということで、即、車を降りて対処する。

高木邸には塀がめぐらされており、中はよく見えない。しかしベルサイユ宮殿風の洋館の窓には煌々《こうこう》と明かりが点《つ》いている。

移動中も、摩利子夫人は夫を罵り続けた。別荘は夢になった、ナントカさんに合わせる顔がない、殺人が起きた大学なんて呪われている、三流が四流になる……。

『あなたがだらしないからこうなるのよ！　成沢が殺されたのだって、一体、誰がやったの？　誰か妙な忖度《そんたく》をして、勝手なことをしたんじゃないの？』

「よくもまあ、罵詈讒謗《ばりざんぼう》のネタが尽きないもんだな」

佐脇は聞きながら呆れたが、「お前が言うな」と光田に笑われた。

怒りのあまり、摩利子夫人は同じ事を何度もループして怒鳴っている。

『あ……そういえば、香月さんなら詳しい事を知ってるわね！　あの慎重で思慮《しりよ》深い香月さんなら、この危機を乗り切るいいアイディアを持ってるはずよね！』

摩利子夫人は早速電話をする様子だ。

『あ、早苗さん？』

声のトーンがまるで違う。摩利子夫人は、恋人に愛を囁く乙女《おとめ》のような声になっている。

『聞いてるわよね？　ウチの成沢が、いえ、妙な週刊誌に……ええ、そうなの。治験でしたっけ？　あの件でひどいこと書かれたみたいで……早苗さんはあの件で、殺されたって言われてる成沢と一緒にお仕事なさってるわよね？　何か知ってること……ううん、もちろん私は、早苗さんが噛んでるなんて全然思ってないし、そんなこと考えもしなかったし』

一同はたぶん同じ事を考えて、一様にくすぐったそうな表情を浮かべている。もちろん、脳裏にあるのは摩利子夫人と早苗のレズ関係だ。

『そうよね。早苗さんは仕事は優秀だしバリバリやるけど、人を殺《あや》めたり、治験で変なことしてるなんていうのには無関係よね。だけど、誰かがやったのよ、誰かが成沢を……もちろん通り魔って可能性もあるけど、普通に考えて、仕事関係の誰かが犯人だって警察も考えるでしょう？　ああ、ごめんなさい。成沢の件と、治験と週刊誌の記事の件をゴッチャにして話してたわ。それでね、主人によれば佐脇って言う地元の警察の、ガサツで下品なあのクソオヤジ、あれがいろいろ疑ってるみたいなの……そうなの』

「ずいぶんと言ってくれるじゃないか」

佐脇は苦笑したが、ひかるは「まあ、全部ホントのことだけどね」とニベもない。

「……香月早苗は、一切何も知らないと高木夫人に言ってるみたいだが」

佐脇は極めて疑わしそうに言った。

しかし、早苗と話すうち、摩利子夫人は新たな事実を知って狼狽《ろうばい》し始めた。

『……え、そうなの？　塚田が？　塚田って、治験のバイトの、人集めをさせた学生でしょう？　札付《ふだつ》きの、女子学生をレイプしたとかって……え？　その塚田があちこちに情報を流してるの？　ライバルの製薬会社からカネを貰って、あることないこと吹き込んでるって？　……あなた、その話、知ってた⁉』

『いや、知らんよ、そんなこと』

夫は否定したが、摩利子夫人は早苗から新情報を次々に聞いて息をのみ、絶句している様子だ。

『あの佐脇が、そのへんのことを全部知ってるって？　治験バイトや、その結果に関する情報をライバル企業に全部売った？　その製薬会社はもうじき、開発中の新薬のネガティブ・キャンペーンを始めるって……じゃあ、あの記事もそれ絡み？』

ひかるが驚いたように佐脇を見た。

「ちょっと！　私の記事には佐脇さんや、ましてや塚田からゲットした情報なんか何も使ってないわよ。佐脇さん、あなた、また何かやったんじゃないの？　あることないこと、あの香月早苗に吹き込んだんでしょう？」

「まあな。新薬に対するネガキャンなんてのは完全にウソだし」

佐脇は開き直ったが、盗聴器の向こうの摩利子夫人は、早苗との会話を復唱するようにして夫にも聞かせている。

『冗談じゃないわ。ブラック情報が他社に流れたらダメージがとんでもないことに……えっ？　ウソでしょ？　厚労省が事態を重く見ているって……厚労省って監督官庁でしょ？　それヤバいじゃないの！』

摩利子夫人が今度は夫を問いただす。

『ねえあなた、治験が上手く行っていないってホントなの？』

『ああ……今のところ成功とは言えない』

夫は渋々認め、摩利子夫人はなおも言い募る。

『警察にまでバレてるってどういうことなの？　塚田の親戚に県警のお偉いさんがいて、塚田がそっちにも情報を流してるそうじゃないの？　それで県警が警察庁と協議して、厚労省にも実状を伝えたって……県警から厚労省にハナシが流れてるって、最悪じゃないのよっ』

『う〜ん』

夫の高木学部長は死にそうな呻き声を上げた。

『……判りました、早苗さん。どうもありがとう。とりあえず、塚田を呼び出してとっちめるしかないわね。塚田が誰にどんな情報を流したか聞き出せば、私たちがどうすればいいか判りますもんね。では……あ、そうそう。塚田は今すぐにでもウチに呼ぶわ。大学に呼ぶといろいろ面倒でしょう？　だから早苗さんも来て頂戴。時間は……ちょっと今は判らないけど、すぐにでも来て！　ウチに。ほら、早苗さんに自由に使って貰ってる部屋があるでしょう？　そう、二階の……あそこを使って頂戴。では、待ってますから』

通話を終えた摩利子夫人の声は妙にスッキリしていた。

『まあいいわ。ここで騒いでも仕方ないし……。今すぐにでも塚田を呼びつけて締め上げれば、すべて判るでしょう。とにかく、あいつが余計なことをしたからこうなったのよ。最悪、危ないことは全部、塚田に擦《なす》り付けてしまえばいいんだわ！』

『いやしかし、彼はウチの学生だよ……』

激しい夫人の剣幕に、夫は言葉が少ない。

『ナニ言ってるのよ。塚田は札付きの不良学生じゃないの。治験のバイト集めをさせる代わりに素行不良に目を瞑《つむ》ったり庇ったり、親には言えない示談金《じだんきん》まで肩代わりしてやったんじゃないの。その恩を一気に返して貰っても悪くないでしょう？』

『……』

『あなた、今すぐ塚田に電話して頂戴。私が電話するのは変でしょう？　学部長たるアナタが電話すべきよ。早苗さんも大学関係者じゃないんだし』

『判ったよ……』

渋々、という感じで高木学部長は電話をかけた。

『ああ、塚田くんか？　学部長の高木です。こんな時間に悪いね。君も知ってるかもしれないが……いや成沢先生の件も大事だが、それとは別の件でだね……それでね、その件も含めて、緊急ミーティングをすることになって、君にも是非、出席して貰いたいんだ。時間は……今すぐ。なに？　サークルの集会の最中だからダメだ？　君ね、サークルと私の指示と、どっちが大事だと……それはまあ、サークルの活動も大事だし、君のおかげで治験の員数《いんずう》を確保できているのは事実だが』

どうやら高木学部長は口が達者な塚田に押されているようだ。

「おい、こっちもすぐにでも用意しなきゃ」

光田がにわかに焦りだした。

「佐脇！　東京の弦巻警視正に、明日の夕方と言わず、もっと早く来てくれと頼め！」

「無理ですよ。東京からなんだから。いっそ刑事課長殿のポケットマネーで、ヘリでもチャーターしますか？」

そう言っている間にも、盗聴器の向こうでは緊急会議の時間が決まりつつあった。

『じゃあ、出来るだけ早く来てくれたまえ。ああ、私たちは何時でもいい。寝ないで待っている。場所は、秘密を保持するために、ウチで。私の自宅で。ああ、悪いね、頼むよ』

スマホか電話機を置く、ことりという音がした。

『塚田は来ると返事した。時間は調整中だが』

『……よかったわ。これでなんとかなるわ』

摩利子夫人の声に自信が戻ってきた。

『後は、早苗さんが来て、塚田をキッチリ締め上げればいいのね』

『そうだ。しかしあのヤロー、学生の分際《ぶんざい》で言《げん》を左右にして、なかなか時間を約束しないんだ』

高木学部長は苛立ちを露わにしている。

「……おい、こっちも弦巻センセイに来てもらわないと。向こうの役者が揃っても、こっちがなんにも聞こえないんじゃ困る」

光田も苛立った。

「だから刑事課長殿。何度も言うけど、ヤッコさんは東京から来るんですよ？　急いでもらうと言っても限界が。『どこでもドア』はないんだし」

佐脇は肩を竦めた。

「ここは待つしかないでしょう。無駄に焦ってもストレスが溜まるだけだ」

と諦観《ていかん》を装ってみせる佐脇だが、足は苛々と貧乏揺すりをしている。

「弦巻センセイは何と言ってる？」

「さっきから何度も電話してるんだが、全然つながらない。一応留守電にメッセージは入れたが、今は電源を切っているか電波の届かないところにいるっていう、例のアナウンスになっちまった」

「あの……自分はよく判らないんですが」

和久井が首を傾げている。

「このタイミングで、どうして塚田なんですか？　なぜ塚田の名前が出て、塚田がやり玉に挙がるんですか？」

「さあ？」

佐脇はトボケたが、磯部ひかるが代わりに答えた。

「さっき言ったとおりよ。佐脇さんが香月早苗に、寝物語であることないこと吹き込んだに決まってるじゃない。『極秘の捜査情報』とか称して」

やがて、高木邸の前にタクシーがやってきた。乗っているのは香月早苗だ。彼女の他にも、部下らしき男が二人、同乗している。

正門が開いてタクシーが中に入り、少しして空車状態で出てきた。

二階の窓を注視していると、中庭に面した部屋の窓に人がチラチラ動くのが見えた。

『こんな時間にごめんなさいね、早苗さん。肝心の塚田がまだ来ないのよ』

寝室の盗聴器がやっと拾えるような遠くの声だ。

『今まで甘やかした分、ガンガンやって頂戴ね』

『それはもう』

早苗は応じ、『摩利子さんは立ち会いますか?』と訊いた。その背後には複数の足音が聞こえる。

『私は遠慮しておくわ。かなり過激なことをするんでしょう?』

『場合によっては、ですけど』

シャーッという音がした。カーテンが引かれた音のようだ。

「そう言えば佐脇さんは」

と、和久井が思い出したように言った。

「今日でしたっけ、高木摩利子さんに、ここに呼び出されたんですよね？　佐脇さん一人だけがご指名で、香月さんが迎えに来て」

光田が相槌を打つ。

「ああそうだ。おれもその時居たぜ。佐脇には行ってこい、香月早苗には、こいつなら煮るなり焼くなり好きにしてくれって言った覚えがある。佐脇、お前はその時に、今聞いてる盗聴器を取り付けたんだよな？」

「だからその時に、塚田について、あることないこと吹き込んだんでしょ？」

ひかるの追及に、佐脇は簡単に口を割った。

「そうだよ。あの香月早苗がどれくらい口が軽いのか、聞いたことを簡単に信用するのか、それを試そうと思ってな。そうしたら、予想を上回る素直な反応で、おれも驚いてる」

車内には微妙な空気が流れた。全員、塚田の身に危険が迫っている事を予期しているのだ。

「あれ？　マズかったか？　だけどよ、塚田だぜ？　レイプしといて、いけしゃあしゃあとしてる塚田だぜ？　多少のコトがあってもそれは身から出た錆《さび》だろ？」

車内はいっそう微妙な空気に満たされた。

全員そうだと同意したいけれど、ハッキリ言葉には出来ない。

しばらく沈黙が続いた。

盗聴器からは遠くでなにやら話している様子が伝わってくるが、内容までは判らない。

しかし学部長が何度も電話をして『まだ来ないのか！』と声を荒らげるのは聞こえてくる。

「学部長は奥さんだけじゃなく、塚田にまでナメられてるみたいですね」

和久井は情けなさそうに言った。

「ま、持久戦だな。香月早苗は着々と準備を整えてるみたいだしな」

部屋の明かりは消えそうになく、窓には部屋の中で動く影が映っている。

「今夜はこの車内でお泊まりか。そうだろ、佐脇センパイ」

光田が皮肉交じりに言った。

「なにかあったら起こせ」

佐脇はそう言うと、一番後ろのシートでイビキをかき始めた。

午前四時頃。

一台の車が静かに近づいてきて停まり、一人の男が降りて、佐脇たちがいるワンボックスカーの窓を叩いた。

「やあみなさん、お早うございます！」

オーデコロンの香りを漂わせた中肉中背《ちゅうにくちゅうぜい》、細面《ほそおもて》で銀縁眼鏡《ぎんぶちめがね》の、弦巻左近四郎警視正が、高級そうなコートを着て、爽《さわ》やかにかつ颯爽《さっそう》と立っている。

中央官庁である警察庁の幹部が突然到着したのに、光田は驚愕《きょうがく》した。

「いや……今日の夕方というお話だったのでは？　或《あ》るいはお昼ごろかもしれないと予想はしておりましたが、まさかこんなに早くとは……あの、朝のお食事とかは？」

光田は完全に慌てている。佐脇は弦巻をワンボックスカーの中に招き入れながら訊いた。

「あんた、どうやってきた？　飛行機は終わってるし、深夜バスにしては早すぎる。プライベートジェットかヘリでも飛ばしたのか？」

「もっと早くならないか、とメッセージで無理を言ってきたのは、佐脇さんではありませんか」

「言いましたよ。だけど……」

「最近の車はポルシェやフェラーリならずとも、時速二百キロで安定走行します。それに、今回は特例と言うことで、高速警察隊のパトカーに先導して貰って、首都高から東名、名神と、ずっとぶっ飛ばしてきました」

弦巻の口から「ぶっ飛ばしてきた」という表現が出たのにも、一同は驚いた。

光田は、弦巻が両手に持っているカバンに気づいた。

「おお、それが例の最新兵器ですか」

「これは私の旅行カバンです」

中学生の英語の教科書に載っているような会話をして、弦巻は両手に提げたカバンを見せ、その小さな方のジュラルミンケースを差し出した。

「昨夜、電話で説明したレーザー盗聴器です。念のため二タイプ持ってきました。違いはレンズの焦点距離だけです」

弦巻はジュラルミンケースを開け、うやうやしい手つきで二台のカメラのような機械を取り出した。

それをひかるのクルーのカメラが撮ろうとしたが、弦巻は手でそのレンズを覆ってしまった。

「これを撮られては困ります。今のところ警察が使っていることは非公表の秘密兵器なんです。というか、まだ研究段階で、実戦で使うのは今日が初めてなんですけどね」

「おい。弦巻さんの言うことを聞け！」

光田が厳しい口調で言ったので、ひかるは頷いてカメラのスイッチを切らせた。

「どうも有り難う。この新兵器は、こんなに小さいくせに、一台一千万円するようです」

光田が目を丸くして訊いた。

「これは警視正ドノの私物ですか？」

「まさか。私のコネで特別に借りてきたのです」

そう言いながら弦巻は手際よくレーザー盗聴器を三脚にセットして、本体からのケーブルをツマミの多い機械に、さらに電源をバッテリーに接続した。

「早速ですが、テストをしてみましょう。では……」

弦巻はワンボックスカーの後方に停まっている、自分が乗ってきたレクサスを指差した。

「どなたか、あの車の中に入って、何か喋っていただけますか？」

この車からは五十メートルほどしか離れていないが、リアウィンドウも挟んでいて、盗聴の条件としては良好とは言えない。

「このレーザー盗聴器の原理は、音波による空気の振動で窓ガラスが震える様子を捉えると言ったけど、外の車の音とかも窓ガラスを震わせるよな？　だったら、ここからマイクを突き出して音を拾うのと同じ事になるんじゃないか？」

「車内での話し声のほうが車の窓ガラスとの距離が近いので、そちらの振動をたくさん拾えるという事ではないでしょうか？　まあとにかく百聞《ひやくぶん》は一見にしかずと申します。やってみましょう」

「じゃあ、おれが行くわ」

と、光田が出ていきレクサスに乗り込んだ。その間に、弦巻は盗聴器からのレーザー光線をレクサスの窓ガラスに当て、ヘッドフォンでモニターしながら微調整した。

光田がレクサスのドアをそっと閉めた、その瞬間、ヘッドフォンをした弦巻は顔をしかめた。

「ドアが閉まる振動をモロに拾って、が～んときました」

弦巻は首を振ってダメージを抑えようとしている。

「ところで、今車に乗った方と連絡出来ますか？」

「お安い御用」

と、佐脇がスマホで光田を呼び出した。

その間に、弦巻はツマミのついた機械をいろいろ調整している。

「これ、イコライザーですよね？　音を細かく周波数帯域《たいいき》で区切って、不要な音を絞って、聞きたい音を相対的に浮かび上がらせるための。放送局でも同じものを使ってますけど」

ひかるが機材の機能について質問し、弦巻がその通りですと頷いた。

「音声も録《と》るようにしました。では、何か喋るように指示をお願いします」

佐脇は光田に「喋れ」と命じ、スマホのスピーカーから光田の声が聞こえてきた。

『え～毎度ばかばかしいお笑いを申し上げます。皆さんも御存知、寿限無《じゅげむ》の一席を……』

「なんだよ。何か喋れとは言ったが、なんでそれが落語なんだよ」

弦巻がもういいですと手を振ったので、佐脇はスマホのスピーカーを切った。

佐脇たちの耳には、離れた車内にいる光田の声はまったく聞こえなくなった。

だが、弦巻はイコライザーを調整しながらうんうんと頷いている。

「もっとやるのか？　そろそろ寺の和尚《おしょう》さんの命名が終わるころだぞ？」

佐脇がそう言ったところで「もういいでしょう」と弦巻がストップをかけた。

「私の耳ではよく聞こえました。再生してみましょう」

小型スピーカーからは、なにやらモゴモゴする不明瞭《ふめいりょう》な音、そして道路の通行音のような雑音が盛大に聞こえてきたが、やがて、音が絞り込まれて、「寿限無寿限無後光《ごこう》の擦り切れ……」と例の一節が聞こえてきた。音質が良いとは言えないが、喋っている言葉はきちんと聞き取れる。

「この音質なら、誰が何を喋っているか、その内容も明確に判りますね！」

ひかるが驚嘆《きょうたん》し、弦巻は得意げに頷いた。

「これはスゴイ！」

佐脇も正直に感嘆した。

「昨日電話で警視正ドノが安請《やすう》け合《あ》いしたんで、おれは半信半疑、いや、失敗しそうな気さえしてたんだが」

「上手くいきましたね。これほど明瞭に声が捉えられるとは。私もほっとしました」

弦巻は破顔一笑《はがんいっしょう》した。

「え？　警視正ドノ。もしかしてテストしないで持ってきたんですか？」

「そうですよ」

弦巻は、当然でしょうという顔で答えた。

「テストなんかしている時間はありませんでしたからね。科捜研がメーカーから特別に借りていたモノを、無理を言って又借《またが》りしたんですから」

弦巻は、シレッと言った。

「では、本番の準備に移りましょう。どの窓を狙えばいいのでしょうねえ？」

弦巻は車の窓を少し開けて、カメラのように見えるレーザー盗聴器のレンズを出した。

「しかし狭いな」

車内には、弦巻に佐脇、和久井、戻ってきた光田に、テレビクルーのカメラマンと音声さん、そして磯部ひかるが乗っている。それだけではなく、弦巻やテレビクルーは機材も携行《けいこう》している。

「極秘の会議って、あの電気がついた二階の部屋でやるんだろうな？」

光田が素朴《そぼく》な疑問を呈《てい》した。

「寝室だったら、こんな数千万もする最新兵器の出番はなかったですねえ」

そう言った和久井に、佐脇は「そうだ。寝室は一階で、ここから見えないので、レーザーを使った盗聴はできない」と言った。

「それじゃあ、一階の部屋だったら、弦巻さんの御配慮は完全に無駄になるって事じゃないですか！」

とは言え、この中で、一部とはいえ「宮殿」の内部を知っているのは佐脇だけだ。

「摩利子夫人は、香月早苗に『自由に使って貰ってる部屋があるでしょう？　そう、二階の』とか言ってたろ。だから、あの部屋で間違いないだろ」

「とりあえず、あの窓に照準を合わせて待機しよう」

光田が決断した。

「あの部屋ですか……ちょっと狙いにくいですね。ナナメ方向からだから、検出精度が下がってしまうかもしれません」

弦巻が残念そうに言った。

「道に面した、こっち側の部屋を使ってくれるほど連中もバカじゃないって事だろ。こっち側だったら誰に見られるか判らない」

佐脇の「だから出来ることをやるんだよ」と言う言葉に、全員が頷くしかない。

弦巻が窓にレーザー盗聴器を向けて微妙に角度を調整するのと並行して、磯部ひかるがイコライザーを調整して、人の声をなんとか強調しようとした。

『……もう五時になるわ。夜が明けちゃうじゃない！　塚田はどうなってるの！』

スピーカーから摩利子夫人の声が明瞭に聞こえてきた瞬間、一同は思わず拍手した。

盗聴は成功だ。

やがて、空が白々《しらじら》と明るくなる頃、グレーの、BMWの2シリーズのカブリオレがやってきた。この寒いのにフルオープン状態で、ハンドルを握っているのは塚田だった。

正門が開き車ごと中に入った塚田は、そのまま二階のあの部屋に通されたようだ。

ドアの音と足音。

『塚田くん、結局、こんな時間か！』

高木学部長は怒っている。

『しかも酔ってるじゃないか！』

『イベント研究会の大事な集まりだったんですよ。リーダーとしては抜けられなくて』

『そこに座って！』

香月早苗の厳しい声。

『いろいろ訊きたいことがあるのよ。単刀直入《たんとうちょくにゅう》に訊くわね。あなたは、誰に、何処までのことを喋ったの？』

『は？』

間の抜けた塚田の声が聞こえた。

『なんのこと？　いったい、ナニが知りたいって？』

『だから、あなたは今回の治験について、他の製薬会社の治験担当者に詳しい事を話したんじゃないの？　副作用が出ているとか、あんまり効いていないとか……』

『え？　そうなんすか？』

　塚田はトボケた声を出した。

　そこで、早苗が言うのが聞こえた。

『学部長ご夫妻は、この場にいらっしゃらない方がよろしいかと。あとあとのためにも、何も知らないことにしておかれた方が』

　摩利子が『そうね』と言い、ドアが開き、また閉じる音がした。

『さあ。これで心おきなく聞けるわ。塚田君、全部言ってしまいなさい』

『だからおれは、治験の結果は知らなかったんだって。……じゃあおれたちは、クソな薬を飲まされて、それで暴れたりしたヤツが出たってことか？』

『トボケないで！　内部情報を他社に流したんでしょ！』

　早苗の追及は厳しくなっていった。

『他社にって……どうしておれがそんな真似をするんだよ？』

『他社だけじゃなくて警察にも漏れてるのよ。あなたの親戚に県警の幹部がいるそうね？　その親戚に、治験で問題が出ていること、あなた漏らしたでしょう？』

『いやいや、それは違うって。そんなことしてもおれ、何のトクにもならないもん』

『あなたのトクになるかどうか、私は知らないわよ。さあ、正直におっしゃい！』

早苗の剣幕に、塚田は黙り込んだ。

『黙秘するのね。じゃあ仕方ないわ。お願い。やって！』

早苗は誰かに呼びかけた。たぶんタクシーに同乗していた男二人に声をかけたのだろう。

『わっ、な、何をする！』

悲鳴を上げながら塚田が抵抗する様子が聞こえたが、やがて、椅子がギシギシいう音がして、おとなしくなった。

『有り難う。アナタたち、下がっていいわ。用があったら呼ぶから』

複数の足音。ドアの開閉音。

『さあ、素直に言ってしまうんなら、あなたのこと、気持ちよくしてあげるけど？』

しゅるしゅるという音が聞こえてきた。

「おい、これ、まさか、香月早苗がハダカになってたりして？」

音声しか聞けないのがもどかしい。

佐脇はひかるに訊いた。

「その山ほどある機材の中に、あの部屋の窓を覗けるヤツはないのかよ？」

「超小型のＣＣＤカメラは確かあったわよね？　あれをマイクのブームにつければ……」

「バレますよ、それ」

カメラマンは首を振ったが、佐脇は諦めない。

「しかしまだ外は暗いし、屋敷の外に立ってる電柱、あれにくっつけて延ばせば、大丈夫だったりしないか？」

「やってみますか？」

カメラマンはそう言ってひかるを見た。

「佐脇さん、なんだかんだ言ってあなた、香月早苗のヌードを見たいだけじゃないの？」

「そうは言うけど、お前らだって決定的瞬間を撮れた方がよくはないか？」

「裸とか、わいせつ行為は放送できないじゃない！」

そう言ったひかるだが、言ってから考え直した。

「材料として持っているのは悪くないわね……ちょっと頼める？」

カメラマンは、「やってみましょう」と応じた。

レーザー盗聴器からは、なにやら怪しげな行為を連想させる、舐めるような、湿った音が響いてくる。

『ううう……』

塚田の気持ちよさげな声も漏れてくる。

が……。

『あっ！　どうして、どうして止める？』

突然、狼狽した塚田の声がした。

『そうね。ここから先は、全部喋れば続けてあげる。どう？　話す？』

『だから！』

塚田の声は悲鳴に近い。

『おれは何も知らないんだから、話したくても話せないじゃないか！』

「……要するに、寸止めでイカせない責めか」

佐脇は苦笑して、光田に言った。

「頼みがある。高木邸に踏み込む令状を取ってくれ。これ、盗聴だけじゃなくて、ことによっては部屋に入る必要が出てきそうだぜ」

「判った。だが、すぐには無理だぞ」

だったら、と佐脇は言った。

「地裁の吉本《よしもと》を叩き起こして令状を出させろ。あの男には貸しがある。おれの名前を出せば二つ返事で令状は出る」

光田は自分のスマホを使って鳴海署にいる部下に指示を出した。

レーザー盗聴器からは、意味深な早苗の声が聞こえてきた。

『君、私を舐めてるわね？』

私が君を舐めてあげたっていうのに、お返しがこれってどういうこと？　と早苗の笑えないジョークが聞こえてきた。

『だったらこっちにも考えがあるんだけど。これが何だか判る？』

バシッという電気がショートしたような音がして、塚田の悲鳴が聞こえた。

それが数回続いて、塚田の悲鳴が途絶えた。

『あらあら失神したの？　しょうがないわねえ』

サディスティックな早苗の声。

「くそ。画《え》が見てえな！　盗撮カメラ、まだ用意できねえのか？」

佐脇は、後部シートで作業しているカメラマンを睨んだ。

「万全じゃあないですけど、ちょっとやってみますか？」

マイクの竿にガムテープで固定された超小型カメラは、竿が電柱と同化してしまえば目立たない。

「撮った画は、ブルートゥースで飛ばして、これで受けます」

カメラマンがタブレット端末を見せた。その液晶画面には、竿の先にあるカメラが今撮っている、佐脇の顔が映っている。

「おお、いいじゃねえか、早いとこ、セットしてくれ」

カメラマンが車を降りて電柱に向かう間にも、部屋の中では早苗の拷問が続いている。

ううう、と塚田の呻き声。

『気がついた？　今、強制的に意識を回復させる薬を注射したの』

早苗はそう言って、ふふふと笑った。

『そんなに痛がらなくてもいいのに、意外とヤワなのね。これでも電圧は一番低くしたんだけどなあ。次はもっと高くするわ。それに電極は手首じゃなくて、あなたのここにつなぐことも出来るのよ』

『うわ』

怯えきった塚田の悲鳴が上がった。

タブレット端末の画面には、左右に揺れながら上昇していくカメラが捉えた画像が映し出された。カメラマンは手許《てもと》にあるスマホで、カメラをモニターしている。

竿を回してカメラの向きをゆっくりと変えると、高木邸のベルサイユ宮殿、二階の部屋の窓が映った。既にズームレンズは最高の倍率に指定してあるらしく、レースのカーテン越しに人影が動いているのが判ったが、その程度だ。

じっと目を凝らして液晶画面を指で大きくすると、部屋の真ん中で椅子に座らされて、後ろ手に縛られている男が映った。どうも全裸らしい。男はがっくりと項垂《うなだ》れている。

その近くには、これまた全裸の早苗らしい人物が立っている。

『……や、やめてくれ』

『駄目よ。あなたが白状するまで、何度でもやるから』

早苗は、椅子に縛り付けた塚田に近づいた。

『もう一度やるわね。失神したらまた注射するから。これ、繰り返してると人間として崩壊するかもよ』

スピーカーからはうわーっという絶叫が響き、画面には塚田が仰《の》け反《ぞ》っている姿が映った。

『あなたのペニス、もう二度と使い物にならないかもね。でもいいか。もう一生分遊んだでしょ？　レイプやりまくり魔だよね塚田くんは。小山さんのことも大勢でレイプしたしね。ネタはあがってるのよ！』

『いやいやいや、それは……』

塚田の声は弱々しい。

『それに、製薬会社の人間を甘くみないでね。薬の使い方ならお手の物よ。あなたが失神しても、こうして何度でも意識を回復させるわ。ラクになんかさせるもんですか。その後、あなたが廃人になろうがどうなろうが、知ったことではないわ』

『どうすればいい？　助けてくれよ……ナニを話せばいいんだよ？』

『あなたがしたことを全部話せばいいのよ。たったそれだけで、アナタは自由になれるのよ……あなたが口を割らない限り、これは続くからね。アナタの自慢のペニスに電流を流す。使い物にならなくなっても流す。失神したら注射して無理矢理覚醒《かくせい》させる。言っとくけど、この薬、いわゆる覚醒促進剤《そくしんざい》だから。つまり、覚醒剤のお友達ね』

『だったら、自白剤とか使えばいいだろ！　戦争映画でナチスとかが使ってたろ！　スコポラミンだっけ⁉』

『それは映画の世界のお話ね。スコポラミンは主として鎮痙剤《ちんけいざい》として使われるのよ。自白剤としてはむしろチオペンタールナトリウムの方が向いてるけど、感情の抑制が利かなくなる程度の作用しか認められてないから……結局はこういう原始的拷問が一番効くのよ。CIAだってそうしているわ』

早苗が前屈《まえかが》みになると、スピーカーからは再び絶叫がこだました。

『やめてくれ！　たっ助けて……』

『じゃあ全部白状なさい！』

『い、言うから……何を言えばいい？』

これを聞いている佐脇は、「まるで憲兵か特高警察の取り調べだな」と苦笑した。

「笑い事じゃないだろ」

と光田が咎めたが、佐脇は悪びれる様子もない。

「だってあのレイプ野郎の塚田だぜ？　これくらいの目に遭ってもいいんじゃないのか？」

その時、光田の業務用スマホが振動した。

「はい刑事課長。令状が出た？　じゃあすぐに高木薬学部学部長宅の前に持ってきてくれ。パトカーも白バイもサイレン鳴らすんじゃないぞ！」

一方、塚田は早苗の拷問による誘導で口を割り始めていた。

『塚田君。あなたは治験の詳細をライバル会社……武井《たけい》製薬から多額のお金を貰って、情報を漏らしたわね？』

『……漏らしました』

『新薬の治験がほぼ失敗していて、錯乱状態になった被験者が事件を起こしたりってことも、詳しく漏らしたのね？』

『……漏らしました』

『同じく親戚の県警の幹部にも情報を流して、厚労省が動くのも知ってたのね？』

『……知ってました』

『誰に言ったのか、実名を挙げなさい！』

その名前を言えと早苗は迫った。

『いやそれは……』

塚田は聞き取れない小さな声で、名前らしきものを呟いた。

『何？　聞こえないわよっ……そうか。痛いのがイヤだから出任せを言っているだけなんだ。じゃあ、別の角度から訊くわ。ほかに何を喋ったの?』

『……』

「ちょっと気の毒だわな。塚田は漏らしてねえんだから、答えようがないわな」

塚田をこういう目に遭わせている張本人の佐脇には、悪びれる様子がない。

『このことはどう? 例えば治験のアルバイトをやった小山美紗恵さんが新薬の副作用で錯乱して、治験のデータを集めていた成沢助手に襲いかかったことは? 成沢の喉元を食いちぎった小山さんは副作用のせいか、それとも頭を打ったせいか死んでしまい、処置に困った成沢がその死体を棄てたことは? どうなの? それは誰かに喋った?』

『えっ……マジっすか、それ?』

『とぼけるな!』

またバシッというショートするような音がして、椅子に座った塚田がグッタリするのが見えた。その前に立っている早苗が、塚田の腕に何かを注射している。

『う……ううう』

『目が覚めたでしょう? さあ、どうなの? 言ったの言ってないの?』

『……言いました』

その時、白バイが音もなく滑り込み、車の窓を開けた光田に封筒を手渡し、敬礼をして去って行った。

ろ？」

「家宅捜索の令状が来た。佐脇センセイのご威光は絶大だな！　拷問は現行犯でイケるだろ？」

光田は腰を浮かした。

「さっさと逮捕しよう」

「待てよ。屋敷にどうやって入る？　正門を開けさせると奥様は感づいて早苗に知らせるぞ」

佐脇がストップをかけて、提案をした。

「ここは、トボケるしかないな。オトボケ強行突破だ。法に触れたら刑事課長殿が責任を取る。じゃあ、行こう！」

佐脇を先頭に、和久井、光田、そして磯部ひかるとクルーの音声さんが車を降りた。

ひかるが電柱のところに居るカメラマンにオイデオイデをすると、カメラマンは盗撮カメラを下ろし、竿から毟り取って、やはり正門めがけてダッシュした。

ワンボックスカーには弦巻一人が残っている。

佐脇は、正門脇のインターフォンを押した。

「お早うございます。宅配便の配達に参りました！」

「詐欺罪《さぎざい》が成立するな……」

光田が呟いた。

はいはいと女中頭の応答があって、正門脇の通用口が開いて、彼女が顔を出した。

「申し訳ない。T県警鳴海署のものです。これから家宅捜索を行います。これは裁判所が発行した家宅捜索令状です」

そう言って令状を見せるや敷地内に押し入った佐脇は、そのままベルサイユ宮殿に飛び込み、二階に駆け上がると、見当をつけた部屋のドアノブを回した。

ロックがかかっているので、問答無用で体当たりする。

三度目の体当たりで白い華奢なドアは壊れ、簡単に開いた。

十畳ほどのフローリングの洋間には、椅子に縛られた全裸の塚田がいたが、早苗の姿は見えない。

「香月早苗！　逮捕監禁暴行傷害脅迫強要侮辱《ぶじょく》恐喝《きょうかつ》……それに強制猥褻の現行犯で逮捕する！」

床には注射器やアンプル、そして電撃ショック用の電極などが散らばっているだけだ。

隣室に通じるドアはやはりロックされているので、和久井が体当たりして壊した。

「少なくとも早苗の手下があと二人いるはずだ。刑事課長殿は塚田に救急車を呼んでやれ。おれは早苗を……」

最後まで言わずに佐脇は隣の部屋に飛び込んだ。それを和久井が追う。

しかし隣の部屋にも誰もおらず、ドアが開けっぱなしになっていた。

そのドアを抜けると廊下に出た。

「和久井！　お前はこの二階を捜せ。おれは下を捜す！」

佐脇は階段を駆け下りて一階に向かった。

すべてのドアを開けたが、誰もいない。

それどころか、いるはずの摩利子夫人もいない。

「どこに行った！」

舌打ちした佐脇は、ベルサイユ宮殿の外に出た。

そこには、メルセデスのリムジンが駐まっていた。

早苗はここに隠れている？

窓ガラスはすべてスモークで、中は見えない。

佐脇がドアノブを掴むと、ドアは簡単に開いた。運転席には誰もいない。

後部シートのドアを開けると、中はラウンジのようになっていて広い。

ここに隠れているのか？

佐脇が中に入り、シートの後ろや下などを覗き込んでいると……男女が激しく言い争う声が近づいてきた。

佐脇が反射的に後部シートに身を隠すと同時に運転席と助手席、両方のドアが開き、高木学部長と摩利子夫人が乗ってきた。

「とにかくだ、さっき届いた第二弾、週刊超真相の第二弾、今度はゲラ刷りのコピーを見る限り、私たちは終わりなんだよ！」

「じゃあ、なに？　全部終了でお先真っ暗って事なの？　あなたはもう理事長にも学長にもなれないの？　瀬戸内海の島の別荘もナシなの？　何よそれ？　話が違う！」

摩利子夫人は怒り狂っている。

「だから、もう学長や別荘どころの話じゃない。私は逮捕される。すぐ弁護士に依頼しなければ。保釈金も必要だ。安くは済まないからすぐには用意できないかもしれない。釈放されるまでは、摩利子、君が差し入れにきてくれるね？」

「冗談じゃないわ！　何が悲しくて私が牢屋になんか行かなくちゃならないの？　絶対にイヤ。私が犯罪者の妻なんてありえないじゃない！　何度同じ事を言わせるの！　ここに居ると警察とかマスコミとかが来るから、とにかく逃げたいの！　空港に送ってよ！　さっきは送っていくって言ったでしょう！」

「だから、それはなんとか思い留まってくれないか？」

「イヤよ！　絶対にイヤ！」

運転席で、高木学部長は黙り込んだ。

「……君が……まさかここまで冷たい女だったとは」

「蒸し返さないでよ。この車で空港に送ってくれるんじゃなかったの？　往生際《おうじょうぎわ》の悪い男ね！　土壇場《どたんば》でひっくり返さないでよっ！」

運転席と助手席で、激しい夫婦喧嘩が続いている。

佐脇はその後ろで息を潜めて聞き耳を立てるしかない。

「……判った。いいだろう」

学部長は大きく息をしてから、絞り出すように言った。

「最初の約束通り、空港まで送って行こう。とりあえずは東京に行って、ホテルで静かにしていなさい。私が迎えに行く。ホテルにチェックインしたら知らせなさい。衣類などを送るから」

「それは必要ないわ。東京で必要なものは買います。だから、カードが死んだりしないようにしておいてよね！」

「判ったよ……」

学部長は力なく言った。

「しかし、当座の現金も必要だろう？　大学に行けば、それなりの現金は常に用意してあるんだ。空港に行く前にちょっと大学に寄りたい。それはいいね？」

「有り難うあなた。あなたはやっぱり優しくていろいろと配慮してくれるのね。あなたのそういうところ、嫌いじゃなかったわ」

では、と言って学部長はメルセデスのエンジンをかけて、走り出した。

動き出した車内では、夫婦は沈黙した。動き出すまで、かなり派手に言い争っていたので、その沈黙は妙に不気味だった。

後部シートに隠れたままの佐脇は、名乗りを上げて車を止めるよう命じるか、スマホのショートメッセージで援軍を呼ぶか、激しく迷った。

逃亡させないのが第一だが、この状況で佐脇が出ていけば、車を急停車させて二人とも逃げ出すだろう。

佐脇は、スマホの小さな画面に現れる小さな文字キーを太い指で懸命に押した。車が揺れると押し間違えるので、つい「ええいくそ！」と口走ってしまいそうだ。

それでもなんとか『学部長夫妻は蛍雪大学に向かっている。くわしくはおって知らセルがオーエンヨロシク』と、入力ミスだらけのショートメッセージを打ち終わった頃に、車は蛍雪大学のキャンパスに入った。

まだ夜が明けてそんなに時間も経っていない。

腕時計を見ると、朝の七時過ぎだった。

車はそのまま薬学部実験棟の地下駐車場に滑り込み、エレベーターに一番近いところで停まった。

「さあ、行こう」

学部長は車から降りようとしたが、摩利子夫人は動かない。

「行こうって？　私は空港に行くのよ？」

「まあいいじゃないか。ちょっと私の研究室に寄ってくれ。カネは研究室にあるんだ」

「どうして？　お金ならあなたが持ってきてくれればいいじゃないの。空港まで送ってくれるって言ったから車に乗ったのに……このままだと最初の便に遅れてしまうわ。早く、お金を持ってきて頂戴！」

摩利子夫人の声に緊張がある。何か不穏なものを感じたのかもしれない。

「カネカネとうるさいな！　そんなに金が大事なのか、君は？」

「当たり前じゃない！　お金は大事よ！　これから逃げるんだから！」

「じゃあ残された私はどうなる？　君に買ってやった宝石や毛皮や服、君との海外旅行で使った金、それに庭をつぶして建てたあのラブホテルみたいな家……私は借金まみれだ。薬学部をネタに製薬会社から金を引き出すのももう無理だ……。そうか、判ったぞ。君は私を使い捨てにする魂胆《こんたん》か」

佐脇は慌てて運転席の様子を窺った。ウィンドウに反射して、学部長がポケットから何かを取り出して、夫人の首筋に突きつけるのが見えた。

「言うことを聞け」

今までの気弱さから一転して、切羽詰《せっぱつ》まった、鬼気迫る口調だ。

「出ろ。私と一緒にエレベーターに乗るんだ」

「いやっ！　やめて。そんなものは仕舞ってよ。危ないじゃないの」

佐脇は、ここで出ていこうかと迷った。しかし、今出て行けば、学部長が夫人の首をかき切ってしまうかもしれない。

「……判ったから。顔は傷つけないでね」

「女優みたいな事を言うな」

学部長の声にはドスが利いてきた。

エレベーターのドアが開き、学部長が夫人とともに乗り込むのが見えた。

学部長が夫人の首に突きつけているのは刃物だが、カッターナイフよりは小さく、またその光り具合からして、メスか何かかもしれない。

エレベーターのドアが閉まった瞬間、佐脇は車から飛び降りて階段室を駆け上がりながら和久井に電話をかけた。

「おれだ！」

『佐脇さん、今どこですか？　大学には着きましたか？　応援は今、手配しています』

「学部長のメルセデスに乗って大学まで来たが、想定外のことが起きた。学部長が夫人を人質に取った。刃物で脅して薬学部実験棟のどこかに連れ込むつもりだ。厄介なことになったが人質の安全を最優先に考える。応援を頼む！」

走りながら通話をして、電話を切ったところで、エレベーターの行き先を確認しなかったことに気がついた。

深夜早朝にはガードマンが詰め所にいるはずだ。その詰め所が全校舎を集中管理しているのか、校舎別に管理しているのかはわからない。だがこの建物全体を監視するカメラの映像を見ることは出来るかもしれない。

地下駐車場に戻ると、その一隅に「防災センター」があった。

「警察だ！」

佐脇は大声を出して防災センターに飛び込んだ。

中には当直のガードマンが二人、佐脇の予想どおり、構内各所にある監視カメラの映像を見ていた。

「鳴海署刑事課の佐脇だ」

警察証を見せながら乗り込んだ佐脇に、ガードマンは眠そうに応じた。

「警察の方が、こんな早くにどうしたんです？」

「お前ら、ただボーッと座ってるんじゃねえよ！　今、学部長が奥さんを脅してエレベーターに乗り込んだんだが、お前ら、それを見てないのか？」

「は？」

ガードマンが首を傾げながら、薬学部実験棟を監視する映像を巻き戻すと、モニターの一つにエレベーターの中で女性の首に刃物を突きつけている男の姿が映し出された。

「ほら見ろ！　これは学部長だよな？」

「そのようですね……」

「この棟に、学部長の部屋はあるのか？」

「ええ、本来の学部長室とは別に、薬学部学部長の研究室があります」

眠気も吹っ飛んだらしいガードマンはキビキビと答えた。

「で？　学部長がどうかしたんですか？　オタク、刑事さんですよね？」

「そうだよ刑事だよ。警察証見せたろ！　学部長が自分の奥さんを、凶器を使って拉致監禁しようとしてるんだ。学部長研究室ってBSL3の内にあるんだろ？　その部屋には監視カメラはあるのか？」

「防犯カメラはありますが……」

「その部屋の映像を出せ」

はい、とガードマンは従順に従った。

モニターに、天井から部屋の中を捉えた映像が現れた。

応接セットの椅子には摩利子夫人が座り、その周りを学部長が歩き回っている。

「音声は出ないのか？」

出ますという返事を聞いて、佐脇は逆に驚いた。

「なるほど。大学の個室では、滅多なことは出来ないんだな。アンタらが見張ってるんだ。ヒマな時に盗み見してるんだろ」

「とんでもない！　各個室の映像は何かあったときの証拠として記録してるだけです。何もなければ見ませんから」

「そんなこと言って、美人のセンセイとかの研究室を……御堂センセイとか」

「見ておりません！　だいいち御堂先生はタイプじゃないし」

ガードマンは腹立たしげに本音を言うと、学部長がいる部屋のマイクの音量を上げた。

『だからまた新しい学部とか大学を作って、文部科学省から補助金を引っ張ればいいでしょ』

摩利子夫人の悪あがきはまだ続いている。

『もう無理だ。治験の一部始終がバレればウチの悪評はさらに広まる。文科省の認可など下りないし、うずしお銀行も鳴海信用金庫も、融資をストップするだろう』

『ウソでしょ？　ホントに銀行に見放されるの？　お金がないのは首がないのと一緒じゃないの！　とにかく、これでハッキリわかったわ。大学もあなたも終わりね。やっぱりあなたとは離婚する。私は、まだ若いうちに、第二の人生に旅立たなきゃ。あなた、私を愛しているのだから、私の好きなようにさせてくれるわよね？　ああそれと慰謝料《いしゃりょう》と財産分与《ぶんよ》もよろしくね。地銀は無理でも、ノンバンクからならまだ借りられるでしょ』

『待ってくれ！　きみを失ったら私は生きていけないんだ』

学部長は夫人の前に跪《ひざまず》いて、懇願した。しかし夫人はつれない。

『知らないわよそんなこと。生きていけないのなら死ねば？　そんなのあなたの勝手でしょ。とにかく私の幸せを邪魔しないで。こんなことになるなんて、聞いてないから』

『何もかも、君のためにやったことなんじゃないか！　君を満足させるためには金が必要だった。だから学者としての良心も何もかも捨てて……』

『当然じゃない。お金がいるのは当たり前よ。私ほどの女を自由にさせてあげたのだから、満足してもらわないと。もっと気の利いた男なら一生、傍《そば》にいてあげられたのに。残念だけど仕方ない。お別れよ。ここにお金があるなんて、それもウソだったのね』

「これを聞く限り、学部長夫人ってのは最低のクソメスだな！」

ガードマンは立場上、同意できない。しかし小さく頷くのが見えた。

『摩利子！　こうなったら……一緒に、死んでくれ！　私を破滅させて、自分だけ逃げようなんて許さない。お前を殺して私も死ぬ！』

学部長は手にした刃物を夫人の首筋に当て直した。

『そんなもの仕舞いなさいよ！　どうせ本気じゃないんでしょう？　アナタには出来っこないわ！　いやっ……やめて！　痛いっ！』

夫人が学部長を蹴飛ばしたので、反射的に学部長は身を引いた。しかしその手にキラリと光るメスは離さない。

『私にできないと思うか？　動物実験くらいはしたことがあるんだぞ。今持っているメスを、マウスに入れたことだってある』

学部長は脅かしているが、さすがに夫人を殺す度胸《どきょう》はないだろう。ないと信じたい。しかし、だからと言って手をこまねいているわけにもいかない。

「この部屋に通じる内線電話はあるか？」

「内線の……３４２１です」

佐脇は電話機を引き寄せて、内線番号をプッシュした。

モニタースピーカーから呼び出し音が鳴り、画面の中の学部長は驚き、しばし躊躇《ためら》ったのちに、夫人を押さえつけ、引きずったまま電話に出た。

「鳴海署の佐脇です」

モニターに映っている学部長は仰け反った。

『なんだ君は？　どうしてここがわかった⁉』

「ねえ学部長さん。防災センターのモニターで、その部屋の様子は全部見えてるんですよ。音もね。何を話しているのか全部聞いちゃいました。もっと言えば、ご自宅から運転してきたメルセデス、あの後ろにワタクシも乗ってましてね」

『警察に全部、知られてしまった……』

学部長が呆然として呟くのが聞こえた。

『今度こそ、本当にもう、オシマイだ……』

学部長は受話器を握り締めたまま、夫人を凝視している。

『佐脇って……早苗さんがクソ刑事だって言ってたアイツのこと？　だったらダメね。評判をいろいろ聞いてる。そいつに知られたんなら、本当にもう終了ね。諦めなさいよ』

『ナニを言ってる。ヒトゴトみたいに！』

『あら。だって他人事じゃない？　いい？　私には何の権限もなかったのよ。すべてはアナタが職権でやったことでしょ。私は何もしてないわ。私はただの、アナタの奥さんだっただけじゃないの』

くそっ……という怒りのこもった唸り声が電話とスピーカーの両方から聞こえてきた。

『いいや、まだ手はあるぞ！　オイ佐脇！』

学部長は受話器に怒鳴った。

『今、私は、摩利子を人質に取ってるって、判ってるな？』

「ええ、判っております」

『ならば、週刊超真相に連絡して、記事の差し止めを命じろ！』

「命じろって……警察が、ですか？　それは無理です。警察にそんな権限はない」

『人質の命がかかってるんだ！　摩利子が死んだら、それは週刊超真相の責任だ！』

「判った。やってみる。いったん電話を切るが、部屋の様子は全部モニターしてる。妙な真似をするんじゃないぞ！」

佐脇は内線電話を切って、和久井に電話をした。

「応援はどうなってる？」

『今、機動隊がそちらに向かってます』

「あんまり刺激したくないな……学部長の精神状態は既に普通じゃない。近くに磯部ひかるはいるか？　週刊超真相の記事を差し止めろと学部長が言ってるんだが……」

電話口にひかるが出た。

『記事を差し止めろって、そんなの無理に決まってるじゃない！　もう本刷りの輪転機がとっくに回ってる頃よ？』

「しかしそれでは夫人が殺されてしまう……摩利子が死んだら週刊超真相のせいだって、学部長は言ってるぞ」

『それは勝手な屁理屈でしょうが』

「だから相手は正常じゃないんだ。正論が通じる状態じゃない！　……とにかくお前たち、こっちに来い！　話が遠くてイライラする！」

佐脇がスマホに怒鳴っていると、防災センターのドアが開き、和久井に光田、そして磯部ひかると取材クルーが揃ってやってきた。

「佐脇さん！　人質はまだ大丈夫ですか？」

息せき切って和久井が言った。

「実験棟の外には機動隊が散開しています。いつでも学部長の部屋に突入出来ますし、狙撃も出来ます」

「いやそれは……おいちょっと待て！」

ちらっとモニターを見た佐脇は慌てた。

学部長が、自分のデスクの引き出しから大量の錠剤を取り出すと、ばりばりと嚙んで飲み込み始めたのだ。

『今、私が飲んだのは、蛍雪大学薬学部が命運をかけて治験を実施していた新薬だ。週刊誌には失敗作と言われてしまったが……効き目はある。ずばり、興奮だ！　元気が出るんだ。おお……全身に力がみなぎってきたぞ。いっそ第二のバイアグラとして開発するべきだったか……』

勝手なことを言い散らしていた学部長はそこまで言うと、突然『おーっ！』と叫び始めた。

『な、なによ、あなた……』

強気の夫人が怯えるほど、学部長は顔も態度も、そして声までが変わった。さながらジキル博士がハイド氏に変身したような変化が起きたのだ。

『今までおれは、惚れた弱みで今まで君の言うことは何でも聞いてきた。セックスだって、香月くんがうちに来て、君のレズの相手をするようになってからは、おれは露骨に遠ざけられた。月に一度、正常位しか駄目、それも暗いところで、着衣でしか駄目と言われて、それでも言われるままに全部従った。だが、おれはもう破滅だ。だったら、好き放題してやる！　脱げ！　ここでお前をケチョンケチョンに犯してやる！』

学部長は人が変わったように粗暴になって、摩利子夫人の着衣をすべて剝ぎ取って裸にした。シルクのブラウスがびりびりと引き裂かれ、パールのボタンが弾け飛び、繊細《せんさい》なレースのブラに包まれた、たわわなバストが露わになった。

『ちょっとあなた！　見られてるのよ！　何をしてるのか判ってるの！』

夫人が叫んでも、学部長は聞く耳を持たない。

モニターの中では、学部長によるレイプが始まってしまった。

『ほら、こんなに濡れているじゃないか。あの香月くんと、私とどっちがいい？』

摩利子のショーツに無理矢理手を突っ込んだ学部長が言葉責めをしている。

防災センターで一同は呆れるようにモニターを見るしかなかった。

「いかんいかん。こんな茶番を見てる場合ではない。和久井！　機動隊に命令だ。突入して二人とも身柄を確保せよ！」

了解！　と返事をした和久井は、警察無線で機動隊の隊長に突入を命じた。

しかしモニターの画面には変化がない。

「佐脇さん！　実験棟ではメインゲートをはじめ、すべてのドアにロックがかかっているようです！　突入出来ません！　ドアを壊しますか？」

無線交信をしている和久井が叫んだ。

「なんだよロックって！　防災センターではロックを解除できないのか？」

そう言われたガードマンは、コントロールのモニターやスイッチを急遽《きゆうきよ》確認した。

「申し訳ありません。学部長の持っているスーパーユーザーの権限で、実験棟すべてのドアがロックされています」

「だって、この部屋は出入り自由じゃないか！」

「防災センターは機能上、学部長とは別の、大学事務長の管理下にあるのです」

それを聞いた光田は地団駄《じだんだ》を踏んだ。

「ドアを壊して突入しろ！」

「待て待て光田。そんなことしたら学部長は何をするか判らんぞ。現に今、おれたちが見てるのを判っていながら奥さんをレイプしてるんだからな」

「見られてるのを知ってるからやってるんじゃないの？」

とひかるが辛辣《しんらつ》に言う。

そこに「ちょっといいですか？」と言って、防災センターに若い男が駆け込んできた。

「警察無線を聞きました。お手伝いできることがあると思って」

「君は……向島くんじゃないか！」

髪の毛はボサボサ、昨夜から一睡《いっすい》もしていないというような血走った目つきだ。

「小山さんのカタキを取るときが来たと思います。おれはずっと捜査のなりゆきをモニターしていたんです。実験棟のドアの、ロックを解除すればいいんですよね？」

「そうだが……できるのか、君に？」

佐脇を始め、すっかり気を呑まれている一同に向島は言った。

「佐脇さんたちにはもうバレていると思うけど、ぼくの趣味はハッキングです」

たしかに、小山美紗恵の非公開アカウントの内容をクラックして、捜査の糸口をつくったのは、この向島だった。

「警察無線を傍受《ぼうじゅ》して、きっと役に立てると思ってここに来ました。この防災センターでバイトをしたこともあります。そのときに、ここのシステムについては大体のことを把握しました」

「おい、君……それって」

和久井の呟きに、向島はにっこりと笑った。

「お察しの通り、大学のホームページにあの映像を貼り付けたのはおれです。このシステムの防犯カメラの映像をハックしました。すべて、小山美紗恵さんの仇を討つためです」

「カタキって……君はかなり古風なんだな」

面食らったような佐脇の反応に、向島は「おれは古風ですよ」と自慢とも開き直りともとれる顔になり、実験棟のドアのオートロックを解除したこともあります、と言いながら、勝手にコンソールの前に座った。

「要するに、スーパーユーザーの権限を無効にしてしまえばいいんだけど……管理するコンピューターに、ルートでログイン出来るかな……」

向島はブツブツ言いながらキーボードを叩き始めた。

佐脇は、彼の作業が終わるまで、他の場所に設置してある監視カメラの映像を順繰りに見ていたが、一分もしないうちに突然、映像が切り替わった。

「おいこれ……なんだこれは？」

モニターには、異常な行動をする、幾人もの若者の姿が映し出されている。全員が個室に一人ずつ入っているのだが、着ているものはビリビリに裂けて、自分から壁にぶつかっていったり、ドアノブを掴んで必死にガタガタさせていたり、部屋の真ん中に座り込んで泣き叫んでいたり……。

「スーパーユーザーの権限が一部、解除できました。それは今まで、防災センターからは見られなかった映像ですよ」

と、向島が言った。

「たしかに……こんなものが何処からでも見えたら不都合だわな」

「精神病院の隔離病棟で、凄く深刻な状態の患者さんを取材したことがあるんだけど……それでもこんなにひどくはなかった……」

ひかるもショックを受けている。

「これ、もしかして、例の新薬の副作用で……？」

「ひかる、お前、一応は週刊誌の編集長に電話してみたらどうだ？　記事を差し止められないかって」

「無理よ。今日が発売日なのに。それに、まだ時間が早いわ」

そこに、「お早うございます！」と朝番のガードマンが出勤してきた。その手には「週刊超真相」がある。

「おい！　それは最新号か？」

佐脇は叫んで出勤してきたガードマンから週刊誌をひったくった。

「バスターミナルで最新号を売ってたので。ほら、この号にはウチの大学のスキャンダルが載ってるっていうから……」

ばさばさとページを繰った佐脇は首を傾げた。

「……載ってねえじゃん！」

ひかるの顔色が変わり、佐脇の手から週刊誌を奪い取ると、これまた乱暴にページを捲った。

「本当だ！　載ってない！」

　週刊誌を放り出したひかるは、「時間が早い」と言っていたくせに、編集長に電話を入れた。

「あ、津久井さん？　朝早くに済みません。磯部です。今、現場に居るんですけど、私の記事、早刷りには載っていたのに、どうしちゃったんですか？　私の記事が予定されていたページには『東京最後の秘境・十条《じゅうじょう》食べ歩き満腹ツアー』って毒にもクスリにもならない記事が……え？　ボツ⁉」

　どうしてですか！　と色をなして編集長に詰問しているひかるを横目に、佐脇は内線電話をかけた。

　夫人をレイプしようとしたのだが、どうも勃起が不充分で焦っていた学部長は電話を取った。

『邪魔をしないでくれるか？　だいたい君らが見ていると判ってるから、勃たん！』

「学部長。朗報《ろうほう》です。週刊超真相には、例の記事、載ってませんよ！　今、本刷りを入手して確かめました。こちらの命令に出版社が従ったんです！」

　普通に考えれば、警察の命令で記事が差し止めになったなど当然ウソだと判るはずだが、なんなら週刊超真相・最新号の目次を撮影して送信します、と断言する佐脇の言葉を、学部長は信じたようだ。

『そうか！　それはでかした！　おれも、生きる希望が湧いてきた……』

そう叫んで電話を切った学部長は、夫人に再び挑みかかった。

『摩利子、記事は載ってないそうだ！　おれもホラ、こんなに元気に！　男のセックスはメンタルが重要なんだ！』

『ナニ言ってるのよ！　あの佐脇はとんでもない食わせ者だって早苗さんが言ってたわ。ウソついてるのに決まってるじゃない！』

摩利子夫人は本能で生きているだけあって、さすがにカンが鋭い。

その時、向島が叫んだ。

「解除した！　解除できました！」

そう叫ぶと同時に、建物の上のほうから、かなり大きな機械音が聞こえ、モニターの中でも学部長が叫んだ。

『おい、なぜここのドアが開くんだ？　おれがスーパーユーザーの権限でロックしている筈なのに』

ズボンを下ろして尻を丸出しにし、摩利子に挑みかかっている学部長が激しくうろたえている。

「ドアが開いた。行くぞ！」

だが。

モニターの中から、摩利子の悲鳴が聞こえてきた。

『ちょっと……あの連中は何なの？　あの、ゾンビみたいな……気持ち悪い人たちは』

「あっ！　しまった」

向島も大声をあげた。向島が目まぐるしく切り替えて表示させた実験棟内の各個室が、すべて空《から》になっているのが見えた。全部の部屋のロックが解除され、それまで隔離されていた被験者たちが、いっせいに個室から外に出てしまったのだ。

「いかん！　ヤバい連中が放たれた！」

うろたえつつ向島が監視カメラをさらに切り替えると、実験棟の廊下には凶暴化した半裸の若い男女がワッと集まってきて、一気に狭い廊下を埋め尽くす様子が映し出された。

「い、いかん！　これは大変だ！」

あたかもゾンビのように無目的に動く被験者たちは、階段を上ったり下ったり、エレベーターに乗り込んだりして、闇雲に移動し始めた。

「おいガードマン！　連中をメインゲートから出すな！　機動隊にも命じろ！　ゾンビたちを実験棟から出すな！」

「ゾンビじゃないですけどね！」

和久井も怒鳴りながら走り出した。

光田も血相を変えて各所に連絡しながら防災センターから走り出た。

「おい向島！　お前、一体何をしてくれたんだ！」

向島は、片想いしていた小山美紗恵の敵討《かたきう》ち！　とばかりに頑張ったのはいいが、素人ハッカーの悲しさで、学部長が立てこもっている部屋だけではなく、被験者たちが閉じ込められていた部屋のロックまでをも全部、つまり実験棟内のドアロック全部を一斉に解除してしまったのだ。

「とりあえず、実験棟のメインゲートは封鎖《ふうさ》しました。通用口も同じくバリケードを設置して物理的に封鎖完了です」

和久井が戻ってきて、大声で報告した。

「このままだと収拾《しゆうしゆう》がつかない。機動隊を運んで来たバスに被験者を押し込めないか？」

と佐脇は言いながらモニターを見ると、学部長の研究室で異変が起こっていた。

「ゾンビのような連中」が押しかけて、どんどん入ってきている。

摩利子夫人が恐怖の絶叫をあげた。

『なによ！　あんたたち！　ここから出て行きなさいっ！』

そして夫である学部長を自分の盾《たて》にした。

『アナタっ！　なんとかしてっ！』

摩利子夫人は服を着るのもそこそこに逃げようとしているが、治験ゾンビたちはドアからどんどん中に入ってくる。

学部長も『待て！』と言いながら手にしたメスを振り回したが、簡単に叩き落とされてしまい、デスクの下にこそこそと逃げ込んでしまった。

なんとか強行突破しようとドアに向かった摩利子夫人は、続々と入ってくる被験者たちに行く手を塞《ふさ》がれてしまった。

彼らが襲いかかってくるので摩利子夫人は恐怖のあまり逃げ惑い、デスクの下に隠れようとしたが、そこには既に学部長がいる。

逃げ場を失ってパニックになった彼女は叫んだ。

『アナタっ！　私を助けなさいっ！　その場所を私に空けなさいっ！』

しかし学部長は頑として出てこない。

摩利子夫人は咄嗟に、傍らにあるキャビネット調のロッカーを開けると、その中に滑り込んでドアを閉めた。

その時、どーんという音がして、画面の中が明るくなった。

「なんだ？　何かが爆発したぞ？　どこだ？」

ガードマンが監視カメラの映像を慌てて切り替えると、実験棟のメインである実験室が炎に包まれているのが見えた。そして数人が火だるまになっている。

手当たり次第に実験室内を破壊した連中が、火災を発生させてしまったようだ。

「おい！　スプリンクラーとか消火設備はどうなってる⁉」

「ありますが、作動しません！」

ガードマンが叫び、向島が「済みません！」と謝った。

「ドアのロックを解除したときに、火災センサーも一緒に解除してしまったみたいで」

「なんだそれ！　お前のせいか！　至急、消防に電話しろ！」

ガードマンや和久井が消防に救援を求めていると、朝番のガードマンが言った。

「たしか、この実験棟には普通のスプリンクラーはないです。と言うのも、水に触れると爆発的燃焼をしてしまう金属ナトリウムなどが大量にあるらしいので」

「おい、それじゃますますエラいことになるじゃないか？　泡の消火剤を使う消火設備はないのか？」

「ですから、あるんですが作動しないんですよ！」

「BSL3ってのはロクでもないところだな！」

「いえ、BSL3が駄目なんじゃなく、この人が勝手にセンサーを解除してしまったからでしょう？」

向島を非難するガードマンに佐脇は言った。

「どっちにしても、なんとかしなきゃならんだろ！　火事を知らせるサイレンは？　それぐらい鳴らせないのか？」

「それは手動でなんとかできますが……今鳴らすとパニックになるのでは？」

「バカかお前は？　パニックならもう起きてるだろ！」

ガードマンがスイッチを入れると、全館に火災警報が鳴り響いた。

モニターの中の学部長夫妻が『なに？　火事？　助けて！』と叫び始めた。

暴れていた連中も、火事は判ると見えて、動きが慌ただしくなった。

佐脇は防災センターの片隅にあった消火器を持って、出て行こうとした。

「師匠、どこに行くんですか！」

「決まってるだろ！　学部長とその夫人を助けに行くんだよ！」

イヤイヤ師匠、と和久井は佐脇の行く手を塞いだ。

「あんな学部長とビッチな奥さん、師匠が危険を冒《おか》して助けなくてもいいじゃないですか！」

しかし佐脇は和久井を手で押しのけた。

「馬鹿でも利口《りこう》でも、ロクでなしでも聖人君子《せいじんくんし》でも、貧乏人でも金持ちでも、日本国民なら平等に助ける。それが近代国家の警察だ。そうだろ？」

「いやしかし」

「二人とも死んでくれれば面倒がなくていいだろうが、警官としては、口が裂けてもそれを言っちゃイカンのだ。それにな、だいたいこういう場合は、野郎だけが生き残って女が死ぬ。あれだけの美人が死ぬのは寝覚めが悪いだろう？」

「あんな性悪女《しょうわる》でもですか？」

「あんな性悪女でも、だ！」

佐脇はメインゲートを開けさせ、中に入ろうとしながら、和久井に怒鳴った。

「お前は防災センターで光田を手伝え。出来ればゾンビを外に誘導しろ。それと、消火装置が作動するように祈ってくれ！」

「そんな……遺言みたいな事言わないでくださいよ……」

和久井は縋りついてでも止めようとしたが、当の師匠は笑ってその手を撥《は》ねのけた。

メインゲートの前には警察のバスである「人員輸送車」が横づけにされた。

「よし、中にいる連中を輸送車に誘導して、ドアを閉めちまえ！」

佐脇はそう言ってメインゲートを開けさせた。

中からは煙がワッと吹き出して、監禁されていた被験者たちがわらわらと現れた。

「さあ、乗せてやれ！　コイツらもシラフに戻ったら普通の学生だ！」

ゲートに向かって走ってくる彼らに逆流して、佐脇は消火器を手にして中に入っていく。

学部長のいる部屋は三階だ。階段を昇り始めると、正気を失った連中が次々にが襲いかかってくるので、佐脇はやむなく応戦した。

消火器をガンガン振り回して叩きつけると、彼らは面白いように倒れて階段を転がり落ちていく。

「なるほど。こういうのが面白いから殺伐系のゲームが売れるんだな……」

しかしこれはゲームではなく、相手は生きている本物の人間なのだ。これに爽快感を覚えるのは非常にマズい。

二階に上がると、またもやゾンビと化した連中が襲ってきた。

佐脇はもう、遠慮なく消火器のレバーを握り、白い消火剤を振《ふ》り撒《ま》きながら前進した。向かってくるヤツの足を払い、後頭部を消火器で殴り、体当たりして壁に激突させ、片《かた》っ端《ぱし》から倒していく。

監禁されているうちに凶暴性はかなり薄まっているのか、或いは十分に栄養を与えられていなくてパワーが減っているものか、一度倒れた被験者たちはなかなか復活しない。

これなら楽勝だ、と佐脇は思った。

しかし、三階に来たところで、その楽観は一気に叩き潰された。

佐脇の目の前には、あの凶暴な巨漢・雨田が待ち構えるように立っていたのだ。

学部長夫妻がいる目的の部屋は、雨田の背後だ。そしてその手前の部屋から火の手が上がっている。開け放たれたドアの中から、ヘラヘラ蠢く悪魔の舌のように、不気味な炎が強まったり弱まったりしながら床を舐めている。

「なんだお前は！　治療のために入院したんじゃなかったのか！　死亡遊戯みたいな真似をするな！」

と叫んでも、当然、正気を失った雨田には通じない。

佐脇は消火器を噴射したが、相手はまったく動じることなく、真っ白になりながらも突進してくる。ゴキブリが殺虫スプレー目がけて飛んで来るのと同じ恐怖だ。

雨田は無言のまま佐脇に摑みかかると、燃えている部屋を目がけて、力まかせに叩きつけた。

「うわっち！」

佐脇は慌てて飛び出した。幸い瞬時だったから服に火はついていない。

消火器を振り上げて思い切り雨田の頭部に振り下ろした。死んでもいい、と思っている。

ボコッという鈍い音がして消火器は凹《へこ》んだが、雨田はまったく応《こた》える様子がない。

佐脇は再度、消火器で相手の顔面を殴りつけた。顎が歪んだが、雨田は無言のまま両手でゴキッと入れ直して、向かってきた。

佐脇は今度は雨田の足元を狙ったが、この怪物は倒れ込みながらも佐脇に摑みかかり、逆に自分の身体《からだ》の下に押さえ込んでしまった。

ごぼ。

という音がして、佐脇の顔のど真ん中に雨田の拳が炸裂した。

数秒間、意識が飛んだ。

雨田は佐脇を引きずり上げると、またもや火の中に叩き込んだ。

燃えさかる部屋の床で頭を打った。ついに着火して服が燻《くすぶ》り始めたのに、佐脇は立ち上がれない。

う～っと唸るばかりで身体が動かない。

ついに、服がぼっと発火した。

「あっち！　熱いっ！」

これでようやくスイッチが入り、佐脇は飛び起きると同時に燃えさかる部屋から転がり出た。

見ると足元に消火器が転がっている。

咄嗟に拾い上げ、レバーを握って、燃えている自分の服を消火した。そのまま部屋の消火を始めようと思ったが、そこで消火剤は尽きてしまった。

「くそーっ！　援軍はいつ来るんだ！　和久井！　光田！　早く来い！」

佐脇が叫んだ瞬間、だが援軍の代わりに降ってきたのは、泡だった。

天井にあるノズルから化学消火剤の泡がぶわーっと噴き出して、みるみる床を覆い始めた。

佐脇は消火器を放り出して、雨田にタックルを試みた。

化学消火剤は、滑る。

タックルした勢い余って二人とも倒れ込み、そのまま数メートル滑った。

雨田の頭は壁に激突したが、まったくダメージはないようだ。

佐脇は雨田に馬乗りになって思いきり顔を殴ったが、これも効き目はまるでないようだ。

佐脇を子供のように振り払うと、雨田はあっさりと立ち上がった。そうして佐脇の襟首を掴んで、まだ燃えているあの部屋に再度放り込もうとしている。

が。

化学消火剤の泡はまだまだ部屋の炎を消すに至っていない。

そして火の中には、消火器が転がっている。

あの消火器が、炎で熱くなれば……。

ぺこん、という金属の音がした。あれは雨田の頭で凹んでいた消火器が、内部に残るガスの圧力で元に戻った音だろう。

ということは……もう少しで……。

「こら雨田。雨田。お前は図体《ずうたい》がデカいだけの能なしだろ」

いちかばちか、佐脇は言葉で雨田を煽《あお》った。煽りながら雨田の束縛を逃れ、同時に微妙に動いて、噴き出す炎の中に消火器が転がっているドアに、雨田を近づけようとした。

その魂胆を知らずに、雨田は攻撃の機会を窺うように佐脇との距離を測り、正面に対峙《たいじ》するように向きを変えた。そして、ようやく、炎が噴き出すドアを背後にして立った。

まさにその時。

バーンという大きな爆発音がした。

消火器の中の空気とガスが膨張《ぼうちょう》して、ついに限界を超えたのだ。

周囲は、残っていた消火剤とガスが一気に飛散して真っ白になった。

さすがの雨田も倒れただろう。

佐脇はそう思ったのだが……。

白い煙幕のようなガスが薄れていくと、そこには雨田が立っていた。

「！」

背中には消火器の破片が刺さっているはずだし、後頭部にも金属片が突き刺さっているはずだ。足元には、頭部から流れ出した血が、ゆっくりと広がり始めている。

しかし、雨田は立っている。

「お前は……弁慶《べんけい》か」

佐脇がそう言うと、雨田は「うおーっ！」と叫びながら突進してきた。

「佐脇さん！　伏せてください！」

背後から声がすると同時に、ぱん！　と乾いた音がして雨田は倒れた。床にはガス弾が転がり、そこから激しく催涙《さいるい》ガスが吹き出した。

振り向くと機動隊員が、銃身の異様に太い、ライフル銃のようなものを構えていた。いわゆるガス筒発射器だ。ガス弾が命中すると大怪我《おおけが》をさせるので、水平撃ちは禁止されている。しかし、今はそんなことは言っていられない。

雨田は、下腹部を撃たれていた。

「救急車！　早く！　こいつも薬が消えれば普通の学生だ！　殺すな！」

廊下には催涙ガスが充満し始めている。

佐脇は、後は機動隊員に任せて、学部長の部屋に飛び込んだ。

部屋の中には、天井から降り注いだ消火剤の泡の中で、腰を抜かしてへたり込んだ高木学部長と摩利子夫人がいた。火災の煤《すす》と消火剤にまみれ、元被験者たちに襲われて傷や痣だらけ。髪の毛も焦《こ》げて、火事で焼け出されたかゴジラから逃げてきたか、というひどい有様《ありさま》だ。

そこに、和久井と光田、そして磯部ひかるとテレビクルーが駆けつけた。

「……これ、テレビに映るの？」

摩利子夫人は慌てて乱れた髪を梳《と》かそうとしたが、焦げた髪には消火剤の泡がまとわりつくだけだった。

エピローグ

「私は今、一連の事件の舞台となった蛍雪大学の前にいます。今回の新薬治験疑惑では、不正に関わったミカサ製薬治験コーディネーターの香月早苗容疑者、そして蛍雪大学薬学部の学部長、高木洋之助容疑者が逮捕され、T県警鳴海署に設けられた合同捜査本部で取り調べが続いています。香月早苗容疑者については、蛍雪大学四年生の塚田洋二郎さんに脅迫と暴行を加えた容疑に加え、同二年生の小山美紗恵さんの死体遺棄を指示し、蛍雪大学薬学部助手の成沢重道さん殺害にも関与していると見られていますが、捜査本部は小山さんの死体遺棄、並びに成沢さん殺害に関与したと思われる数人の大学職員についても任意で取り調べており、容疑が固まり次第、逮捕状を請求する見込みです」

大学キャンパスの正門前から、磯部ひかるはニュースをライブで中継している。

「なお、この件では被害者の塚田洋二郎さんですが、生前の小山美紗恵さんに対する強制性交の容疑で、同じ大学の男子学生二名とともに逮捕状が執行されました。塚田容疑者は犯行後、事件を示談にして小山さんに告訴を取り下げさせるために婚約を持ちかけていたことも判明しています」

その様子をカメラの後ろから、佐脇と和久井、そして弦巻が眺めていた。佐脇の顔には火傷《やけど》の痕もまだ生々しい。

「しかしまあ、学部長夫人の摩利子サンは無傷でハワイに行っちゃったんですよねえ」

和久井は嘆くように呟いた。

「犯罪を教唆《きょうさ》したと言っても、夫婦の間のたわいない話だったと言われれば、世の夫にハッパをかける奥さんは全員、罪に問われることになりますからねえ」

マグボトルから紅茶らしき液体を飲みながら、ゆっくりとした口調で弦巻が言った。

「警視正ドノは、いつまで鳴海に？」

佐脇は、アンタまだいるのかという顔で弦巻に訊いた。

「そうですねえ。こちらには有給休暇を申請して参りましたので……せっかくですから、例の新薬が完全に抜けて、正常に戻った被験者さんたちに詳しい話を聞いてから帰ろうかと思っているところです」

弦巻は少し厳しい顔になった。

「あの失敗した新薬の化学式が流出して、ドラッグとして用いられると困りますからね。あそこまで人を凶暴化させる薬は、絶対に危険です」

「ググったんですが、抗うつ剤の中には今回の新薬のような副作用があるものが、実際に流通しているんだとか。だからアメリカでは向精神薬の大量流通と時を同じくして、銃の乱射事件が激増したのだとか……まさに、ナントカに刃物っすね」

　そう言った和久井に、弦巻は厳しい視線を向けた。

「和久井くん。その事実を私は否定するものではなく、またアメリカが銃社会であることも、そして、向精神薬が覚醒剤と同様、人間の脳の回路を不可逆的に変えてしまうことも事実であるとは思いますが、そのナントカに刃物という表現はいけません。完全にポリコレアウトです。少なくとも公僕たる警察官が口にして良い言葉ではない」

「はあ……申し訳ないっす」

　和久井は一応謝ったが、何が悪いのかは理解できていないようだ。

　そこに、生中継を終えたひかるがやってきた。

「生中継のついでに、よっぽどこの号の宣伝をしてやろうかと思ったんだけど」

　ひかるが取り出した週刊超真相の最新号を、佐脇が引ったくるようにして中を見た。

「おお、この号にはキッチリお前の書いた記事が載ってるんだな」

「早刷りには載ってて本刷りでボツになったときは焦ったけど……早刷りを見たミカサ製薬から猛抗議があって、即訴訟《そしょう》とまで言われて、週刊誌全体が飛んでしまうかもしれない危険性もあったからボツにしたって。だけど、こうして記事の内容が正しかったのが判って、私も追加取材して、もっと完璧な形の記事に出来たから……」

「結果オーライか？」

「弦巻警視正！」

ひかるが突然、弦巻に向かって姿勢を正した。

「これから、警察庁としてのこの事件についての見解を、インタビューさせていただけませんか？」

「いやそれは……広報を通して貰わないと」

型どおりの返答をした弦巻はニヤリとした。

「僕の個人的考えと、警察庁ないし政府の見解は違うと思いますからねえ……」

「そりゃまあそうだろうな。弦巻警視正ドノの考え方をまんまテレビで流したら、おそらく大炎上だ」

佐脇はそう言いながらも、弦巻に言った。

「被験者に会いに行くなら、おれもお供しますよ。あの時はやむを得なかったとは言え、殴ったり蹴ったり階段から落としたり、かなりな事をやってしまったんで」

「そうですか。では参りましょうか」

弦巻と並んで車に向かって歩き出した佐脇を、和久井が追った。

「しかし、師匠。師匠はそんな火傷まで負って、あのビッチをわざわざ助けに行くことなんかなかったんじゃ？」

和久井がまだそんな事を言うので、佐脇は弦巻と思わず顔を見合わせた。

「だからな、そういう私情を挟んじゃいかんのだ。現場でそう言ったろ？　どんなロクでなしでもバカでも阿呆《あほう》でも、おれたちは助けに行かなきゃイカンのだ。たとえ警察をボロクソに言ってる頭でっかちの連中でも、だ」

「佐脇さん……彼にもいつかは判るでしょうかねえ？」

弦巻が揶揄《からか》い気味に言うのに、佐脇はマジに答えた。

「いつかは判りますよ。もちろん」

参考文献・参考資料

『新薬の狩人たち――成功率0.1%の探求』ドナルド・R・キルシュ／オギ・オーガス著　寺町朋子訳　早川書房　二〇一八年
『医薬品クライシス――78兆円市場の激震』佐藤健太郎著　新潮社　二〇一〇年
『ビッグ・ファーマ――製薬会社の真実』マーシャ・エンジェル著　栗原千絵子／斉尾武郎共監訳　篠原出版新社　二〇〇五年
『偽りの薬――バルサルタン臨床試験疑惑を追う』毎日新聞科学環境部　河内敏康／八田浩輔著　毎日新聞社　二〇一四年
弁護士法人みやざきのホームページ
弁護士法人泉総合法律事務所のホームページ
医学ボランティア会のホームページ
立命館大学情報理工学部音情報処理研究室のホームページ
ビデオ「向精神薬の臨床試験」を見る－市民の人権擁護の会

この作品はフィクションであり、登場する人物および団体は、すべて実在するものと一切関係ありません。

密薬

一〇〇字書評

切り取り線

購買動機（新聞、雑誌名を記入するか、あるいは○をつけてください）

□（　　　　　　　　　　　　　　）の広告を見て
□（　　　　　　　　　　　　　　）の書評を見て
□ 知人のすすめで　　　　　　　□ タイトルに惹かれて
□ カバーが良かったから　　　　□ 内容が面白そうだから
□ 好きな作家だから　　　　　　□ 好きな分野の本だから

・最近、最も感銘を受けた作品名をお書き下さい

・あなたのお好きな作家名をお書き下さい

・その他、ご要望がありましたらお書き下さい

住所	〒				
氏名		職業		年齢	
Eメール	※携帯には配信できません	新刊情報等のメール配信を 希望する・しない			

この本の感想を、編集部までお寄せいただけたらありがたく存じます。今後の企画の参考にさせていただきます。Eメールでも結構です。

いただいた「一〇〇字書評」は、新聞・雑誌等に紹介させていただくことがあります。その場合はお礼として特製図書カードを差し上げます。

前ページの原稿用紙に書評をお書きの上、切り取り、左記までお送り下さい。宛先の住所は不要です。

なお、ご記入いただいたお名前、ご住所等は、書評紹介の事前了解、謝礼のお届けのためだけに利用し、そのほかの目的のために利用することはありません。

〒一〇一-八七〇一
祥伝社文庫編集長　坂口芳和
電話　〇三（三二六五）二〇八〇

祥伝社ホームページの「ブックレビュー」からも、書き込めます。
http://www.shodensha.co.jp/bookreview/

祥伝社文庫

密薬《みつやく》　新《しん》・悪漢刑事《わるデカ》

平成30年12月20日　初版第1刷発行

著　者　安達《あだち》　瑶《よう》
発行者　辻　浩明
発行所　祥伝社《しょうでんしゃ》
東京都千代田区神田神保町3-3
〒101-8701
電話　03（3265）2081（販売部）
電話　03（3265）2080（編集部）
電話　03（3265）3622（業務部）
http://www.shodensha.co.jp/

印刷所　萩原印刷
製本所　ナショナル製本
カバーフォーマットデザイン　芥 陽子

Printed in Japan ©2018, Yo Adachi ISBN978-4-396-34481-8 C0193

祥伝社文庫の好評既刊

安達瑶　悪漢刑事《わるデカ》

「お前、それでもデカか？　人間のクズじゃねえか！」――罠と罠の掛け合い、傑作エロチック警察小説！

安達瑶　悪漢刑事、再び

女教師の淫行事件を再捜査する佐脇。だが署では彼の放逐が画策されて……。最強最悪の刑事に危機迫る！

安達瑶　警官《サツ》狩り　悪漢刑事

県警が震撼！　連続警官殺しの担当を命じられた佐脇。しかし、当の佐脇にも「死刑宣告」が届く！

安達瑶　禁断の報酬　悪漢刑事

ヤクザとの癒着は必要悪であると嘯《うそぶ》く佐脇。マスコミの悪質警官追放キャンペーンの矢面に立たされて……。

安達瑶　美女消失　悪漢刑事

美しすぎる漁師・律子《りつこ》を偶然救った佐脇。しかし彼女は事故で行方不明に。背後に何が？　そして律子はどこに？

安達瑶　消された過去　悪漢刑事

過去に接点が？　人気絶頂の若きカリスマ代議士・細島《ほそじま》vs.佐脇の、仁義なき戦いが始まった！

祥伝社文庫の好評既刊

〈祥伝社文庫　今月の新刊〉

中田永一
私は存在が空気
小さな超能力者たちの、切なくて、愛おしい恋。
まっすぐに生きる、すべての人々へ――

佐藤青南
たとえば、君という裏切り
三つの物語が結実した先にある衝撃とは？
あまりに切なく、震える純愛ミステリー！

木宮条太郎
弊社《へいしゃ》より誘拐のお知らせ
中堅商社の名誉顧問が誘拐された。要求額は
七億円。社費で身代金は払えるか!?

安達　瑶
密薬　新・悪漢刑事《わるデカ》
鳴海港で発見された美人女子大生の水死体。
佐脇らが戦慄した、彼女の裏の貌とは？

南　英男
遊撃警視
ノンフィクション・ライターの命を奪った禁断
のネタとは？　恐るべき口封じの真相を暴け！

森村誠一
虹の生涯　新選組義勇伝（上・下）
ご隠居たちの底力を見よ！　新選組の影とな
って戦った、老御庭番四人組の幕末史。